沙乡年鉴

〔美〕利奥波德 著
刘艳 译

A Sand County Almanac

远方出版社

图书在版编目(CIP)数据

沙乡年鉴 / (美) 利奥波德著; 刘艳译. --呼和浩特: 远方出版社,2017.12
ISBN 978-7-5555-1011-6

Ⅰ.①沙… Ⅱ.①利…②刘… Ⅲ.①散文集-美国-现代 Ⅳ.①I712.65

中国版本图书馆 CIP 数据核字(2017)第 314659 号

沙乡年鉴

SHA XIANG NIANJIAN

作　　者　〔美〕利奥波德
译　　者　刘　艳
责任编辑　于丽慧
责任校对　乌吉斯古楞
封面设计　仙　境
版式设计　王志利
出版发行　远方出版社
社　　址　呼和浩特市乌兰察布东路 666 号　邮编 010010
电　　话　(0471)2236470 总编室　2236460 发行部
经　　销　新华书店
印　　刷　北京润田金辉印刷有限公司
开　　本　145mm×210mm　1/32
字　　数　215 千
印　　张　8
版　　次　2017 年 12 月第 1 版
印　　次　2018 年 2 月第 1 次印刷
印　　数　1—5 000 册
标准书号　ISBN 978-7-5555-1011-6
定　　价　35.00 元

译者序

奥尔多·利奥波德（1887—1948 年），享有国际声望的科学家和环境保护主义者，美国新环境理论的创始者，被称作野生动物保护之父。

1887 年 1 月 11 日，利奥波德出生于美国爱荷华州伯灵顿市的一个德裔移民之家，他的父亲是一位桃木家具制造商，祖父是一位优秀的园林设计师。他们全家住在密西西比河岸山崖上的一幢豪华宅邸中，可以居高临下地看到紧挨铁轨的密西西比河。这片河滩，是大陆上 1/4 的野鸭和野鹅一年一度迁徙的必经之地，利奥波德的童年就是在这片天然的野生动物乐园中度过的。在他哥哥的记忆中，利奥波德是一个天资聪颖的孩子，很少说话，但酷爱读书。从书中他详细地了解到，动物们以什么为食，它们的天敌是谁。那时，每到深秋的清晨，利奥波德就随同父亲在黎明前昏暗的煤油灯下穿过山间小路，来到山下的火车站，坐上火车穿过密西西比河，前往一处沼泽地。那里有一个麝鼠皮房子，他们就静静地候在房子里，等待野鸭在天明时的鸣叫声。而在没有野鸭踪迹的季节，父子俩就遍寻沼泽里水貂的洞穴，窥探它们吃些什么。他们从来不会在冬季里捕猎。利奥波德的父亲认为在动物繁殖期捕猎是一个错误，这一远见比联邦政府禁止在动物繁殖期捕猎的法律颁布时间更早。

利奥波德继承了父亲热爱生物的基因，一直保持着对鸟类学和自然科学历史的浓厚兴趣，凡是观察到的有趣的东西他都要以日记的方式记录下来，成为延续他一生的习惯。《沙乡年鉴》就是他用日记的方式记录下来的自然随笔和哲理论文。

1906 年，利奥波德从耶鲁大学毕业后，被联邦林业局派往亚利桑那州和新墨西哥州当了一名林业官。1912 年，利奥波德升任新墨西哥北部的卡森国家森林的监察官。1915 年受命前往西南部工作期间，他注意到了西南部的土壤衰退的问题。1924 年，利奥波德再次被派往林业局设在威斯康星州麦迪孙市的美国林业生产实验室工作，并担任实验室的负责人。1928 年，他离开了林业局，全身心地投入他最为关注的野生动物生存状态的研究上。他的研究得到了赞助，使他有条件到美国中部和北部进行野生动物考察，并写出了《猎物管理》一书。

1933 年，作为威斯康星大学农业管理系教授的利奥波德，从他对土地的观察与思考中形成一套完整的土地生态观念和土地道德观念。为了挽救被侵害的荒野大地，拯救荒野上的自由生命，1935 年，利奥波德与著名的自然科学家罗伯特·马歇尔共同创建了“荒野协会”。同年 4 月，利奥波德来到威斯康星河畔一个叫“沙郡”的地方，买下了一个废弃的农场。

这个废弃的农场一眼看上去就像一个大限将至的病人，由于土地的过分透支，这里有一块已经盐渍化了的沼泽地和一座由流沙堆积而成的小山。而小山像癞子的头顶，光秃秃的。农场唯一的建筑物就是一个鸡棚，由于年久失修，处于半垮塌的状态，棚身有一部分已经歪斜着陷入泥淖之中。利奥波德将这个地方买下来，作为他恢复生态环境建设的实验基地。利奥波德和他的家人在这儿种下了上千棵树，这片因肥力透支而衰微的土地，由于他们的努力，出现了恢复健康的希望。

“土地是灿烂的文明之母，这虽是一个尽人皆知的事实，但现代文明却早已遗忘了孕育文明之源。”就在这块日渐荒漠化的土地上，利奥波德写下了一系列生活随笔，这就是“沙郡岁月”，后来汇编成了影响深远的《沙乡年鉴》。利奥波德通过对大自然细心敏锐的观察，艺术地描述了这个废弃农场上一年中 12 个月的美妙绝伦的不同景象，用温婉细腻的笔调生动地表达了作者本人对土地生态和伦理关系的阐述，洞烛幽微，极其深刻而理性，所有观点都经得起时间的检验。这本自然随笔和哲学论文堪与 19 世纪最著名的美国自然文学经典——亨利·大卫·梭罗的《瓦尔登湖》相媲美。

这些随笔不是简单地记录了像吉伯特·怀特在英国乡村“采菊东篱下，悠然见南山”那般优雅的田园生活，也有别于梭罗在美国瓦尔登湖宁静的森林里乘着思想的翅膀感悟人生，而是对自然资源的观察、思考，并且实践，就像一个治疗土地伤病的医生，精心地治疗由于人类的滥用而体无完肤的土地。

愤怒的土地以强硬的姿态不动声色地报复对它施暴的人类，利奥波德在这个沙乡的小木屋里对人类文明进行了深刻的反思，发现了生态与道德之间的内在关系，他认为真正的文明是“人类与其他动物、植物、土壤互为依存的共生状态……大自然的美通过共同体中的不同元素交相辉映，作为整体的共同之美得以体现，而整体的美才是最高境界的美”。他提出了一系列关于土地环境问题，创造了前所未有的“土地道德”观点。这些观点的可贵之处在于：“土地不光是土壤，还包括气候、水、植物和动物；人类必须从土地征服者的角色转换为这个共同体中平等的一员……当一件事物完整地体现了保护生物群落的和谐、稳定和美感时，它就是正确的，反之，就是错误的。”可以说，利奥波德是当之无愧的生态整体主义和生态美学的奠基人。他相信，“通过了解和热爱，就会产生一种行为上的道德责任感，从而有助于维护或恢复这个共同体健全的功能”。

有人评价利奥波德是“认识上的先知”，在20世纪70年代初的新环境保护运动兴起之前，“利奥波德的‘土地伦理’恰似茫茫夜空中的北斗，真正显出了它的光彩。这颗星早就有了，但是，当人们在浩瀚的宇宙中进行探险旅行时，曾经长期被那实际不存在的海市蜃楼而弄得眼花缭乱，从而未能察觉到它的存在。”(侯文蕙语)

《沙乡年鉴》于1949年出版，当时正是战后的经济恢复时期。人们在战争的废墟上重建家园时，对征服和利用自然也充满信心，但此时的生态学观念还没有进入人们的意识，因而这本书的出版并未引起多大影响。20世纪60年代，人们征服自然的野心对环境带来了破坏，也逐渐引起了一些有识之士的注意。这本薄薄的《沙乡年鉴》在美国悄然兴起，销售量超过了100万册。书中对自然的生动描述和全新的伦理观念感动了很多人，并且使很多人接受了利奥波德的新思想，成为坚定的环境保护者。

1948年4月21日上午，利奥波德的邻居农场失火，他在赶赴救火的途中因心脏病猝发而突然离世。至今，在威斯康星河边的沙地里，利奥波德的旧居像一团温暖的光，与这片重现生机的土地交相辉映。它代表着一种精神，一种对土地的全新伦理观念的呼唤，一种简约是美的生活方式。

作者自序

有些人在没有野生生物的情况下依然活得滋润，而有些人则离不开野生生物，没有它们就过不下去。我写下这些文字，是对后者眷念野生生物的嘉许和对他们身处两难境地的阐释。

人类社会朝着科技文明飞速发展，野生生物也飞速地锐减，在它们没被人类摒弃杀绝之前，在人们的眼里，它们的存在就像风吹日落一样自然，是大自然与生俱来的特性，所以它们合理地存在着。现在，人类的生活遇到了文明的挑战，我们为了追求高度文明的“生活水准”，是不是就非得牺牲自然的、野生的且不受约束的东西？付出这样的代价来换取安逸的生活，这个代价是不是太昂贵了？对我们当中少数人的生活情趣来说，能够一睹天鹅优雅的身姿比看电视更重要，能逮着机会亲眼看到一朵白头翁花绽放就和拥有话语权一样，是宪法赋予的神圣权利。

我承认，在机械化为我们提供饭来张口的早餐之前，在科学为我们揭示野生生物的起源以及它们神奇的生存故事之前，野生生物几乎没有机会与人类的价值扯上瓜葛，等量齐观。这样一来，所有的争论焦点都凝聚到了一个度的问题上。事物发展中的质和量被我们中的少数人洞察到，他们看到了进步中的边际报酬递减律，而我们的反对派却视而不见，或无动于衷。

所有的应对之策都离不开一个前提：必须依据事物当前的存在状况，方可有的放矢，我写下这些简单文字，作为代表我个人观点的应对之策，有以下 3 个部分的内涵：

第一部分讲的是我和我家人的故事。我们远离尘嚣，在一个与现代文明都市格格不入的世外桃源——小木屋度过了愉快的时光。这些见闻和趣事，现代文明人不屑一顾，被日渐妄自尊大的傲慢社会所遗忘。然，彼之破屣，此之锦衣，在威斯康星的这片沙乡农场，人们起初毫无怜悯之心地榨干了土地的最后一滴油，然后被快速发展的社会残忍抛弃。我们一家人来到这里，拿起铲子，试图在一片荒芜中重建农场，寻回我们在别处失落的东西。就在这儿，那些被遗忘的东西失而复得，幸运的是，正是在这里，我们找到并发现上帝丰富的恩赐是无限的。

这些犹如一幅素描的小木屋随笔，按季节的排列，构成了一部《沙乡年鉴》。

第二部分，“素描——这儿和那儿”，讲述了一些我生活中有启迪意义的小插曲。思想之花在这些小插曲中遍地开放，这些小插曲坦陈了我与昔日伙伴们发生的分歧，乃至最后分道扬镳的痛苦经历。如今，这一类插曲遍布北美大陆，前后达 40 年之久。这个 40 年的存在有一个里程碑的作用，为那些具有共同标志——自然资源保护主义的各种问题提供了一个绝佳的孤版样本。

第三部分，“结论”，从逻辑学的角度推理，将那些各执一词的观点条分缕析，并将这些不同观点从科学的角度给予逻辑上的解释。只有那些与我们所见略同的读者，才会努力去对第三部分中的哲学问题求解。我想，或许可以这样说，这些文字给我的同行们指明了一条途径，那就是如何回过头来达成认识上的一致。

现在，自然资源保护主义似乎道尽途穷，走到了向隅而泣的地步，它已经与我们的亚伯拉罕式的土地观点水火不容。我们对土地横征暴敛，将土地看作我们的一种附属品，随意滥用。而事实上，只有当我们把自己看作是土地的附属品时，土地才会受到起码的尊重，我们才会怀着爱和敬畏的心善待土地。对土地来说，我们拿不出什么妙招可以使它避免被机械化装备起来的人类的榨取；对我们而言，我们也没有什么妙招从土地中收获那一筐——在科学的制约下——敬奉给文化的美学馈赠。

作为生态学基本概念的金科玉律："土地是一个共同体。"这个概念却被我们束之高阁。土地应该享有被热爱和尊重的权利，却在伦理观念范畴内延伸。土地是灿烂的文明之母，这虽是一个尽人皆知的事实，但现代文明却早已遗忘了这个文明之源。

我的这个集子，意在将这三种概念串珠成链。

不可避免的是，我所阐述的这种土地与人的观点很容易受到个人阅历和偏见的影响而失去客观标准，然而，即便真理遭到了扭曲，成了谬论，有一点却不容抹杀，它始终像水晶般明亮而清晰：我们这个看似又大又好的社会已经走向神经失常的边缘，就像一个患了深度忧郁症的病人，整天为自己是不是明天就要得病死去而疑神疑鬼，失去了有强大生命力的自身免疫能力。贪婪的人类把力气都用在了争夺更多的浴盆上，却失去了建造浴盆或者关闭水龙头的控制力。在这种现状下，可能没有什么比从健康的角度克制追求过剩财富更有益的了。

或许，有一个可行性途径：重新评价非自然的、人工的，并且是基于自然的、野生和自由的条件而产生的事物，可以实现价值观上的转变。

奥尔多·利奥波德

1948 年 3 月 4 日

于威斯康星州麦迪孙市

目 录

Contents

A 第一部分
SAND COUNTY ALMANAC

沙乡年鉴

1 月

冰雪消融

每年，当隆冬的暴风雪停止了肆虐，一夜之间，季节的音符漂浮在冰雪消融的韵律中，它首先以叮咚的水滴落地之声震动人们的耳膜。富有音律美的水滴声迅速传遍大地，带来一阵骚动。早春的絮语唤醒了那些昼夜沉睡的生物，它们在冬眠季节的最后一个早晨开始蠢蠢欲动。在深深的洞穴中，臭鼬从冬眠的一场长长的梦中醒过来。它爬到洞口，朝着外面的世界探头探脑，然后，舒展身体，拖着肥而松弛的肚皮滑过雪地，壮着胆在潮湿的世界亦步亦趋，走走嗅嗅。臭鼬在雪地上那黑白分明的一连串脚印，正是一年伊始的标志之一。

在其他季节里，那一串脚印无足轻重，不值一提。而现在，它那样醒目地直贯田野，这似乎是一个不同凡响的创举，是它的造物主把马车尾巴拴到了星星上；同时，五彩之雨洒落下来，造物主松开了缰绳，任其天马行空，自由驰骋。我对这串脚印紧追不舍，好奇心怂恿我去了解它的思想境界，它的欲望及其目的，倘若这些好奇的设想是真实存在的话。

在一年之中的几个月，从 1 月到 6 月，最能吸引眼球的有趣现象呈几何级数增长。在 1 月，我们对臭鼬留在雪地上的足迹兴趣浓厚，追踪着臭鼬的脚印并乐此不疲；山雀婉转的歌声也开始在树梢萦绕，聆听雀儿们的合唱是个不错的选择；我们还可以去瞧一瞧鹿儿啃了哪些松枝的嫩叶，或者观察一下水貂把麝鼠的家糟蹋得如何惨不忍睹。在这紧接隆冬尾声的1月，人们观察的心态几乎跟雪一样单纯宁静，与漫长的严寒一样持久保鲜。观察时，任何细节上的偏颇或偶然的主观感觉，都会使结果走向有失客观的方向。我们不只是简单地观察它们做了些什么，而且还要思考它们为什么要这样做。

一只田鼠被我这个不速之客的脚步声吓得惊跳起来，像弹簧一样以迅雷不及掩耳之势跳起来，箭一般地从臭鼬留下的足迹跑过，而后不见了踪影。它那慌不择路的形象使我大感意外和好奇：这个小东西大白天跑到这儿来干什么？或许是冰雪的消融使它心生悲哀之情吧。今天，它那筑在冰雪下的迷宫——那座曾经苦心经营的从地下贯穿到草丛中的地道，由于积雪消融而大白于天下，成为暴露于公众眼皮子底下的一条寒碜的小路，它的安乐窝不复存在。冰雪创造的神话让人在忍俊不禁的同时，又生唏嘘之悲。从感情上说，温暖的阳光下冰雪消融的破坏性粗暴地践踏了这个微型经济体。这一记重创需待一年的时日，等四季的脚步走到最后一个季节时才能恢复。

田鼠是大自然中最为鬼精的小东西，它们懂得茂盛的草木是一道天然屏障，是它们地下王国最好的掩体。积雪可以成功地掩护它们建立地下秘密通道。它们倚仗这密不透风的积雪在地下通道内放肆地运输补给。正是这些通道，使得它们的地下活动井然有序，有条不紊。对于田鼠来说，冰雪意味着应有尽有，食物充足；同时意味着远离恐惧和任何威胁。

一只毛脚鵟在前方的草地上空飞翔。这会儿，它停止了原地盘旋，空气中传达出它那像雷达一样精准的侦察结果。突然，它像一只带羽的炸弹闪电般射进了湿地草丛。它没有再次起飞，我敢说它一定如愿以偿，逮着了一只浑身抖颤还没有反应过来是怎么回事的田鼠建筑师，正对着它大快朵颐。这只可怜的田鼠还未来得及验收它那煞费苦心营造的世界便遭此不测。

青草为什么生长？这个有趣的话题对毛脚鵟来说毫无意义，

它对此一窍不通，只认得一个理儿——冰雪消融对它捕捉田鼠大大有利，它可以敞开肚子享受美味。所以毛脚鵟从千里迢迢的北极飞来，这是它满怀信心来此的目的。对它们而言，冰雪消融意味着食物充足。

臭鼬的足迹像一条蜿蜒的小径伸进树林不见了踪影。在林地里，来回乱窜的兔子已经把松软的积雪踩得结结实实，并且清晰地留下了它们的涂鸦之作——略呈粉红色的尿液。雪地上随处可见它们弄出来的五彩地图，斑驳陆离，有趣得很。冰雪消融滋润了橡树的根。喝饱了雪水汁液的树皮抽出了新芽，却被捷足先登的兔子啃得精光。林中到处散落着一簇簇的兔毛，这意味着，年内第一波雄兔之间的情欲大战已打响了第一枪。接着，我又发现了依稀可见的血迹，旁边还有猫头鹰翅膀擦地而过的清晰痕迹。这是一个充满寓意的故事，兔子对冰雪消融欢欣鼓舞，它们免受食物匮乏的季节来到了；同时，鲁莽行事带来的恶果也无处不在。猫头鹰冷酷地用血的教训告诫它们，春天固然美好，但绝不可以麻痹大意。

臭鼬的足迹没完没了，还在向前延伸，种种迹象表明，它既不垂涎可以猎取的食物，也对邻居们的喧闹和命运漠不关心。让我颇费思量的是，它为什么抛弃了自己的老巢？它到底想干啥？莫非这个胖嘟嘟的家伙还想搞点小浪漫，不顾一切地拖着肥硕的肚皮在雪泥上奔走不息？终于，它的脚步消失在了一堆岸边的浮木中，再没有出现。我清晰地听到了浮木中水珠滴落的叮咚声，我确信那只臭鼬也跟我一样听见了。于是，我打道回府，一路上疑窦丛生，不知道这只臭鼬是个什么底细。

2 月

优质橡树

先作一个假设，假如你没有自己的农场，你的精神领域可能会有产生两种错觉。其一，你会想当然地认为吃的喝的都来自街上的杂货店；其二，认为一切热量来自火炉。

为了避免产生第一种错觉，你有必要打点一个小菜园，最好还要断了退路，附近不要有食品杂货店，这样，你就可以杜绝那个错觉的产生。

为了避免产生第二种错觉，你应该置办几根好橡木，把它们一劈为二，锯成几段，放在炉架上，当然暂时不要安置火炉。当2 月的暴风雪像魔鬼一般张牙舞爪，疯狂地撼动屋外的大树小树时，那几段橡木会暖和你的小腿，让你觉得很舒服。伐树、劈柴、拖运、摆放，当你经历这些环节之后，你就会知道热量来自哪里，并且论据充分，有百分之百的把握把那些叉开双腿围坐在火炉旁度过周末的人的想法打入冷宫。

这棵意义非凡的橡树躺在火炉中，从容不迫地燃烧着，散发出光和热。它原本生长在那条通往沙丘的老移民之路的路边上。橡树被伐倒横卧在我的脚边时，我仔细地抚摸和打量过树干的直径，毫不夸张地说，足足有 30 英尺。观察树的侧边，可以发现它的年轮，从年轮来看，它应该有 80 岁了。如此说来，它作为一棵幼苗形成第一圈年轮时，应该是 1865 年的事，也就是南北战争[①]结束那年。根据我考证橡树生长的过程，一棵橡树从它的萌芽状态到兔子够不着的高度，至少需要 10 年或更长的时间而且每年冬季还要蜕去一层皮，到来年夏天又重新长出来。这的确是再清楚不过的事了：一棵橡树有幸活下来，一来多亏了兔子们太粗心了没有发现它们，二来由于兔子数量骤减，它们注意不到所有正在生长的橡树。我有一个梦一样的美好预期，相信有一天，会出现一位致力于橡树研究的植物学家，他能手工绘制一张橡树生长的频率曲线表，从上面可以看到，每隔 10 年，表中的弧线便会向前突起。在曲线突起的那个年头，一定是兔子的繁殖处于低潮（动物区系和植物区系正是通过物种之间的彼此斗争才实现了整体的繁衍共存）。

如此推测，兔子很可能在 19 世纪 60 年代中期出现过一次繁殖低潮。而此时，我的橡树开始留下了一年一度的树轮印记。我眼前的这棵橡树的橡果确实是 19 世纪 50 年代落下的，至少先于橡树 10 年的光景，当时西进移民潮的大篷车[②]在这条道路上络绎不绝，人车洪流的冲刷和磨损使这条路的两旁拓展成了今天的空旷之地，这才使得这棵幸运的橡树得以向灿烂的阳光舒展开了它的第一片叶子。在 1000 颗橡果中，只有 1 颗能在严酷的环境中九死一生，并长到可以与兔子抗衡的高度，其他的橡果都是尚未抽枝发芽就消失在这浩瀚大草原的地衣之下了。

这颗橡果逃脱了被淹没的厄运，在茫茫草原中生根发芽站稳了脚跟，它沐浴了 80 年的 6 月阳光，这真是一件值得由衷赞叹的事情。从天空倾泻下来的阳光此刻正从我的锯子和斧子之间流淌，挺住了 80 年暴风雨雪的侵袭，这棵橡树所发出的温暖之光在我的小屋和心灵弥漫。而此时，我的烟囱青烟袅袅，四下飘散，似乎在向众人宣示，阳光的照耀物有所值。

我的乖狗狗不关心也不懂得热量来自哪里，但它热切地盼望热量尽快到来。它仿佛对我充满信心，坚定地笃信我有呼唤热量的超凡能力。每当我从拂晓时分的严寒中咬着牙从被窝里爬起来，顶着膝盖打颤的狼狈模样跪在炉边生火时，我的乖狗狗总是温顺而乖巧地蜷缩在我和那些引火物之间——那些引火物是我特意放在柴堆上的。我从它的腿间把火点燃，然后把点着的火柴送到柴禾上，壁炉顿时亮堂起来。我想，或许这就是山盟海誓般的忠诚吧。

一次猝不及防的闪电终结了这棵特别的橡树正在进行的木材制造工作。7 月的一个夜里，雷电的霹雳声震撼了大地。那种像世界末日的震撼声惊醒了我们。我们猜想，一定是附近有什么东西被雷电劈中了，还好没有击中我们的住所，于是我们又回到床上安然入睡。这是人类的惯性思维，喜欢拿各种事情来考验别人，只不过这一次主角易位，换成了闪电。

第二天一早，我们在沙丘上徜徉，心情好得像嘴里含了蜜。刚刚受过雨水洗礼的雏菊和草原苜蓿在我们脚下遍地绽放。正在高兴之时却来了一个意外的挫折，映入我们眼帘的是躺在路边的一大块厚厚的树皮，它看上去是刚刚从树上撕下来的。如此粗暴的行径留下了记录，在裸露着白色木质的橡树干上赫然可见一条长长的螺旋状的伤痕，约有 1 英尺宽。从树皮的新鲜度来看，是刚撕下来的，因为白色的树干还是水灵的白色，没有被太阳炙烤得发黄。等到第二天我们再看到这棵橡树时，它的树叶已经枯萎，我们明白了，闪电二话不说地赠给了我们三大捆以备不时之需的木柴。

失去了这棵老橡树使我们顿生悲哀之情，但悲哀也使我们懂得：瓜瓞绵绵，无有穷期，它那在沙丘上挺立的一簇簇高耸入云的子孙后代，已经作为合格的接班人，继续着它未竟的木材制造工作。

老橡树不能再派上它先前的用场了，我们用了 1 年的时间借着阳光将它晒得透干，然后，在一个空气甜美的冬季之晨，把一个刚刚锉磨得闪着寒光的锯子安到它的身下，这意味着，它在大地上的一生到了最后尽头。历史的碎屑在锯子的移动下像火花一样四下飞溅，树木芬芳的气息在四周飘散，碎屑不断地在伐木工面前的雪地上累积成堆。我们太了解这两堆锯木屑的不同凡响之处了，它的意义远甚于木材本身，用最贴切的比喻说，它们很像一台满载历史记忆的留声机，每一圈年轮都有独一无二的历史回音。锯子在一点一点地前移，向着终点步步逼近，一下又一下，10 年又 10 年，锯入老橡树终身的年表之中，它的年表有别于其他年表，老橡树的年表是由同心圆组成的。

锯子一上一下地拉了十几个来回，到达了我们开始拥有这棵橡树的时期。在我们拥有它的这几年里，我们真正懂得加倍珍惜和热爱这个农场。不知不觉间，锯子进入了橡树的前任主人那个时期——那个贩私酒的年代。他对这个农场失去了爱，他带着对它的憎恶榨干了它最后的残余价值。农场里仅有的几块还有油水的土地被他挥霍一空。然后，他放火烧掉了农舍，把它作为抵押品扔给了政府管理部门（据说一同抵押给政府的还有拖欠的税款），再然后，他淹没在了大萧条时期的无产者的洪流中，和那些无家可归的隐姓埋名者一同消失了。橡树为它的前任主人献出过优质木材，那时的锯屑和现在的锯屑没什么两样——芬芳、优质、细碎、粉嫩。橡树是不偏心眼儿的，它公正无私，对任何人都一视同仁。

贩私酒者扛不住沙尘和干旱，最终放弃了这个农场，至于它被废弃的确切时间，无从考查，大抵在 1936 年，或 1934 年，或是 1933 年，或是 1930 年。在那些年代，从蒸馏室里冒出来的橡木烟和从燃烧着的沼泽里散发出来的泥炭烟，这些黑暗之子与太阳争辉，它们制造出来的阴霾使日月无辉。大萧条时期，这片土地上曾一度打起了保护主义的旗号，然而，锯屑还是锯屑，没有什么改变。

“嗨，伙计们，该歇会儿了。”掌锯者一声吆喝。于是，我们停下手中的活儿，坐下来歇歇。

现在，锯子行进到 1920 年。这是一个特别的时代——巴比特时代[③]的 10 年。在这个时期，直到 1929 年股票市场遭到重创下跌之前，所有事情都在不断地发酵，在漫不经心和目空一切的傲慢中变得“高大上”。就算这棵橡树拥有人类的听力，听到了股盘崩溃的惨叫声，股票形势向万丈深渊跌落，它也不会有任何反应。而且，它也不会在意立法机关出台的关于保护树木的政策——1927 年的《全国森林和森林作物法》、1942 年的《密西西比河上游河谷低地保护条例》以及 1921 年的《新森林法》。它也不会关注 1925 年，就在这个州[④]，最后一只美洲貂死亡；也不会关注在 1923 年，燕八哥第一次造访了这里。

1922 年 3 月，一场罕见的大冰雹无情地摧毁了附近的榆树，那是一场灾难性的重创，邻近榆树上的大树枝个个半空中开花，被劈成 8 大块散落一地，但榆树却挺住了，身上不见任何伤痕，各位看官记住了，那场冰雹有 1 吨左右啊，可对我们的榆树来说，那算个啥？

“嗨，伙计们，该歇会儿了，”掌锯的一声吆喝，于是我们坐下来歇歇。

锯子在继续行进，现在是 1910 年至 1920 年间，那是一个梦想年代，人们做了 10 年的排水梦。这 10 年里，威斯康星中部地区热闹非凡，云集在这儿的蒸汽挖掘机整装待命，期望抽干沼泽地里的水，造万亩良田，结果却制造了遍地的废土渣，沼泽地从人类手中逃过一劫。沼泽地逃过一劫并不是因为工程师们的谨慎和克制，也不是事先得到了某种警告，乃是上天注定。因为每年 4 月都有一次不可阻挡的河水泛滥，猛烈的河水如野马奔腾迅速从上游一泻千里，或许，这种泛滥带有自卫性质，因为其猛烈之势尤以 1913 年至 1916 年间最为显著，结果使得工程师们的前期算盘全部落了空。而老橡树则岿然不动，境况没有丝毫改变，即便到了 1915 年，橡树的境况依然如故。这一年，州最高法院取缔了州属林业，州长菲利普放出话来：“州属林业不是一个好买卖。”

在这 10 年里，林业发展江河日下，走向衰退，而动物保护主义日益壮大，得到了大力推进。1916 年，瓦克夏郡迎来了贵客，雉尾鸡终于在这儿安家落户；1915 年，联邦政府禁止在春季狩猎；1913 年，州立动物农场开始运转；1912 年，《雄鹿法》的出台使雌鹿得到了有效的保护；1911 年，各州动物保护区应运而生，如雨后春笋，保护动物在全国蔚然成风，“庇护动物”一词成为引领时尚潮流的神圣字眼，可老橡树却不以为然。

“嗨，伙计们，该歇一会儿了。”掌锯者一声吆喝，于是我们坐下来歇歇。

现在，锯子的脚步行进到了 1910 年，这一年，一位名声响亮的大学校长[⑤]出版了一本关于保护主义的书。由于叶蜂泛滥成灾，叶蜂流行病席卷全国，将数以百万计的落叶松摧毁殆尽；又遭遇大旱，大面积的松树像烧焦了一样枯死；一辆挖掘机将哈瑞肯沼泽抽成了旱地。

锯子来到了 1909 年，这一年，胡瓜鱼被首次养殖在五大湖中。由于这一年的夏季雨水丰沛，立法机关相机行事，削减了这一年的森林防火款。

锯子来到了 1908 年，这一年，天公不作美，旱情使大面积的森林被烧毁，化作一片焦土，威斯康星告别了最后一头美洲狮。

锯子来到了 1907 年，这一年，一只流浪的猞猁在山野里寻找一块希望的乐土，结果走错了路，最后在丹尼县的农场死于非命。

锯子来到了 1906 年，这一年，首任州林务官正式走马上任；而大火却无情地吞噬了沙乡 1.7 万英亩的山林。1905 年，这一年，一群苍鹰从北方飞到此地，把当地的松鸡吃得一只不剩——不用说，这些苍鹰肯定也在我们的树上歇过脚，也吃掉了我的一些松鸡。1902 年末至 1903 年初，正值隆冬，这两年的冬季格外严酷而漫长；1901 年，这一年最值得关注的是天气，这里遭遇了有气象记录以来最严重的干旱，赤地千里，寸草不生，全年降水量仅 17 英寸；1900 年是寄托希望和祈祷的世纪之年，而橡树只不过平添了一圈年轮而已。

现在，我们手中的锯子来到了 19 世纪 90 年代，这是被那些把眼光瞄向城里而不是土地的那群人趋之若骛的“欢乐年代”。锯子来到了 1899 年，最后一只倒霉的旅鸽竟一头撞上了一颗从北部两个县的交界地——巴布洛克附近射出来的子弹上；锯子来到了1898年，这年秋季雨水奇缺，接踵而至的冬季又无雪，大地冰冻足有7英尺深，苹果树首当其冲被冻死，没有熬过肃杀的严冬。1897年，这是一个干旱之年，又有一家林业委员会挂牌开张。1896年，仅举斯普纳一镇之力，就为市场输送了2.5万只草原松鸡。1895年，是森林火灾不断发生的年份。1894年，干旱再次造访地球。1893年，这一年爆发了“蓝色知更鸟风暴”，那年3月，暴风雪将正在迁徙途中的知更鸟杀得几乎片甲不留——通常，第一批迁徙鸟儿总要在这棵橡树上栖息几日，可到了90年代中期，它们飞过这儿的时候，却脚不染尘地飞走了，没有在橡树上停留片刻。1892年，森林火警再次造访，火灾频发。1891年，松鸡在元气大伤之后，正在经历生殖周期的低潮。1890年，“巴布科克牛奶检测仪”诞生，这个成果使州长海尔有了夸夸其谈的资本，他断言：“半个世纪以后，威斯康星作为美国乳品之乡当之无愧。”现在，威斯康星的汽车牌照上印着张扬的广告词，毫不害羞地夸耀这一成果，单就这点而言，恐怕巴布科克教授本人也始料未及。

1890年还有一件足以载入史册的事情，作为历史的见证者，我们的橡树亲眼看到了史上最大的松木排沿威斯康星河并顺流而下的场面，这些松木肩负着一项历史使命，前去支援草原各州的红色牛棚帝国的建设。上好的松木有足以和凛冽的暴风雪抗衡的能力，它们有效地阻止了暴风雪侵入乳牛的棚屋，就像好橡树阻止了暴风雪对我们的侵袭一样。

“嗨，伙计们，该歇一会儿了。”掌锯者一声吆喝，于是我们坐下来歇息。

19世纪80年代，1989年，这又是一个干旱之年，这一年，官方首次确立了植树节；1887年，威斯康星任命了首位狩猎监管官；1886年，农业专科学院为农场主开设了第一门短期课程；1885年，威斯康星经历了一个前所未有的、漫长而严寒的冬季；1883年，学院院长W. H. 亨利报告说，麦迪孙市今年的春花开放时间比平均记录晚了 13 天；1882 年，由于 1881 年末和 1882 年初具有历史意义的暴风雪和罕见的严寒之后，与往年同期相比，曼托达湖的解冻推迟了 1 个月。

1881 年，还有一件值得关注的事情是，威斯康星农业协会在一个问题上的辩论难分难解："你对黑橡树的二次增长是持何种观点？众所周知，近 30 年来，黑橡树已在全国各地扎根。"当然，我的橡树也是众多黑橡树中的一棵。有两种观点各有站得住脚的理论根据，一种观点认为，黑橡树在 30 年中的自然增长是植物繁衍的结果；另一种观点认为，黑橡树的增长是因为南方的旅鸽在迁徙途中携带到此的橡实落地生根的结果。

"嗨，伙计们，该歇一会儿了。"掌锯者一声吆喝，于是我们坐下来歇息。

现在，锯子行进到了 19 世纪 70 年代，这是威斯康星州为麦子而狂欢的 10 年。1879 年的一个星期一的早晨，麦虱、蛴螬以及疲惫的土地使威斯康星的所有农场主在这天清晨幡然醒悟，比起远方的西部原始草原，小麦的种植环境不堪一拼。我毫不怀疑，当初我的农场在这种竞争中是个角儿。橡树北面的流沙之源很好地说明了这点，因为过度种植小麦导致了土壤贫瘠。

1879 年还发生了一件事，威斯康星开始养殖鲤鱼；同时，一种叫偃麦草的植物从欧洲离乡背井，作为成功的偷渡者漂洋过海来到北美大地。1879 年 10 月 27 日，6 只在迁徙途中的草原榛鸡落脚在麦迪孙市德国卫理公会教堂的树顶，鸟瞰这个年轻而美丽的城市。11 月 8 日，从有记录的报道来看，市场上叫卖得最热闹的是 10 美元一只的野鸭。

1878 年，一位来自索克 · 拉皮兹的猎鹿者很有远见地发言："猎鹿者的数量估计要超过鹿的数量。"

1877 年，有一对兄弟在乌斯克哥湖狩猎，收获颇丰，1 天之内竟猎到了 210 只蓝翅水鸭。1876 年，这个年份有点特别，应该是有气象记录以来雨水最多的年份，累计降水量达 50 英寸。草原榛鸡数量骤减，或许是因为暴雨成灾的关系。

1875 年，4 个猎人大开杀戒，在约克郡（美国东部的一个县）大草原上杀了 153 只草原榛鸡。就在这一年，美国渔业委员会在戴威尔湖养殖鲑鱼，地点就在我的橡树以南 10 英里处。

1874 年，第一批工厂制造的带刺铁丝网圈住了橡树，但愿锯子在行进时不要与这类藏匿在锯子下的铁蒺藜碰撞到一起。

1873 年，芝加哥的一家公司收购并向市场投放了 2.5 万只草原榛鸡，芝加哥交易市场的商人们出了每打 3.25 美元一只的价格，买下了 60 万只。

1872 年，最后一只火鸡在威斯康星被猎杀，火鸡殒命的地点就在威斯康星东南两县的交界处。

这样评价过去的 10 年最为恰当：这 10 年结束了麦子带给拓荒者们的狂欢；同时也是拓荒者们在鸽子血中的狂欢宴得以终结的 10 年。1871 年，就在我的橡树西北方向 50 英里的三角地带，约有 1.36 亿只鸽子选中这个地方来营巢。没准我的橡树上也曾有鸽子栖居，因为当时它已经长成了一棵 20 英尺高的粗壮小树，放眼望去，这一带草木茂盛，很适合鸽子安家落户。但残暴的猎鸽者粉碎了鸽子们的美梦，他们手持猎枪、棍棒、网和岩块等凶具，在俱乐部里和盐碛地上经营着他们的龌龊勾当。满载鸽肉馅饼的火车星夜兼程，向着南方和东方的各个城市源源不断地输送这种口感上乘、营养丰富的食品。这是威斯康星的鸽子大本营最后一次耀眼的筑巢高潮，鸽肉馅饼的开发使其他州的鸟巢基地统统走向了毁灭。

1871 年，帝国发展的进程道阻且长，有证据佐证其艰难：一是佩什蒂戈大火[6]，这场大火将两个县的森林和庄稼化为灰烬，至少 1200 人葬身火海；还有就是离佩什蒂戈 400 公里的芝加哥大火[7]，据说，这次大火的纵火者是一头母牛，这头脾气暴躁的母牛在一怒之下踢翻了草料堆上的油灯，酿成了这场大火。芝加哥城陷入一片火海中。在这个黑暗的星期日，大火熊熊燃烧了 30

个小时，

1870 年，田鼠帝国有过一次伟大的远征，它们沿途一路吃光了年轻的威斯康星的年轻果园，然后死去。我的橡树鼠口余生，没有遭到它们的啃咬，也许是因为树皮又粗又厚又无味，对田鼠来说，它那点牙齿的咬合力有点力不从心，无从下口。

1870 年还发生了一件事，一个牛哄哄的狩猎者在《冒险家》杂志上显摆，炫耀他的赫赫“战果”，仅在 3 个月的时间里，他就在芝加哥附近猎杀了 6000 只野鸭。

“嗨，伙计们，该歇一会儿了。”掌锯者一声吆喝，于是我们坐下来歇息。

现在，我们的锯子行进到了 19 世纪 60 年代，这个时期影响最深远的事件就是，数以万计的人为了人类的共同体是否应该轻易瓦解这个问题而失去了生命[8]。他们解决了这个问题，但没有看到结论，我们也没有看到结论。换句话说，如果有结论的话，它同样可以列入人与土地这个共同体是否会轻易瓦解的问题中。

这 10 年也不能说毫无建树，不能说没有在重大问题上下足探索的功夫。1867 年，英克里斯. A. 拉帕姆[9]不遗余力游说州园艺协会，说服协会为植树造林拨款，设立专门基金。1866 年，最后一只堪称威斯康星原住民的驼鹿被猎杀。锯子现在行进到了 1856 年，恰好走到了橡树年轮最核心的那一年。这一年，约翰·缪尔[10]有一桩心事未了，他打算从他弟弟手中买下一块地，好用心来侍弄那些在他年轻时代治愈心灵的野花。当时他弟弟手上有一个家庭农场，就在橡树东面 30 英里的地方。他弟弟拒绝转让这块土地给约翰，但这并没有扼息约翰的梦想之花。历史上的威斯康星在 1856 年之所以意义非凡，就是因为在这一年，人们崇尚自然、珍惜野生和自由事物的行为蔚然成风，博爱精神和保护意识开始深入人心。

我们的锯子继续向前行进，已经到了橡树的同心圆中心，从现在开始，锯子对橡树的前世今生叙述换一个叙事方法：先前我们用倒叙的方法追溯了历史长河中的往事，现在我们换成顺叙，向着树干的外侧前进。哦，树干开始发生颤动了，锯缝也伴随着一声断裂前的特殊声响瞬间变宽了，锯工们眼疾手快地抽出了锯子，迅速跳到后面的安全地带，拍手欢呼："倒了！倒了！"我的橡树像喝了酒一样站立不稳，树身摇摇晃晃，吱吱嘎嘎地响着。终于，在一阵震撼大地的轰隆声中，橡树猛然向地面倒下，横卧在那条曾给了它生命的移民大路旁。

现在我们开始收拾残局，制造木柴，大槌在铁楔子上叮叮当当地响着，树干一块块被肢解，碎片散发着橡树特有的芬芳，香气袭人，整齐地码在旁边，静静地躺着，等着我们将它们捆束起来。

锯子、斧子和楔子都是有血缘关系的近亲，它们作为工匠一族，在历史学家的眼中被编织成了一个有不同功用的寓言。

锯子循规蹈矩地工作，它横穿树干，按照历史划出来的那一道清晰的墨线有序地穿过每一年。每一年，都有层出不穷的历史碎屑由锯齿从树干中带出来，累积成堆，伐木者对它们的昵称是"碎屑"；而历史学家却一本正经地称它们为"史料"。不论是伐木者，抑或是历史学家，他们都是根据肉眼可见的外部特征作为样本，从表面特性分析内在蕴含的独特价值。橡树倒了下来，当它舒展四肢，一览无余地敞开了它的横切面时，深藏于树桩内的世纪风云得见天日。当树倒下来时，没有经过粉饰的历史大杂烩以最真实的本来面目尽收人们眼底，还给历史的是真亦真，是假亦假。

楔子的长处是擅长从纵深裂口中干活，这个横刀裂口可以让你抄一条近路看到历史全貌，当然，事情也可能适得其反，使你什么都看不到，这对选择裂口平面的技术高低是个考验。如果你的拿捏欠火候，不能准确地一楔命中那个截面，就得耐心地等待1 年，待有了裂口以后再重操楔子。若你急不可耐逮着楔子往那个卡住的裂口钻牛角尖儿，会让楔子卡住，在树干的深处瑟瑟地唱起哀歌，你非但看不到想要的结果，楔子也卡死了，永远嵌在裂口的深处。

斧子是个单刀赴会的角色，它砍树干净利落，但它只能让你从一条对角线窥得最近边缘外围的年轮，没有其他切口可以深入。斧子的特别功用就是它砍树和修整树枝都很在行，这一点长处确实是锯子和楔子都无法企及的。

锯子、楔子、斧子，它们都是处理一棵好橡树的必备工具，对一部真正的历史来说，它们也是发掘资料的必备工具。

这些问题在我的脑海中翻腾的时候，一旁的水壶响起了悦耳的蜂鸣声，我的好橡树在白色的炉灰上烧成了红炭。待到春天来临时，我会把这些白色的炉灰带回它的故地，就是沙丘下的果园里。待时机成熟，它们会以令人欣喜的方式回报我，也许是一枚醉人的红苹果，也许是一种进取精神的形式，就像那肥硕而调皮的松鼠，正在手忙脚乱地播种着它爱吃的橡果。

【注释】

①南北战争：（1861—1865 年），即美国内战，是美国历史上唯一的一次内战，参战双方为北方美利坚合众国（简称联邦）和南方美利坚联盟国（简称邦联）。南北战争改变了美国当时的政治和经济形势，最终导致了奴隶制在南方被废除。

②大篷车：泛指 19 世纪美国向西移民的洪流，这是美国东部居民向西部迁移进行开发的群众性运动，始于 18 世纪末，终于 19 世纪末 20 世纪初。

③巴比特时代：《巴比特》是一个虚构的人物，一个典型形象的成功塑造。这是美国 20 世纪早期著名现实主义讽刺作家辛克莱 · 刘易斯的作品，作品通过对主人公中产阶级商人巴比特这个典型形象，敏锐地揭示了美国 20 世纪 20 年代物质至上的商业社会对人性的剥夺。

④这里指的是威斯康星州。

⑤一位名声响亮的大学校长：这位大学校长指的是查尔斯 · R. 范，《美国自然资源的保护》一书的作者。（1910 年出版）

⑥佩什蒂戈大火：1871 年发生了两场大火，佩什蒂戈大火和芝加哥大火。其中佩什蒂大火被列为美国历史上十大自然灾害之一。方圆 1000 多万英亩陷入一片火海，邻近的密歇根州等 12 个村镇遭受鱼池之殃，财产损失达 500 万美元。

⑦芝加哥大火：1871 年 10 月 8 日，当天夜晚，一头暴躁的奶牛踢翻了放在草料堆上的油灯，引发了这场骇人听闻的火灾。大火蔓延了 30 个小时，几乎摧毁了当时美国发展最快的城市，官方统计数据显示，约 10 万人无家可归，死亡约 300 人，牲畜死伤不计其数，财产损失达 2 亿美元。

⑧指南北战争。

⑨英克里斯 · A. 拉帕姆：（1811—1875 年），美国著名地质学家。

⑩约翰 · 缪尔：（1838—1914 年），美国著名自然保护主义者和探险家，著作颇丰，代表作有《加利福尼亚的群山》（1894 年）《我们的国家公园》（1901 年）等。

3 月

大雁归来

一只燕子翩然来临并不意味着春天来了，但当一群大雁冲破了 3 月的残雪阴霾飞来时，春天就真的来到了。

一只红雀抵不住 3 月残雪的撩拨，亮开了婉转的歌喉，它要来一支早春晨曲，但它的春之歌刚一唱起就发现自己搞错了。还好，在漫长的冬日里养成的闭口不言的习惯使它轻而易举地纠正了它的错觉。一只花栗鼠在洞穴深处蠢蠢欲动，它打算走出洞穴享受一下久违的日光浴，不料一阵风雪把它堵了回去。这下它只能老老实实地回到洞穴睡它的大觉。可是，那些遵照季节循环，正在迁徙途中的大雁却不顾一切地星夜兼程，为了在那个像镜子一样的湖面上抢占一个融洞，这些大雁在黑夜里顽强地飞了 200 多英里，现在要它退回去，没那么容易，它的到来，肩负着背水一战的信念和先知一样的献身精神。

3 月的早晨，对于那些懒得抬头望一眼天空的老相识——大雁，或者懒得用耳朵聆听一声似曾相识的雁鸣声的人来说，早春 3 月着实无聊得慌，毫无趣味可言。一位很有教养的女士与我偶然相识，她的胸前很张扬地佩戴着一枚美国大学优等生荣誉学会[①]的徽章。她竟对我说，她从来没有见过，也未曾听到过大雁从洒满阳光的屋顶飞过的周而复始的季节宣告，即便大雁在一年中有两次井然有序、气势不凡地途径那里。难道说，教育就是换取一种值不了几个钱的认知吗？如果是那样，这种廉价的价值观对于大雁来说，只是一堆羽毛而已。

大雁其实见多识广，它不但懂得向我们的农场宣告季节的更替，而且对威斯康星的自然规律了然于胸。11月，南飞的雁群排成一字形从高高的天空振翅而过，它们现在目空一切，即便脚下惊现充满诱惑的沙洲和沼泽，它们也不屑一顾。为了抵达最近的大湖，它们坚定地朝着南方飞行20英里，那些素以直线飞行著称的乌鸦，在坚定不移的大雁面前也相形见绌。在大湖那儿，大雁白天游弋于宽阔的湖面上；夜晚降临，大雁们悄悄溜进刚刚收割过的玉米地里，偷食玉米。大雁更懂得，在11月份，从黎明到傍晚，每个沼泽和池塘都布满了窥视它们的黑洞洞的枪口。

大雁在3月讲述着不同的故事，这是个情调不同于其他月份的故事。冬日里，它们大多数时间都防备着枪林弹雨的威胁，这可以从它们被大号铅弹击碎的翅膀羽毛的伤痕找到证据。它们还懂得，春天禁止狩猎，这意味着，春天就是休战时刻的来临。它们循着河流那婀娜多姿的曲线，曼妙地弯来拐去，在没有猎枪冷酷的窥视下，身心放松地低空飞行，向小洲上的每一个沙滩喋喋私语，如同见到阔别多年的老友。它们在沼泽地上若即若离地擦着青青草地迂回飞行，与每一个刚刚融化的水洼和池塘说一声："嗨!"终于，在沼泽上空意犹未尽地盘旋几圈之后，它们舒展开那流线型的翅膀，悄无声息地向泥塘滑翔，偶尔轻轻扇动双翼，白色的尾部朝向远处的山丘。当它们触到水面的那一瞬间，我们这些刚刚来到此地的客人便忘情地大喊大叫起来，它们用翅膀温柔地拍打着水面，溅起圈圈涟漪和细碎的水花。就在水花溅起的那一刻，那干枯的香蒲梢上尚存的残冬痕迹一下子被抖落得无影无踪。我们的大雁回来了!

这个时刻正是我期待已久的，我巴不得每年的这个时候，化身成一只麝鼠，藏在沼泽深处，将这里发生的一切分毫不差地收入眼底。

一旦第一群大雁落脚在这里以后，它们便整日喧嚷不休，向那些还在迁徙途中的雁群发出邀请。几天之后，这里便成了大雁的天下，沼泽中随处可见它们的身影，那感觉真是好极了。在我们的农场里，衡量春天是不是真正富足有两个标准：一个是松树的种植数量；一个是大雁来此驻留的数量。1946 年 4 月 11 日，有案可查的记录表明，这一年的大雁是 642 只。

和秋天一样，我们的春雁每年重归故里，都要光顾一次这一片玉米地。但这回不同，它们不像以前那样只能借着夜色的掩护做那偷偷摸摸的事，它们在阳光明媚的晴空里，正大光明地成群结队，高声地呼朋唤友，一路闹嚷嚷地飞往玉米地，过上美滋滋的一天，然后饱食一顿后又嘻嘻哈哈飞回来。每次出发之前，作为飞行的前奏，它们都有一场高声而有趣的辩论。而当它们返回时，它们的辩论声仍然余音未了，而且底气更足，声音更响亮。雁群一旦离开玉米地平安到家，它们就不会像刚刚迁徙到此时那样在沼泽地上空先来一圈象征性地盘旋。它们像飘浮在空中的一片片枫叶，翻飞滑翔，然后箭一般地从空中扎下来，向着下面欢声雀跃的雁群叉开双脚。它们的咕哝声听上去很有意思，我估摸，那些叽里咕噜的雁语一定与白天玉米地的盛宴有关。它们现在拾取的遗穗在厚厚的积雪下面安静地躺着。借着积雪的覆盖，玉米遗穗有惊无险地逃过了那些在雪地中搜寻玉米粒儿的乌鸦、棉尾兔、田鼠和雉尾鸡的火眼金睛和利爪。

一个显而易见的事实是，大雁选中前来觅食的那些收割以后的玉米地，曾是大草原。没有人摸得清大雁对草原玉米地的情有独钟说明了什么，是营养价值更丰富吗，抑或是反映了一种草原祖先代代相传的文化传统。大概，它反映了一个单纯的事实，草原玉米田的种植面积正在扩展。假如我们对雁语有研究，能够读懂它们那些每次往返时发生的激烈的辩论，大雁对草原的偏爱之谜便迎刃而解了，但自然属性限制了人类的梦想，所以我们不能；所以，我极力主张，它应该和那些旷世之谜一样，该神秘的就让它一直神秘下去，留存于世。如果我们洞悉了大雁的一切语言和行动，那么没有悬念的世界将是多么无趣而乏味啊。

通过对春雁集会的生活规律的观察，人们注意到凡是离群孤雁都有一个共性，它们会不断地飞，不停地鸣叫。“孤雁不啄饮，飞鸣声念群”。孤雁是忧郁的语言符号，自古以来被蒙上一层悲剧色彩，它那低声的哀鸣被人们比作痛不欲生的鳏夫，作寻找孩子的悲痛欲绝的母亲。事实上，经验丰富的鸟类学家对人类以主观印象来理解鸟类行为的解释给予了否定。对于这个问题，我长期以来一直秉持开放的心态，不拘泥为这个问题确定这个或那个答案。

我和我的学生们在随后的时间里，仔细地对每支雁队的组成数字进行观察。6 年之后，对孤雁的研究，我们发现了一束始料未及的希望之光，通过数据分析，证明 6 只或以 6 的倍数组成的雁群出现的频率，远高于偶尔出现的孤雁。这就是说，雁群是以家庭为单位的，或者是由众多个家庭聚合的群居动物，而在春天里出现的孤雁正好契合了我们以人类情感色彩演绎出来的多情想象。它们是在冬季狩猎中失去了亲人的幸存者，现在正在枉然地寻找它们失散的亲人。如果这个臆想靠谱的话，我们就可以肆无忌惮地比拟孤雁的哀鸣，将其视为伤痛和忧郁的最高级形式。

单调枯燥的数字竟演绎出爱鸟者的感伤情怀，并能进一步揣测鸟类的多愁善感，这着实少见。

大地回春，4 月的夜晚已有融融的暖意在不经意间弥漫，足以让人们三三两两来到屋外闲坐，这是傍晚时分最惬意的消遣时刻，倾听着从沼泽地里传来雁群的高谈阔论是一个很愉快的事情。在那儿，有好一阵子是静悄悄的，静得可以听到某只沙锥鸟轻扇翅膀的声音。突然，远处传来一声猫头鹰压低嗓音的咕啼声，或者传来那些多情的美洲半蹼滨鹬从鼻子发出的咯咯叫声。等这些细小的声音响过之后，一声与众不同的雁叫声响彻沼泽，雁群随即闻声而动，急促的喧闹声向四面荡漾开来，有翅膀拍打水面的声音，也有用蹼划动水面推动的“黑色船头”劈开湖面的搅动声，更多的是那些旁观者发出的不亦乐乎的争执声。在一片吵闹声中，一个深沉的男低音发出一声带有权威性的鸣叫，刚才激烈的喧哗声顿时像潮水般消退了一半，声浪渐渐低微，变成了一种隐约能听见的模糊的小声谈论。大雁的这种窃窃私语一时半会儿是不会消停的，我再次萌发了那样的想法：要是我能变身为一只麝鼠藏身其间，那该有多美妙呀。

等到白头翁花盛开的时候，我们的大雁集会便会日渐稀疏。5 月到来以前，沼泽地里的青草疯长，这里成了一片弥漫着青草味儿的湿地。同时，红翅黑鹂和秧鸡给这里增添了不少生机。

历史的戏法总是让人觉得不可思议。在 1943 年，发生了一件意味深长的事。在开罗会议上，出现了一个颇具影响力的大国结成的联合体[②]。然而，在大雁的世界里，这种整体联盟的观念早已习以为常。每年 3 月，有了这个基本信念的传承，它们哪怕不惜付出生命代价，也要为这个赌注押上足够的筹码。

在众多的地理事件中，最初以理论形式出现的是冰原的统一；接着是 3 月暖流带来的冰雪消融的统一；再后来，便是雁群的集结号联盟从南到北的国际迁移的统一。每年 3 月，从中国海到西伯利亚大平原，从幼发拉底河到伏尔加河，从尼罗河到摩尔曼斯克港，从林肯郡到斯匹次卑尔根群岛，大雁的集结号声都会响起。每年 3 月，从卡瑞托克到拉布拉多，从曼塔木斯基到莱昂加瓦，从马蹄湖到哈得孙湾，从艾弗里岛到巴芬岛，从狭长地带到麦肯齐河，从萨克拉门托到育空河，大雁的集结号声都会响起。

托雁群国际性迁徙的福，伊利伊诺的玉米遗穗才会幸运地穿过云层，安然无恙地来到北极的冻土地带。在那里，此前灌满的营养物质，与当地白夜 6 月的充足阳光结合起来，在凡有地面的土地上孵出了小雁。在这种每年一度以食物换取光明，以冬季的温暖换取夏季的宁静的妙到极致的交易中，它们在整个大陆获益颇丰，那便是从 3 月那忧郁的天空洒向泥泞的一首散发着野性的诗歌。

【注释】

①荣誉学会：这是美国优秀大学生和校友组成的荣誉协会，以希腊字母为名称的兄弟社团，历史悠久，创建于 1776 年 12 月 5 日。早期是威廉与玛丽学院校内的一个地下组织——秘密文哲性社团。

②联合体：即联合国。

4 月

春潮晚来急

水量充沛的大河总是要流经大城市，依这个逻辑不难推测，弱小的农场会在春潮泛滥的洪水中孤立无援。我们的农场底气不足，所以当 4 月来临时，我们便有些仓皇失措。

当然，用不着刻意而为之，从一定程度上说，我们可以从天气预报中得知北方高山上的积雪融化的大体时间。这样，就可以掐算出洪水冲破上游城市的防线需要多少时间，算这个不费脑筋。如果掐算真能做到分秒不差的话，我们可以潇洒地调换我们的上班时间。假如星期天晚上洪水将要来临，在波涛还没有赶到乡下时，我们可以赶到城里去上班，但我们恰恰没有那个本事。洪水低沉的咆哮声听上去宛若在为星期一那些遭难的残骸嘀咕着唁文，涨溢的河水在大雁的眼皮子底下一泻千里，沿途的玉米田相继沦陷，成为一片湖沼，大雁终于奋起反抗，发出深沉而高昂的叫声，每隔几百码，就会有一只临危受命的领头雁飞翔在清晨的天空中，率领着它的人字形团队，为巡视这片新的水域世界而不懈地努力着。

大雁对春潮表现出的狂热，微妙而费解，这一点对那些不熟悉大雁的人来说，很容易被忽视。而鲤鱼对水的热情却是显而易见而且非常明了的，它们爱水的行动比上游的洪水浸润草根的速度还要快，它们会迅速地从被洪水打湿的草根钻出来，扑向激荡的水流的怀抱，翻滚着，搜索着，那种近似疯狂的热情就像羊群看到了牧场。它们摇头摆尾，红色的尾巴和黄色的肚皮在水波中跳跃。它们弯弯曲曲地游过那些被车碾过的辙痕和牛羊走过的小路。它们的尾巴像桨一样左右摇动着芦苇和灌木，急不可耐地向前、向前，去探索那个正在逐渐扩张的世界。

与大雁和鲤鱼不同的是，陆栖的鸟类和哺乳动物，则是以一种哲学家的超然姿态来看待春潮。站在桦树上的一只红雀激动地吹着响亮的口哨，它这般起劲为的是哪般，如果没有猜错的话，它是在要求认领那片除了树以外看不到的领域的主权。一只松鸡站在被洪水淹没的木头上，发出噗噗的振翅声。我怀疑，它站的那个地方就是一个圆木的最顶端。田鼠一改往日里缩头缩脑没出息的样子，倒像一只鬼精的小麝鼠那样镇定自若，向着隆起的高地从容不迫地游去。一只鹿儿连蹦带跳地跑出了果园，平日里，它都是躲在果园的柳树下睡大觉的。兔子则随处可见，它们很安静地占领了小山丘上的一小块空地，因为诺亚不在这里，这片空地就是它们躲避世纪洪水的方舟。

汹涌的春潮带给我们的不仅是简单的刺激或危险指数很高的冒险，还有一些始料不及的，从上游挟裹而来的未知的漂浮物。那都是从上游农场的旮旯里冲刷出来的混杂物体：一块旧木板搁浅在我们的农场草坪上。对我们来说，这块旧木板价值不菲，它的价值格比刚从林中伐来的新木板至少高出两倍。每一块旧木板都有它独一无二的历史，只是它们那独特的历史常常不为人知。但在一定程度上，人们也可以通过它的特质，比如木材种类，尺寸、钉子、螺丝，或者它的图案，它的抛光，或者它美中不足的瑕疵，它的磨损及腐蚀程度，从而洞察到它的历史。虽不能一枝一叶都脉络清晰，但大致轮廓可以勾勒出来。人们抚摸着它被磨损的边缘和两端，可以推测出它在过去的年代里，曾有多少次被洪水冲走，拍打在沙滩上。

在我们面前累积起来的木材堆，全部是从河水中收集上来的，因此，它不是属于个人偏好的个性收藏，在很大程度上展示的是一部上游农场和森林里的人类奋斗史。每一块木板都有它独特的自传，都是一部你在大学校园里读不到的文献。而在河岸边的任何一个农场，都是一个插架万抽的图书馆，供那些拿着锤子或锯子可以任意阅读的图书馆。春潮晚来急，意味着又有一本新书增添进来。

僻静的不同程度和类型也有深红浅绿之分，湖中小洲诠释了其中一个类型，但湖中有船，总会有一个人会借着这只船登上小岛来拜访你。直上云霄的山峰又是一种类型，但凡山峰都会有小径直通山顶，而且小径上总会有三三两两的游人。在我有限的阅历中，没有哪一处僻静的地方会像春潮激荡过的地方那样安全。关于这点，我认为大雁会同意我的看法。或许，它们比我更有发言权，毕竟它们所见到过的僻静之处，它们所经历过的孤独感，不论类型或程度，都比我深刻得多。

就这样，现在我们登上了一个小山丘，坐在一束刚刚绽放的白头翁花旁，静静地看着大雁从头顶上飞过。脚下水波涌动，道路慢慢没入涨溢的洪水，从我们的视线中消失了。带着发自内心的欣慰和喜悦，我得出一个结论：交通问题，无论是国内，还是国外，起码在今天，只有鲤鱼才争议不休。

葶 苈

在短短几个星期之内，葶苈那娇小妩媚的花朵甜美地盛开着。看它那怒放的姿态，就像一阵疾风吹散的小雨点，焦急地把花朵点缀在凡是有沙土的地方。

我们对春天有着热切的渴望，但对于那些白眼青天的人来说，他永远不会发现大地上居然还有葶苈这样卑微而让人惊艳的花朵；而对那些终日忧心忡忡，不知春天滋味的人来说，哪怕他总是绝望地低着头，即使他的脚已经踩到了葶苈，他也浑然不知。只有那些跪在泥土里寻找春天的人，才会发现葶苈，发现它们旺盛的爆发力使那小小的花朵，开满山野。

葶苈所取甚微，它想得到的只不过是微不足道的一点儿雨露和阳光，是在时间和空间范围内别人摒弃的残渣，它们依靠这些足以维系自己的小生命，别无非分之想。植物学书籍对它的描述只是寥寥几行，甚至懒得配一张插图给它。贫瘠的沙砾地和微弱的阳光不足以孕育出艳丽而富贵的花朵，但对于葶苈来说，这些足够了。再说，它的花季也并非春天，而只是一种希望的拾遗补阙。

葶苈没有让人为其倾倒的魅力，它散发出的芬芳——倘若有的话，也早已随风消逝。它安静地开放着朴实的花朵，洁白得像清水那样透明，叶子上附着一层毛茸茸的软毛。它太不起眼了，没有哪种动物屑于来吃它，也撩拨不起哪个诗人的雅兴，为它赋诗一首。曾经有个植物学家给它起过一个优雅的拉丁名，然而转眼就忘却了。总而言之，它们只是弱小的生物，它们的生命从来不曾受到过重视，没人在意它们，但它们乐在其中，殷勤而踏实地绽放着自己的美丽。

大果橡

当学生们为州鸟、州花或者州树的候选对象表决的时候，他们并非是在郑重地做决定，而仅仅是在对历史进行认可。禾本草是最先取得大草原上的领域占有权的，而历史选择了大果橡作为南威斯康星的一种特色树种，它是在草原大火中劫后余生的唯一树种。

恐怕你曾经产生过这样的疑问，为什么每株大果橡都被一层软软的木皮包裹着，即使最小的嫩树枝也是如此。答案是，这层软木其实是果橡的盔甲。大果橡是具有侵略性的、森林派遣去征服大草原的先头部队，它们必须与火灾搏斗，这是一场硬仗。每年4月，刚刚冒出的新草在给草原铺上一层厚厚的地毯之前，火灾已经抢先一步袭击了整片草原，火星自由自在地跑遍了漫山遍野，而在火灾中唯一能幸存下来的只有这些披着厚厚铠甲的大果橡。它们身上的外衣不可思议的耐烧，大火居然奈何不了它。那些零星地散布在各处的小林子，被拓荒者称之为“大果橡空地”。因为分布在林子里的老树，大部分是大果橡树。

之前，工程师们还没有发现绝缘体，但草原战争和这些大果橡身上的斗志启发了他们，因此他们进行了仿制。草原战争给植物学家提供了大量的研究依据，可以把 2 万年的植物历史探索通透。在这部历史的巨制过程中，有花粉和谷物颗粒被嵌入泥炭的生动情节，也有在战争中被扣押在后方或被遗忘在那儿的植物的情节。这些史料形象地说明，森林的前线在某个特定时期会撤到苏必利尔湖畔，甚至会延伸到南部。有一个时期，当推进到南部甚至更远的地方时，诸如云杉和其他“第二梯队”的树种也在威斯康星南边的边境上安营扎寨了，甚至把地盘扩张到边境以外更远的地方。在这所有的泥炭沼泽的某一层中，都能看到云杉花粉的雪泥鸿爪。但总的来说，大草原和森林之间的战争的初始阵线也就在它出现的地带，这等于说，战争打了个平手。

树欲静而风不止，虽然战争一直没有停歇，战线却没有发生转移，造成这种结果的原因是盟国的暧昧态度。“墙上一窝草，风吹两边倒”。它们先是支持参战的一方，后来又转而给另一方撑腰。这样一搞，兔子和老鼠就有了大肆折腾的空间了。它们可以在夏天饱餐大草原的草本植物，到了冬天，它们的餐桌便转移到了幸免于之灾的小橡树苗身上了。它们咯吱咯吱地把小橡树苗的皮啃得精光。秋天，松鼠贪婪地将橡果埋进土里，以备在其他季节好好享受。鳃角金龟在幼虫时期品行就很恶劣，天天一声不响地破坏大草原的草皮，等到了成虫时期，更是疯狂地向橡树叶进攻，把大果橡树搞成了光杆司令。倘若当初没有那些见风使舵的盟友扰乱了胜利的方向，那么，在今日的地理版图上，我们就不可能看到被装饰得五彩缤纷的大草原和森林土地的镶嵌画了。

乔纳森·卡夫[1]妙笔生花，为我们描绘了一幅非常生动的在拓荒者挺进草原边界之前的速写，画面生动、简洁、质朴。1763年10月10日，他来到了布卢·芒德斯山，那是靠近戴恩县西南角上的群山（现已被森林覆盖）。他说："我登上了群峰中的峰巅，因此有足够开阔的视野瞭望这乡间美景，方圆数英里内，重峦叠嶂别的什么也看不到。连绵不断的群山上几乎寸草不生，远远望去就像一个个圆锥形的干草垛，只有寥寥几片小核桃林和稀疏的大果橡林在某些山谷里寂寞地生长着。"

19世纪40年代，拓荒者——作为一种新时代的生物——介入了平原战争。这其实并不是他们的本意，他们的初衷是想捍卫足够的可耕耘的农田，不料人算不如天算，不知不觉间，他们竟砍掉了大草原的右臂，让大草原丧失了自古以来就并肩作战的盟友——火。橡树幼苗二话不说，率领百万大军大举进攻草原，轻而易举收复失地，原来是平原的地方变成了现在的林地。如果你对这个事实还有疑惑，不妨到威斯康星西南部的任何一处"山脊"林场走一圈，任意挑选一株残桩，数数树上的年轮，你的疑惑便会烟消云散。在这儿，除了那些仍然挺立在草原上，身子骨尚且硬朗的老兵们，其他的树龄都可以追溯到19世纪50至60年代，而那时，正是草原大火偃旗息鼓的时期。

约翰·缪尔就是在这个时期的马凯特县长大的，当时正是新生树林在古老的草原上野蛮生长的时候，一丛丛新生的灌木丛苗席卷了"大果橡空地"。于是便有了下文，他在《童年和青年》中，这样写道：

"伊利诺伊和威斯康星大草原被肥沃的土壤所覆盖，富有营养的土壤养育了茂密而茁壮的牧草，以供薪火相承，恐怕找不出哪个树种可以在草原上与其竞得生机。如果没有大火，标志着这个区域独一无二的美丽大草原，早已在浓密的森林覆盖下不复存在了。作为预防草原大火蔓延的有效措施，农民加紧开垦了'大果橡空地’，小树也迅速扎下根来，生长为参天大树，它们长得高大茂密，稠密的枝条盘根错节，人们穿行于林中简直寸步难行。这样一来，原来沐浴在阳光之下的‘大果橡空地’，从此再也无迹可寻了。”

因此，拥有一棵大果橡，其实就是拥有了远甚于树木本身的价值。你所拥有的并非一棵树那么简单，你等于拥有了一个历史图书馆，这等于说，你还没有进场，剧院就为你预留了座位。作为一个有洞察力的人来说，他的农场必定有一宝，那就是草原战争的徽章和标识。

空中舞者

我拥有这个农场已经两年有余，我有一个发现，每年 4 月和 5 月的傍晚，树林上方都会惊现一个奇观：丘鹬的空中芭蕾。自从这个奇观现身以后，我和我的家人便入迷了，不肯放过任何一个晚上的表演。

4 月的第一个温暖的傍晚，确切地说，表演就是这个傍晚的 18 点 50 分开始的。自那以后，每天的开幕时间都会比前一天向后推迟 1 分钟。当表演持续到 6 月 1 日时，那天的开幕时间恰好是 19 点 50 分。这种变化的原理是什么呢？是源于虚荣心的支配，因为舞蹈者需要不明不暗的浪漫光线，必须精确到直径为 0.05 英尺的烛光[②]所能达到的浪漫亮度。千万别迟到，规规矩矩地坐在那里，别吱声，以免得罪了丘鹬，让它负气飞走了。

舞台布景别开生面，和开场时一样，反映出舞者的情绪性要求。舞者是在露天剧场演出，所以舞台必须设置在树林或者灌木丛中的半圆形凹地上，而且要选一个场地中央长满苔藓的地方，或是一片开阔的不毛沙地，或是一块面积足够大的裸露的岩石，或是一段寸草不生的光滑路面。最初的时候，我对舞者的要求大惑不解，为什么雄性的丘鹬在细节方面如此古板，执意要在光秃秃的舞池上才肯跳舞？但是仔细一琢磨，问题就出在它们的腿上，丘鹬是短腿一族，如果在茂密的草丛和野草中，它们神气活现地阔步向前的表演根本无法展现其风采。这还不是让它们最沮丧的。最沮丧的是不能获得雌丘鹬青睐的目光，雌丘鹬是不会去关注草丛中的矮子的。在我们的农场里，丘鹬的数量比起其他大多数农场的都要多，原因是这儿有更多的苔藓沙地，由于土地贫瘠，连草都不长。

时间和地点都敲定了以后，我们坐在舞池东面的一丛灌木下面，安静地等候着，与我们一起耐心等待的还有夕阳。夕阳的余晖映照着那个巧得很的舞池，等候丘鹬入场。它们擦着附近的灌木丛低低地飞过来了，落在光秃秃的苔藓上，并立即拉开了序幕，序曲的前奏是每隔 2 秒钟，它们就会发出连贯的“嘭嚓”声，那是一种古怪而嘶哑的音调，像极了盛夏里狂野西部的夜鹰叫声。

突然，“嘭嚓”声戛然而止，丘鹬旋即拍打着翅膀，盘旋着向天空飞去，伴随着它们的飞行还有天籁一般的鸣叫声，叫声中略带令人入迷的颤音。它们越飞越高，盘旋的幅度也越来越陡，越来越小，而鸣叫声却越来越高亢，响彻云霄，直到这些舞者在天空中渐渐化为一个小斑点。这时，事先没有任何征兆的情况下，它们像失控的飞机翻着筋斗栽下来，随着这叫人目瞪口呆的坠落，还有叫人瞠目结舌的声音传来，那是一阵足以让蓝知更鸟羞愧的、柔和曼妙的声音。当落到离地面还有几英里高的地方，丘鹬拨正飞行航向，转为平飞，回到曾发出“嘭嚓”声的地面上，令人称奇的是它们会丝毫不差地落到起飞点，就在那个落脚处，它们复又开始奏起“嘭嚓”的节奏。

天色渐渐暗下来，越来越黑，黑暗模糊了我们的视线，以致我们无法辨认林中舞者的身影。但是，你却能察觉到它们在空中长达 1 小时之久的飞翔，这是它们演出的持续时间。然而，如果在月光洒满林间的夜晚，它们的表演时间还要长，通常在幕间稍事休息以后，一直表演到月光消失。

在破晓时分，演出还会重复一次。4 月初，最后一次表演落下帷幕的时间是清晨5 时 15 分。从这个节骨眼儿开始，每天的演出时间将会提前4 分钟，这种节奏也会持续到6 月份。这时，本年度最后一场晨间表演是在3 时 15 分落下帷幕的。为什么它们在时间上的选择差别如此之大？嗯，我思忖，花前月下的浪漫也有疲惫的时候，最绝的是，黎明时的光线强度相当于日落时空中舞蹈的 1/5，这时画上空中舞蹈的最后一个音符恰逢其时。

或许，我们应该为侥幸松一口气，我们对数以百种的树林和草原上的微型观剧有某种程度的研究。无论如何，我们始终对问题的精髓不得入其门，我们始终不能参透主角们在整个舞蹈中的任何一种角色的行为意义。在美不胜收的空中舞蹈中，有一件事我们没搞懂，那只雌鹬在哪儿？如果它在，那么它在舞蹈中扮演哪个角色？在这个富有诗意的丘鹬舞蹈阵营中，它也参加了吗？我最常见的一种情况是，两只丘鹬紧挨着在地面上跳“嘭嚓”，而且有时还一起飞翔，但从不同时发出“嘭嚓”的声音。我不得不问一句：后面的那只究竟是雌鸟，还是情敌？

还有一个在迷雾中不见分晓的问题，丘鹬悦耳的嗓音是不是它生理功能上的机械发声？我的朋友彼尔 · 菲尼做过一个近乎残酷的实验，他用网捕捉到一只正在“嘭嚓”的丘鹬，并拔去了鸟儿外面主翅上的羽毛，可是这只失去了羽毛的鸟儿仍然在发出“嘭嚓”的声音，并且还用美妙的颤音轻声唱着，但却再也没有鸣叫过。不过，这种偶尔的个体实验很难拿出有说服力的论据来。

还有一个问题我也没有弄明白。这个令人不胜困惑的问题就是，筑巢工程究竟要进展到哪一步才是雄鸟停止空中舞蹈迈向求偶的最佳时机？我的女儿曾看见一只鸟儿在距离鸟窝约 20 码的地方“嘭嚓”，那个窝里有孵化了的蛋壳。莫非说，这是他太太的窝吗？或许，这个神秘的家伙在我们发现他之前就搞起了一夫多妻制？诸如此类，以及另外一些欲藏还露的事情，在深沉而朦胧的黄昏中神秘地保留着。

空中舞蹈的精彩戏剧，每天夜里都在千百万个农场的上空如期表演，从不曾落下哪一个角落。但农场主们则整日里唉声叹气，抱怨生活乏味，没有娱乐，这其实是他们认识上的一个盲区。他们认为娱乐表演只有在戏剧院里才有，他们生活在土地上，却不知道如何在这片土地上安于此生。

至于说到猎鸟理论，将鸟儿视作纯粹的枪靶子，或者意在优雅地拈起一片鸟肉放在吐司面包上以示高贵，丘鹬便是一个生动有力的驳证。可能没有人比我更愿意在 10 月里去猎捕丘鹬。然而，自从空中舞蹈进入我的视野之后，我发觉自己只要捕猎一两只就足够了。我必须保证，当 4 月到来时，在黄昏的天幕中不会有舞者因我而倒在枪口之下。

【注释】

①乔纳森·卡夫：(1732—1780 年)，美国著名旅行家，著有《美国内陆游记》一书。

②英尺烛光：照度单位，为标准烛光的 1 英尺距离之照度。

5 月

从阿根廷归来

5 月，威斯康星的草原上点缀着蒲公英轻盈的身影，这意味着，聆听春天里最后交响曲的时刻到来了。只身坐在草地上，向天空竖起耳朵，将草地鹨和红翼鸫的喧闹声关在耳膜之外，在这物我两忘的境界中，你很快就会听到它——高原鹬的飞行之歌。它刚从阿根廷归来。

如果你的视力够好，不费吹灰之力你就能在空中寻找到它的身影。它快活地抖动着翅膀，乐不可支地飞舞着，盘旋在毛茸茸的云朵间。如果你的视力欠佳，那就不要硬去盯着天空，只管把篱笆桩盯紧就行了，很快，一道银翼闪电会告诉你，它究竟在哪根木桩上落过脚，又在哪根木桩上扇动着它美丽的翅膀。不管“高雅”一词的发明者是谁，我敢说，发明这个词的人一定是见到高原鹬翕合翅膀那一刹那间产生的灵感。

它在那儿亭亭玉立，这个姿态似乎在告诉你，你接下来最明智的选择是退出它的领地。虽然沙乡的档案里可查到，你是这片领地的拥有者，你有合法拥有牧场的权利，但高原鹬以超然物外的姿态，轻易地以和平的方式否定了人类所谓的合法性。它刚刚结束 4000 英里的远程飞行，为的是重申它才是这片领地的合法拥有者。这是它从印第安人那里获得的权利，这个权利甚至保证幼鹬在能够飞翔以前，已是这片领地的主人，未经它的许可，任何人不得非法入侵。

高原鹬会就近物色一个合适的地方产卵，产下 4 枚大而尖圆的蛋，这些蛋不久以后就会孵出 4 只雏鸟。从它们破壳而出、羽毛刚干的那一刻起，它们就在草地上玩田鼠踏桥的游戏，蹦啊跳啊闹腾个不停，别看这些小机灵鬼那小样儿，它们可会愚弄那些傻大个儿了。你若笨手笨脚的话，休想捉住它。就这样折腾约 30 天后，这些雏鸟个个羽毛丰满，它们长大的速度令人刮目相看。可能在鸟类家族中，还没有哪一类鸟能比它们更早熟。一晃到了 8 月份，它们在草地上完成了飞行学业。在 8 月寒冷的夜晚，你可以清楚地听到它们抖动着翅膀渴望飞回南美潘帕斯大草原的心语，这也从侧面证明，南北美洲亘古以来就是一个整体。从政治家的眼光看，跨越半球的地域隔阂达到休戚与共的命运共同体，还是件新鲜事儿。但对这群羽翼渐丰，翅膀渐硬的空中舰队来说，以它们的空中游弋优势，没有什么是跨越不了的。

乡间环境对高原鹬有很强的亲和力，它们尤其热爱和适应乡间生活，它们喜欢尾随黑色和白色的“野牛”[①]，跟在后面欢呼雀跃。虽然这些黑白野牛放养在它们的领地上，但它们很愿意接受它们，很愿意用它们来代替那些棕色的野牛。它们有时在草地上搭窝，有时又把家安在干草垛里，它们的聪明之处就在于从来不会像笨拙的野鸡那样，在干草收割机里被捉住。“五谷健壮少男，新酒培养处女”在干草机准备收割之前，雏鸟已是羽翼丰满的成鸟，不等灾难的脚步走近，它们早已张开翅膀逃之夭夭。在农场里，高原鹬面对的真正敌人只有两个：排水沟和宽沟壑。或许在某一天，我们也会明白，这些东西也是我们的敌人。

在 20 世纪初的某段时间，威斯康星农场的天然时间概念几近崩溃。5 月牧场的草地在悄无声息中变绿，8 月的夜晚死寂一片，没有婉转的啼叫声传来秋天即将来临的预告。跻身时代新宠的黑火药，还有维多利亚女王时代宴席上烤鹬肉的摩登享受，高原鹬种族的生存被挤到了濒临灭绝的边缘。联邦候鸟保护法在正确的时间及时出台，才让高原鹬绝处逢生。

【注释】

①作者在这里使用的“野牛”一词，特指放养在乡间的白色和黑色的家养牛群，不同于草原上原有的棕色的野牛。

6 月

桤树汊——一首关于垂钓的叙事曲

眼前这条干流的水位很浅，以致那些磕磕绊绊的沙锥鸟也能在鳟鱼去年戏莲的地方优哉游哉。水是那么柔和温暖，我们即使潜到深水区也能安然无虞，没有倒吸一口冷气的恐惧感。但即使彻底地游了个透心凉，上岸脚钻进鞋里的那一刻，仍然会感觉到像踩到了阳光炙烤下的沥青地那般钻心的滚烫。

晚间的垂钓让人有大跌眼镜的失落感，那种扫兴跟先前的预料惊人地吻合，我们想向那条河要鳟鱼，可它却给我们察布鱼。那天晚上，我们坐在驱蚊火堆旁，浓烟滚滚，讨论明天的钓鱼方案。要知道，我们长途步行 200 英里，在炎热的气浪下，走在那条尘土飞扬的土路上，为的就是想再一次体验红点鲑和虹鱼为了挣脱我们的鱼钓而拼死一搏的感觉。但是这条河里没有鳟鱼，我们顿时感到计划化为了泡影。

我们灵光一现，突然想起了这条河里有很多条支流，在离源头不远的上游，我们清楚地记得有一个狭窄、幽深的汊口，从紧傍着它的桤树丛中，冰凉的溪水汩汩涌出，注入支流中。想想看，在这样的天气条件下，一条聪明的鳟鱼会做什么？我们当即拍板，到上游去。

在阳光明媚的早晨，数百只白喉莺忘我地歌唱着，沉浸在惬意的甜蜜与沁人心脾的清新空气中，浑然不觉周围可能会发生什么事。我攀援而下到了洒满露水的河岸，进入了桤木汊。好运气让我看见了一条逆流而上的鳟鱼，它在水里摇头摆尾地游着并浮出水面。我把钓线往外放了放——但愿这根渔线一直保持这种柔软和干燥的状态。我计算出抛出 1 次或 2 次的距离，试探性地在那条鳟鱼最后激起旋涡的水域约 1 英尺远的地方，精确地投入一块几乎不能再用的鱼饵。然后，静观其变，诸如炎热的路程、蚊子，以及令人败兴的察布鱼之类的烦心事，统统抛到了脑后。鳟鱼一口吞下了挂在渔线上的鱼饵。不一会儿，我听到了猎物掉进陷阱的好消息，它在铺在鱼篓底上的桤木叶子上扑腾着。

还有一条大一点的鳟鱼这会儿也主动送上门来了，它正从旁边那个水潭冒出来。它冒头的水面正好是“航道的尽头”，之所以说这儿是“尽头”是因为航道上游已抵近围得水泄不通的桤木丛。在水潭中央，一丛灌木那棕色的茎干在水流的冲刷下岿然不动，仿佛一个静候在此的居心不良者，在那里心怀恶意地嘲笑人们在离它最外层的树叶 1 英寸远的地方，抛下残忍的鱼饵诱骗鱼儿上钩。

我在溪流中央的一块岩石上坐下来，悠闲地抽着烟。就在这一支烟的功夫，我看见那条藏身灌木丛后面的鳟鱼正在蠢蠢欲动。机会来了，但我的钓竿和渔线这会儿正晾在洒满阳光的河岸上，等着晒干。为了确保万无一失，我得谨慎地考虑，宁可慢一点再动手。那个水潭出奇的宁静，一阵微风也可以瞬间吹皱水面荡起涟漪。波光粼粼有利于欣赏优美的风景，但不利于我投饵，我无法在动荡的水面把渔线准确地投放到最佳位置。

这种情况并非只是想象，而是随时都在真实地发生着，正好一股劲风吹来，瞬间把趴在窈笑的桤木上无辜的棕色粉蛾一口气吹落，推到水面上。

现在准备就绪，我把晒干的渔线绕起来，站在水潭中央，架起钓竿，时刻准备着。风就要来了——山丘上的白杨在微微颤动，这就是征兆。这种暗示让我迅速地安排好计划，我打算借这股风力完成我准确的抛线。现在我先抛出一半渔线，然后又轻轻地抽回来，又放出去，如此反复几次，然后静候一股更大的风袭击水面。渔线剩下不到一半了，得当心了，现在艳阳高照，水面上的任何一丝摇曳不定的影子都在向水下的猎物发出警报，警示它们来自水面的威胁。现在，最后 3 码线也放出去了，我的用飞蝇做成的鱼饵像长了眼睛一样，轻盈地落到了正在窃窃发笑的桤木脚下。鱼咬住鱼饵了！我使出吃奶的力气把它从旁边的灌木丛中拉了出来。鱼儿顺流漂下，几分钟后，它也在我的鱼篓中来回扑腾了。

现在，我的渔线又需要晾晒了，趁这个功夫，我坐在岩石上，此时，有一个问题需要我静下心来思索，那就是鳟鱼和人类的生存方式。人类和鳟鱼多么相似啊，时刻都在跃跃欲试地准备——确切地说，都在急切地渴望着，渴望抓住落在不管是哪阵风吹落到时间长河上的新鲜事物！但我们很喜欢一天到晚都在求后悔药，后悔我们太疏忽了，后悔我们只看见水中的美味佳肴，却看不见暗藏其中的那只危险的钩子。不过，我认为疏忽也有它存在的价值，不管事实证明这个论点站得住脚，还是站不住脚。试问，一个人若是过分追求谨慎，事事胆小如鼠，处处如履薄冰，他这还有什么精彩可言？不管是对鳟鱼，对整个世界，纯粹的谨慎都是害死人的。慢着，刚才我说了“我得谨慎地考虑，宁可慢一点动手”的话，这是从确保万无一失的角度出发，这和处处如履薄冰的谨慎画不上等号。作为一个垂钓者，唯一的谨慎是用来营造一个难得的希望所做的准备。

现在时间到了——再过一会儿，鳟鱼就不会上浮了。我淌着齐腰深的水来到“航道的尽头”，我把头伸到随波摇动的桤木下，乖乖，这可真叫人大开眼界！在丛林上方，是一个黑漆漆的洞，被绿色植物簇拥得密不透风，湍急的水流急驶而下，而这里却连一片羊齿叶都搅动不起来，更别说我那长长的钓竿了。就在这里，一条肥大的鳟鱼靠在漆黑的河岸边，在那里蹭揉着它的肋骨。一只小甲虫惬意地游过它身边时，不意被鳟鱼吮吸到嘴边一口吞进肚子里，然后，鳟鱼懒洋洋地翻过自己肥胖的身子。

眼下我没有条件接近它，哪怕是轻手轻脚爬过去也不行。这时我看到上方约 20 码的地方，有一束灿烂的阳光正照射在水面上，那儿应该有一条岔道。顺流投放鱼饵？我知道不应该这么干的，但我必须这么干[①]。

我按原路折回，爬上了岸。长势旺盛的水凤仙和荨麻几乎有一人高，于是我多走了两步，绕道经过桤木丛，来到上面的开阔地带。我像猫一样蹑手蹑脚地靠近，为了不打搅国王的淋浴，我屏住声息在那儿站了足足有 5 分钟，为的是等一切重归平静。我轻轻地抽出了渔线，加上油，让它晒干，然后，将约 30 英尺的渔线绕在了左手上。现在，我站在那个令我大开眼界的丛林入口处上方很远的位置。

机不可失，我朝我的鱼饵吹了口气，使它看起来更蓬松[②]、更显眼，然后我把它投放到脚边的溪流中，并以飞快的速度一圈一圈地放线，就在渔线蹦直的那一刻，我的鱼饵也神机妙算地漂到了灌木丛中，于是我拔腿向下游疾步走去，紧紧盯住那个幽幽的洞口，一心指望看到我的鱼饵下落如何。这时，幽暗的水潭中恰好有一束微弱的阳光投射过来，我迅速地瞥了一眼，还好，它正按着我的预期漂流着。现在，它顺着溪流转了一个弯。很快——当我在溪水中走动时荡起的涟漪使我设下的陷阱在暴露前——鱼饵顺顺当当地进入了那个黑洞。这时，确切地说，我听见——不是看见，那条肥大的鳟鱼吞了鱼饵后在水中扑腾的声音。现在我使出浑身解数开始往回扯渔线，战斗正酣。

一个谨慎的人是不会像我这样冒险的，他不敢用一个只值 1 美元的鱼饵和渔线去打鳟鱼的主意，绕过布满参差不齐的桤木干的曲折河湾，去跟上游的鳟鱼较劲。再说了，正如我说过的，一个谨慎的人永远不能成为一个有本事的垂钓者。我异常小心地排除万难，绕过了重重阻隔，终于把鳟鱼引到了开阔的水面上，让它蹦进了我的鱼篓。

现在，我可以摸着良心说，这三条鳟鱼，没有哪一条是应该上断头台身首异处的，或被拦腰截成两段放进它们的棺材里。整个垂钓事件所蕴含的意义在于：重要的不是垂钓的过程，而是机会。机会往往可以决定成败，而令人沉醉的记忆比满满的鱼篓更有分量，就像清晨的白喉莺，即使我忘却了它们，它们照样会出现，而我记忆中的那个桤木汊的清晨，将不会再有。

【注释】

①正常情况下，钓鱼应该往上游投放鱼线。

②这是一种人工制的鱼饵，上面粘有彩色羽毛，诱鱼上钩。

7 月

庞大的财产领地

根据沙乡书记官的说法，我是 120 英亩土地的领主。不过，这位书记官是个喜欢睡懒觉的家伙，在 9 点以前，他是不会坐到案头上查看记录簿的。这些记录簿破晓之前看能证明什么呢，这正是我们将要讨论的事儿。

不管有没有记录簿，我和我的狗狗在黎明时分所走过的路，都可以证明我是这些领土事实上的主人。这不仅意味着边界的消失，也意味着思想藩篱的消失。不为人知的扩张行为在每一个黎明的眼皮子底下发生，而僻静——我们原以为这个字眼儿在我们这个郡县已绝迹了，其实不然，它在不知不觉间向着各个方向无言地扩张，一直扩张到露珠所能滴落的地方。

和所有仁慈的土地领主一样，我也有我的佃户。租金多少它们是不会在乎的，也常常记不得缴租金，但它们却很在乎对土地的使用权。从 4 月到 7 月，每天黎明时分，它们便会闹成一团，彼此声明自己的土地边界，并向我表达敬意——至少从常理来推断可以这样认为，毕竟它们占有的领地是我赋予的。

这个每天都在进行的典礼超乎你的想象，你会直呼意外，它以极其隆重的礼节为前奏。我也弄不清是谁最早拟订下的这些特别的礼节。每天清晨 3 点 30 分，我肩负唤醒 7 月清晨的使命，带着清晨最纯粹的尊严，步出木屋，手中握着统治权的象征——一只咖啡壶和一个笔记本。我在木凳上坐下来，面对白光熹微的启明星。这时，我轻轻放下咖啡壶，优雅地从上衣口袋中取出一只杯子——希望没有人瞅见。接下来，我取出手表，斟上咖啡，郑重地把笔记本放在膝盖上，这意味着，即将开始宣告。

3时35分，第一个出场宣告的是那只挨着我最近的原野春雀，它那清澈的男高音有很强的穿透力，它用高亢明亮的歌声宣告它拥有北至河岸、南到旧马车道的短叶松树林。然后一只接着一只，所有的原野春雀都争先恐后地亮开了它们那明亮的歌喉，宣示它们各自的属地。在听力所及的范围内回荡着它们高亢激越的歌声，其间，没有争执，没有打架，至少这会儿它们的方式很文明。因此，我要做的就只有一件事：倾听。同时在我的心底涌出一种强烈的希望，希望它们的雌性鸟儿们与它们保持着和谐的默契。

没等原野春雀谢幕，大榆树上的知更鸟便迫不及待地接上了演出。它高声地叫嚷着，声明它对那个被雷电劈断的大树杈有所有权。当然还不止于此，它的所有权还包括树杈上的全部附属物——按照它的描述，树下那一块弹丸之地——草坪上的所有蚯蚓也是它属地的产物。

知更鸟喋喋不休的歌唱唤醒了旁边的黄鹂，它急忙郑重其事地向所有的同伴宣称：那棵老榆树的垂枝以及附近所有含有纤维的马利筋的茎，以及散落在花园里的松散的纤维全部归它所有。此外，它还要行使一项特权，在这些所有物之间像火花一样像燕子翻飞一样来回穿梭。

现在，手表上的指针走到了3时50分，山丘上的靛蓝彩鹀极力坚持它的所有权，就是对那棵在1936年的旱灾中残留下来的大果橡枯枝的所有权；同时，还拥有对附近的各类虫子和灌木丛的所有权。虽然它的叫嚷声不高，但我全部懂了。它以它的美色向我暗示，它的蓝色不同凡响，会使所有的东蓝鸲和那些在黎明中迎风摇曳的鸭跖草的蓝色黯然失色。

接着上场的是一只莺鹪鹩——就是在木屋屋檐上发现了节孔

的那只，它在大家还没有准备好时便突然唱起来。于是旁边有超过半打的鹪鹩也附和着唱起来，这支小合唱真是不敢恭维，简直是一片手忙脚乱的瞎嚷嚷。这个无章可循的头一开，顿时引发了一片大杂烩似的嘈杂声。蜡嘴雀、红胸白翅斑雀、黄莺、褐噪鸫、蓝鸲、绿鹃、棕胁唧鹀、红雀……一窝蜂上场，加入了合唱。在我那份华丽的清单上，是按照表演者的演唱次序和时间排列的，现在却乱了套，表演者的出场次序在我眼前变得模糊起来，在这一片不堪入耳的聒噪声中，我已经分不清谁先谁后了，表演不得不停下来。再说，我的咖啡壶已经空了，太阳旋即就要升起，我必须在行使完地主之谊后前去巡视我的领地。

我和我的狗狗，潇洒地信步走着。鸟儿们合唱或委婉地独唱。这些鸣唱让我的狗儿提不起劲。对它来说，能够赢得它重视的并不是封邑中的歌声，而是封邑中的现象，或者说，能够让它提起精神的是它可以追逐的猎迹。它对封邑里各位关系的亲疏不是凭声音，而是凭气味，这是所有狗狗的特别之处。对它那敏锐的听觉来说，哪怕一片羽毛从树上飘落下来的细微声响都会是一阵噪音。现在，它那非凡的嗅觉要为我诠释我们弄不清楚的生物在这仲夏的甜蜜之夜那无言的诗歌。每一首诗歌的末尾都署上了作者的名字——如果我们能够发现的话。事实上，我们发现的东西与我们的预期并不合拍，它只遵照自然法则：或许是突然悟到了什么，一只兔子突然改变主意掉头跑开；或许是一只不停地扇动翅膀表示放弃权利的丘鹬；或许是一只雄雉因为在草地上弄湿了羽毛在那里恼怒不休。

偶尔，我们会发现一只在夜间捕食后迟归的浣熊或水貂；有时候，我们对捕食未果的苍鹭毫无怜悯之心，把它轰走；有时候，我们会惊吓到一只护崽心切的母鸳鸯，其时，雏鸟在母鸟的带领下正列队逆流而上，为的是找一处梭鱼草庇荫的巢穴。有时，我们看到鹿儿正悠闲地漫步返回树林，它刚刚美餐了紫苜蓿花、婆婆纳和野莴苣，这会儿心满意足地回到它栖身的灌木丛。

但更多的时候，在我们视野所及之处，看到的是那些慵懒的牲畜漫步于洒满露珠的、松软而光滑的地上踏出来的错综交织的暗黑色的足迹线条。

现在，我的脊背上已经有温热的感觉，这是太阳已经升起的信号。树林寂静下来，鸟儿的晨间合唱已经停息。风儿送来了远处的牛铃声，这说明一群牲畜正伴随着铃铛声缓缓走向牧场。一阵拖拉机的轰鸣声传来，这说明我的邻居已经开始下地干活了。世界恢复到沙乡管理员所理解的那种意义上的范围了。现在我们回家，回去舒舒服服地吃早餐。

大草原的生日

从 4 月到 9 月，一般情况下，平均在每个星期当中都有 10 种野生植物迎来它们生命中第一次绽放的花期。而进入 6 月份之后，同一天绽放花蕾的植物会多达十几种。没有人在意这些微不足道的生命纪念日，但也不是所有人的记忆中没有留下任何印象。5 月的蒲公英引不起任何人的注意，人们视而不见地把它踩在脚下，趾高气扬而过。等到了 8 月份，即使冷漠到骨子里的人也要低下头来，静静地注视 8 月豚草的花粉；4 月，榆树绽放出红色花朵如烟雾般在林间缭绕，但人们却不屑一顾，可是到了 6 月，他们会禁不住梓树落英的诱惑，停车坐看飘落的花冠。可以这么说，如果你告诉我某个人对什么植物的生日牢记于心，我就可以告诉你许多与他有关联的事情，如他的职业、个人爱好，他是不是容易花粉过敏以及他接受了什么程度的生态教育水平。

每年 7 月，我都会谨记一件事，脑中念念不忘那个乡间墓地，那是我必须要去看一眼的地方。它静静地躺在那个我每天开车往返于农场的必经之路上。此时正值大草原的生日，在这个墓地的一个角落，一度生活着一个在一次重要事件中幸存下来的颂赞者。

这个再平常不过的墓地与再普通不过的云杉为邻，点缀墓地的是再普通不过的粉红色或白色大理石花岗岩材质的墓碑。每个周末，墓碑前都会有一把周末花束安静地躺在地上，那是由红色或粉红色的天竺葵扎成的。普通的墓碑唯一与众不同的是它的形状，它是三角形而不是矩形的。在这个由栅栏围起来的尖角内，草原历史的遗迹深藏不露，淹没在茂密而低矮的草丛中。这片墓地在草原上的历史可追溯到 19 世纪 40 年代，从建起之日到今天，长柄大镰刀和收割机与它还未曾谋面。每年 7 月，在这块一码见方之地，作为威斯康星最原始的残迹之上，一人见高的指南花竞相开放，它们还有一个别名叫叶松香草。它们那像茶碟大小的、如同向日葵那样的黄色花朵，在它们的茎秆上摇曳闪烁，很是别致。在这一带的公路旁，唯一有历史标记的植物就是它了，或者说它就是美国西部地区的唯一残迹。你放开想象就可以知道，当它们摩擦着野牛的肚皮弄得它们发痒的时候，那成千上万亩的指南花是如何蔚为壮观？只是这个问题的答案已经封卷，我们无法知晓，或者恐怕永远不会有人问起了。

今年，我发现指南花的初次开花时间是在 7 月 24 日，比起往年，晚了约 1 周的时间。在最近 6 年的时间里，它们的初次开花的平均时间是 7 月 15 日。

8 月 3 日，当我再次经过这片墓地时，一帮修路工把栅栏全部拆掉了，指南花也被刈为平地。但这并不影响我对未来预测，未来几年，我的指南花还会坚韧地在割草机下生长，然后死去，随着它真正的死亡之日到来，草原时代也终结了。

公路管理处的人说，在每年夏季的 3 个月内，估计有 10 万辆汽车碾过这条公路日夜奔驰，而这 3 个月正好是指南花生命中最旺盛的季节。坐在汽车里的司机乘客至少有 10 万人之众，这些人或许都在历史课的课堂上学习过指南花，没准儿有 2.5 万人上过植物学课。我怀疑，没有谁的眼光会在指南花上停留过。在这一打人当中，有没有一个人留意过它的死亡？如果我对毗邻墓地的教堂传教士讲述，说有一群修路工假借刈割之名正在焚烧一本历史书，他一定会满腹狐疑，脸上布满震惊和不解，什么？杂草怎么会是一本书呢？

这个例子只是当地植物区系葬礼的一个小插曲。反过来，它也是世界植物区系葬礼的一首挽歌。对被机械化全副武装起来的人来说，植物区系的存在已和他们没有多大关系，他们全然不会察觉人与自然息息相关的内在联系，他们只对清除自然景观的不顺眼之处不遗余力，为他们的工作成绩而骄傲——不管他们愿意还是不愿意，他们需要在这片土地上终其一生是定局。针对目前的情况来看，比较聪明的办法是，赶紧叫停讲授真正的植物学和真正的历史学课程，免得在将来的某一天，某一个觉醒的公民因为人类追求美好的生活而牺牲了大量植物区系而羞愧难当。

现在，从植物区系品种的严重匮乏情况来看，农场地区还算险中求胜，稍微好一点。我的农场之所以在差评榜上名列前茅，是因为它比起别的地儿的文明程度略逊一筹，又没有高速公路相伴，这就更不被世人所喜爱了。的确，强大的进步之河淹没了农场的邻近地区，我的农场像一个落伍的孤岛，道路依然是当年的拓荒者留下的四轮运货马车道路，坎坷不平，从来没有铲平过，也没有用砾石铺就，没用过扫帚扫过，更没有用推土机推过。我的邻居使农业管理局的官员不胜唏嘘，他们的篱笆年久失修，破破烂烂；他们的沼泽地从未筑过沟渠，也未曾排过水。钓鱼和展望未来之间，他们更热衷钓鱼。而对于我这个植物爱好者而言，我更愿意在周末时徜徉在大森林中，尽情享受那种与植物亲近的乐趣。我的生活标准是尽量靠近大学的农场、大学校园和邻近郊区的植物系内度过。10 年来，作为一种生活不可或缺的消遣方式，我一直坚持保留着两个迥然不同地区里的野生植物的初次开花时间记录：

初次开花的时间	郊区和校园（可见品种）	边远农场（可见品种）
4 月	14	26
5 月	29	59
6 月	43	70
7 月	25	56
8 月	9	14
9 月	0	1
总的可见数	120	226

显而易见，能入边远地区农民眼的可欣赏之物，几乎是大学生或商业家的 2 倍。对于后者来说，可能迄今为止都还没有欣赏过植物区系。因此，有两种先前提出来的选择摆在我们面前：要么使这种长期以来瞎眼的民众继续瞎眼下去；要么重新审视一下这个问题，我们是不是真的做不到两全其美，同时享有这两种事物——植物和文明。

农田需要清除杂草，林地放牧和优质的高速公路修建都要求植物区系付出代价，要求野生植物大面积地让出领地，植物区系的地盘因此渐渐缩小。但是并没有人武断地表态非要把整个农场、城镇或郡县的植物全部斩尽杀绝，或者非此举就不能受益。每个农场都有闲置的空地，每一条公路两旁都有与公路一样长的狭长的空地与之相连。如果把野牛、耕犁和挖掘机以及一切与文明有关联的东西逐出所有的空闲地带，给这些本地植物区系的完整性留出足够的保险系数，生态环境才会有一个美妙的前景。所有闲置空地上的植物，加上几十种从异地“越境”的有意思的植物品种，一起营造出一个所有公民正常环境的一部分。

可是，说不清道不明的是，那些所谓的保护草原植物区系的优秀人士，居然对这种轻率举动不甚了了，或者根本没去留意。铁路公司大权在手，可以在铁道两旁大肆构筑栅栏工事。他们性急得很，常常在等不及大草原进入开垦程序前，便急不可耐地施工起来，早早地竖起铁路栅栏。在这片随时受到威胁的生存环境中，草原植物奋勇地冲破煤渣、黑烟以及每年一度的焚草运动的扼杀。“野火烧不尽，春风吹又生”。按照它们生命的约定分秒不差地绽放出绚丽的花朵，把原野点缀得五彩缤纷，从5月粉色的仙客来到7月里的蓝色紫苑。一直以来，我都受着一种冲动的煎熬，希望能站在那个铁石心肠的铁路局长面前，用事实摆出他的“菩萨心肠”的具体证据。但我没有机会这样做，因为我还不曾遇到一位这样的局长。

说起来，铁路公司在沿线使用的喷火器和化学喷剂主要针对铁路轨道上的杂草，但这种清除方法成本太昂贵，没有足够的财力运用到离铁路较远的偏远地区。或许在不远的将来，这种状况会有进一步的改善。

如果我们对人类亚种的认识很有限，那么，它的消亡对我们来说无关痛痒，只有那些我们了解甚多的事物才会使我们为它动情悲伤。如果一个人只懂得指南花是一本植物学书籍上的名称，那么西部戴恩县的指南花的灭绝根本不会戳中他的泪点，要死要活，由它去吧。

当我试图把一株指南花挖来栽在我的农场时，我才发现它原来是那么与众不同的植物。经过半小时人汗淋漓的劳动，就像挖一棵橡树苗那样——我灰头土脸、狼狈不堪，我发现，我还没有挖到它的根，它的根还在地下无限延伸，就像一棵纵向生长的大甘薯。后来我才知道，这棵指南花的根系生猛坚挺地向下扎，一直穿透了基岩。最终，我还是没有得到这株指南花，但我感觉自己收获颇丰。我从它在地下的精明设计中，知道了这棵卓尔不群的指南花是如何与大草原的干旱抗衡的。

后来，我播下了指南花的种子。它的种子大而肥硕，拿一颗放进嘴里，嚼起来跟葵花子的味道像极了。种子撒进土里后，很快它就发芽了，可是接下来的事情叫我们有点傻眼了，我们耐着性子等了5年，仍不见它开花，这漫长的5年一直是它的青春期，这棵秧苗还没有到长出花茎的时候。对于一株指南花，必须等上10年的功夫，才能迎来它的开花芳龄。如此说来，那棵在墓地里的，我那心爱的指南花今年有多大年纪了？我揣测，没准它大过了那个墓地最古老的墓碑的年龄，那块墓碑上镌刻的日期是1850年。或许，当时它就伫立在那个著名的行军线上，亲眼看见了逃亡的黑鹰[①]从麦迪孙湖撤退到了威斯康星河。无疑，它也曾见证了当地拓荒者接连不断的葬礼，如今，这些拓荒者都静静地长眠在蓝紫苑下了。

在挖掘一条路边的水沟时，我亲眼看见过一只电铲将一株指南花那甘薯般的根铲断了。可是不久，那被铲断的根须竟抽出了新芽，绽放出新叶，而且很快长出了一枝花茎。这就解释了为什么这种植物从不入侵新的领地的原因。我们还是能在最新筑成的公路旁边发现它们的踪影，它们就是那种坚韧而专一的植物，一旦在某地扎下了根，就能经受住任何摧残，当然，除非持续性地放牧、刈割以及翻犁。

可是，为什么指南花从牧区遁形了呢？我亲眼看见了一个实例，一个农民将他的乳牛赶到尚未开垦的大草原上。早先的时候，这片大草原仅供人们偶尔收割野生牧草。乳牛一来到草原上，首先把指南花啃得片甲不留，然后再去啃食别的植物。我们完全可以想象得到，野牛笃定也是青睐指南花的，但野牛之所以姓“野”，就是它不能忍受整个夏季都被束缚在栅栏里天天啃食同一片草地。这就意味着，野牛的食谱也需要换换口味，所以它在草地上觅食是要分季节的。这就很好地解释了为什么指南花能够牛口余生，因为这个季节性的间歇正好给指南花的生存提供了机会。

这就是无限慈悲的天意，大自然天衣无缝地安排了成千上万种动植物，让它们相生相克从而成就了现在的世界，并留下令人为之动容的历史沧桑感。现在，无限慈悲的天意要收回馈赠，将它从我们这里收回，缘分尽了。当最后一只美洲野牛从威斯康星离去时，没有谁会为它悲伤，同样，当最后一棵指南花循着野牛的足迹，前往人烟稀少而草木葱茏的大草原时，亦没有人为它悲伤。

【注释】

①黑鹰：（1767—1838 年），北美印第安人苏克和福克斯部落的酋长，当白人向西部扩张时，曾率领其部落顽强抵抗过扩张者的“黑鹰”战争。

8 月

绿意盎然的牧场

有些画之所以闻名于世，经久不衰，是因为它们有被不同时代的人所欣赏的魅力，在浩瀚的时代长河里，每个时代似乎都有那么几双富有鉴察力的眼睛。

我知道一幅“很美的画”，在那幅很容易消失的画中，除了有几只怡然自得的鹿儿以外，没有其他醒目之处，引不起人们多大的关注。在此执笔画丹青的是一条河。话说就是这一条河，当我带着朋友们前去观看它那翰墨飘香的作品时，它却永远地淡出了人类的视野。从那以后，这条河就成了我脑海之中的印象，一幅遥祭情殇的印象画。

和所有艺术家一样，我眼中的河也是有性情的，何时绘画灵感闪现，或者这种灵感能持续多久，皆不可预测。但在仲夏时节，在一个晴天接着一个晴天的日子里，飘浮的云朵恰似白色的战舰在天空中游弋，在这沙滩上徜徉流连，只是为了看一眼那位画家是不是正在挥毫泼墨，的确很值得。

写意从一条宽阔的泥沙带开始，淡淡的泥沙稀疏地涂在一个往后倾斜的河岸沙子上。泥沙带在阳光的烘烤下慢慢变干的时候，金翅雀来沙坑里享受日光浴，麋鹿、苍鹭、大蓝鹭、北美鹤、浣熊、乌龟，个个争先恐后，生怕当了落后分子。它们伸出爪子在画作上锦上添花。此时此刻，没有谁能预料到下一分钟会画出个什么来。

但是，当这条泥沙带上的荸荠草慢慢呈现出一种绿色时，我便开始密切关注着这幅画下一刻可能发生的变化。因为这正是这条河在它绘画灵感达到顶峰时释放出的信号。果不其然，就在近乎一夜之间，荸荠草华丽变身为葱茏的草地，那般苍翠，那般浓密。那些藏身在附近山里的田鼠，禁不住这般诱惑，为了一口美食倾巢出动，直奔这片绿色的牧场。很显然，它们打算今晚要在这里安营扎寨，为的是能在天鹅绒般的厚毛毯上蹭蹭肚皮。沙带上那一串串漂亮弯弯曲曲的脚印表达了田鼠的热情。鹿儿在绿毯上来回游走，显然它是冲着脚下那般舒服的感受而来的。就连喜欢窝在洞里不爱出门的鼹鼠也一反常态，掘出了一条跨过干枯河岸通往荸荠草绿带的高速通道，这是它尽情撒野的地方，它在这儿可以毫无顾忌地摆弄嫩绿的草甸。

这幅画中的草甸上，布满了不可胜数的幼小植物，它们小得让人认不出，而这些细如尘埃的生命，全部来自这绿色荸荠带下那潮湿而温暖的沙土。

为了尽情欣赏这条河，我给它预留了 3 个月的时间，而且还有一个条件，必须不受外界干扰。在某个阳光明媚的早晨，掐准太阳刚刚喷薄而出的那个时间节点，我造访了这个河滩。这时艺术家正在调色板上摆弄色调，它正在蓄势待发，把那和着露珠的颜料泼洒出去。荸荠草已甸绿到了极致，点缀其上的蓝色沟酸浆果闪烁着不可描述的韵味，粉红的青头和乳白色的慈姑花相映成趣。遍布草甸的红花半边莲，向天空闪动着它的叶片。在河滩的一隅，紫色的斑鸠菊和淡粉色的泽兰，矫揉造作地挺着它们高挑的身材在杨柳墙边亭立。而且，无论你的脚步多么轻柔，那情景如同你来到任何一个昙花一现的地方一样，你都会惊动身披狐红色毛发的小鹿儿。此时它正在没膝的花草之中乐不思蜀，快乐地享受着这般良辰美景。

来过一次以后，你就不要指望还能看到第二次这绿色的牧场，因为等你下一次来的时候，这里什么也没有了。或者是雨水毫不留情地冲走了它，或者上涨的河水冷酷地淹没了它，总之，这里的一切都像被橡皮擦擦过一样，一干二净，一点痕迹也没有了。这儿重归它最原始的面貌，只有洁白而朴素的沙地。然而，不管如何，你且把这幅美景挂在心间，期待着下一个夏天。创作灵感又在河流的涌动中灵光乍现，它定会重拾那份闲情逸致。

9 月

丛林唱诗班

在 9 月，黎明可以单枪匹马冲破拂晓前的浓雾了，这个月份的黎明不再依赖鸟儿的帮助了。一只麻雀心不在焉地唱着瞎编乱造的歌；一只丘鹬正在高高飞翔，它或许是走在回家的路上，走向往日里日间栖息的灌木丛，它这会儿正在半路中，一路走一路叽叽喳喳地唱着；一只横斑纹猫头鹰卖弄了一声花腔颤音，作为昨夜争辩的闭幕曲。而其他鸟儿则懒洋洋地闭口不言，什么也不唱，什么也不说。

有时候，在萧瑟的秋季，在大雾弥漫的黎明时分，鹌鹑合唱团的晨曲会适时地响起，但不一定什么时候都能听到。十几个女低音会猝不及防地打破沉寂，它们情绪饱满，按捺不住对白日将至的热情赞美。然后，赞美之歌在一分钟或两分钟之后，戛然而止，就像它们开头唱序曲那样突然而来，突然而去。

这种不可捉摸的鸟儿音乐会，有一种特别之处。站在树梢顶端的歌者最为显眼，很容易被看见，但也很容易被遗忘，它们才华平平，是显而易见的庸才。最能让人们留下深刻印象的是那种不易露面的歌者：从朦胧的阴影里倾泻出银铃一般的和弦声音的夜鸫；从隐身于云层后面发出号角般声音的飞鹤；从不易察觉的迷雾深处发出浑厚男低音的榛鸡；还有在寂静的黎明倾情赞颂圣母玛丽亚之歌的鹌鹑。没有哪个自然科学家有幸观看到这个唱诗班的精彩表演，因为演员们都是一群隐居者，它们静静地栖息在草丛中，任何想接近它们的企图，都会瞬间搅乱这种和谐，使这儿顷刻间鸦雀无声，陷入一片沉寂。

在6月份，我们预先完全可以推定，光线强度达到0.01烛光英尺时，就到了知更鸟出场献唱的时刻，而其他歌者则按照预告的顺序轮番出场。从另一方面来说，秋天的知更鸟是沉默的鸟儿，因此我们根本无从预测群鸟的合唱是否会如期举行。清晨没有鸟儿的声音，这种沉寂令人沮丧。我个人的经验说明，期待是一种美，期待比起真正得到更有价值。因此，为了一饱耳福，为了听到鹌鹑在黎明的赞歌，即便半夜爬起来，也值。

秋天，我的农场总有一窝或两窝鹌鹑，可是它们在黎明时分的晨曲总是令人遗憾地安排在很远的树林里。我揣测，这大概是由于鹌鹑跟狗狗的对立情绪。因为狗狗对鹌鹑的晨曲表现出来的兴趣甚至比我还要高，鹌鹑则想把栖息地迁到离狗狗远一点儿的地方。在10月的一个清晨，我坐在屋外的营火旁，一杯咖啡在手，清晨所有的惬意都在这一杯浓浓的咖啡中了，突然，在我面前咫尺之处，响起了一个合唱团的晨曲。歌唱家都栖息在一棵北美乔松的树枝下，原来如此！聪明的歌唱家们懂得栖身在这样的树丛中，即使露珠凝重时，这儿也能保持干燥，使它们的羽毛蓬松干爽。

这支几乎就在我家门前的台阶上唱起的清晨赞美诗使我倍感欣慰和骄傲。不知何故，从那以后，在浓浓的秋色映衬下，松树的针叶蓝得令人神魂颠倒；松树下那片由红玛瑙般的覆盆子铺就的红毯，也愈发红得醉人。

10 月

烟熏色的金黄

狩猎有两种类型：普通狩猎和捕获松鸡。

我告诉你，有两个地方是捕获松鸡的猎仓：一些普通的地方和亚当斯郡。而在亚当斯郡捕获松鸡时，有两个绝佳的时段可供选择，一个是普通的时间；另一个是当美洲落叶松满身披上了烟熏色的金黄色时。这是写给那些运气差了点的猎手的。当那些羽毛火箭毫发未损地飞进落叶松林的时候，他们只是失落地提着空枪，没有半点心思去凝视那些被松鸡的翅膀扫荡后，纷纷扬扬筛落的金黄色松叶。

当美洲落叶松由绿开始变黄时，正好是初霜临近时，初霜将丘鹬、狐狸、麻雀和灰蓝灯草带出了北方。知更鸟大军在做入冬前的最后一次大扫荡，它们将山茱萸林丛里的白浆果一扫而空，剩下那些光秃秃的枝干徒自飘摇。在山丘的映衬下，粉红色的枝干就像一层粉色的薄雾浮在山丘上。河岸边的桤木已经落叶，露出了遍地的冬青；黑莓树丛内红光闪烁，像一盏引路的灯，带你寻找松鸡的栖息地。

到底哪里是松鸡的栖息之地，猎犬最有发言权，你莫作声，只需紧紧跟在它后面，它那竖起的耳朵会将读出的信息泄露给你，那是微风要告诉你的故事。当它终于停下来一动不动地蹲着，意味深长地朝你一瞥——“现在，准备好”，它向你表达了你该做什么。问题来了，我该做什么呢？是一只鸣啭的丘鹬，还是一只一展歌喉的松鸡，抑或是一只野兔？狩猎松鸡的真正乐趣就在这个不确定性时刻淋漓尽致地体现出来了。真的，知道准备好做什么的人，应该是寻找得到而且能捕获松鸡的人。

不同的狩猎在情趣上不尽一致，造成这种差别的原因很微妙。最惬意的狩猎是那种带有做贼一般的感觉，偷偷摸摸地进行。如果你要玩个新花样，想要体验一次暗中狩猎的乐趣，那么你最好选择到一个偏远的、人迹罕至的荒野，或者选一个在大众眼皮子底下还没有被发现的地方。

没有几个狩猎者晓得亚当斯郡能找到松鸡。当他们的车子路过亚当斯郡时，闯入他们视野的只有荒凉的美洲落叶松和矮小的大果橡。这些令人迷惑的景象是因为高速公路与一连串向西流动的小溪交错着，每条小溪的源头都来自一个沼泽，它们流经干燥贫瘠的沙地注入河内。在公路上方，隐藏着意想不到的惊喜，就在那些干枯的丛林屏障后面，每条小河都延伸到一片宽阔的呈带状的沼泽里，而这一方天地就是松鸡的天堂。

当 10 月来临的时候，我喜欢独自坐在我的美洲落叶松林里，在那个僻静之处，能听到狩猎者开着汽车在公路上咆哮而过，争分夺秒地驶向北部人烟稠密的地区；想象着他们那跳跃着的仪表盘、紧张的面部表情，不禁暗暗发笑。就在他们拼命赶路的喧嚣声中，一只雄松鸡抖动着翅膀，这意味着，它向汽车挑战的鼓点已经擂响。当我注意到它时，我的狗狗咧开了嘴，这表示我们已经不谋而合，那个家伙欠揍，得松松它的筋骨才对，那好，我们现在就去拜访它。

沼泽湿地并不是美洲落叶松的唯一生长地，它们的落脚地还有高山脚下的边缘地带，那里一年四季泉水涌流。每年春天，当万物欣欣向荣的时候，泉眼旁边茂盛的苔藓把泉眼都堵塞了。这样一来，便形成了一片潮湿多泥的宛如梯田般的台地。我很愿意把这些梯田似的台地称为悬在空中的花园。挂着流苏的龙胆冲破封闭它们的潮湿淤泥钻出来，擎着蓝宝石般的花朵攀缘直上。在美洲落叶松的暗金色笼罩下的一株龙胆，这般可遇不可求的美景很值得我驻足品味，尽管此时我的狗狗已经已发出信号，松鸡近在眼前了。

在悬挂的空中花园和小溪之间，有一条苔藓铺就的鹿径，这大大地便利了猎人的追踪，而对于突然冒出来的红松鸡来说，要在一瞬间掠过它也很容易。现在的问题是，鸟儿和猎枪是否能在那个一瞬间亲密接触，如果办不到，下一只途经此处的鹿儿就只嗅嗅散落在地上的子弹壳，而不是散落的片片羽毛。

循着小河往上游走，我在不远处看到了一个废弃的农场。我琢磨着这片穿过田野的年轻落叶松的树龄，试图分析出大约在多少年前，那个倒霉的农民才搞懂了，原来这片沙质平原的意义就是只生长树不生长玉米。美洲落叶松对那些粗枝大叶的人讲述着一个神话，因为它们每年都会长出几轮树枝，而不是一轮，这真是个令人难以置信的故事。我在一棵小榆树上发现了一个较为精确的计时器，这棵榆树早已成了把门虎，把牲口棚的门堵得严严实实。它的年轮可以追溯到 1930 年的大旱年间。从那年以后，再也没有人从那个牛棚里提出过牛奶桶。

我很难想象，当这家人由于农作物歉收，产出不足以抵扣房屋贷款而收到驱逐令的那一刹那，他们想到了什么。很多思想，就像流星划过天空，顷刻之间一闪而过，不会留下任何痕迹。然而有些思想，经过岁月的砥磨仍然常青，即便沧海桑田，仍然可以留下数十年以后可寻的线索。在某个被遗忘了的 4 月，那个种下这棵丁香树的人一定在他的心里幻想过，以后每当 4 月来临，他都可以欣赏到丁香花绽放的美景，闻到那淡紫色丁香花的香气。而对几乎每个星期一都守在搓衣板旁的洗衣妇来说，她忧忧愁愁地看着那快要磨平的搓衣板，巴不得所有的星期一都不要再出现，甚至巴不得马上消失。

当我从这些冥想中惊醒过来时，才发现我的狗狗以极大的耐心守在泉水边，朝着猎物的方向暗示我好几分钟了。我走过去，为我的心猿意马道歉。一只丘鹬叫了起来，奇怪的是那叫声很像蝙蝠，它那橘红色的胸脯沐浴在10月的阳光下。

在这样的一个日子里，全神贯注于一只松鸡真是难得，毕竟有很多外界的干扰因素叫人分心。我跨过一条沙地上的鹿径，强烈的好奇心像打鼓一样在心里七上八下，这样的冲动使我下决心要追到底。这条鹿径直接从一个鼠李灌木丛通向另一个鼠李灌木丛，那些被咬断了的嫩树枝清楚地说明了这儿发生了什么。

我突然想起该吃午饭了，不料就在我准备把午饭从狩猎袋里取出来的时候，不经意间瞥见一只游隼在高空中翱翔，我的好奇心又上来了，我要搞清楚它是哪个种属。于是我等待着，直到它倾斜着飞过头顶，露出了它那红色的尾巴。

当我再次把手伸进狩猎袋里时，一棵被剥了皮的杨树吸引了我的目光。我禁不住揣测，一只公鹿在裸露的树杆上蹭它那发痒的鹿角时，那该是哪一年的事情？那暴露在外的木质已经变成了棕色，因此我断定，那对稚嫩的鹿角现在已经长成漂亮雄伟的鹿角了。

当我再次试图伸手拿我的午饭出来时，我的狗狗发出的兴奋叫声打断了我。只听得灌木丛中发出一阵撞击声，一只公鹿像变戏法一样地蹦了出来，短短的尾巴高高翘起，鹿角闪闪发亮，它披着一身光滑的蓝色外套。一点不错，白杨树说的全是实情。

这一次，我终于从狩猎袋里拿出了我的午饭，坐下来美美地享受起来。一只山雀直勾勾地望着我，心里在盘算着它的午饭，它没有对我说出它想吃什么，也许是冰凉而肉嘟嘟的蚂蚁卵，也许是来自某个鸟类国度的美味，就如同我当下期待的烤野鸡一样。

午饭吃完了，我向那一排由美洲落叶松幼苗组成的密集方阵行注目礼，表示敬意。它们金色的枝杈直插天空，在每一棵树下，都有昨日飘落的针叶，这些针叶正在周而复始地织就一张暗金色的地毯；而在每棵树冠的枝杈上，都在孕育明日的萌芽，静静地、甜蜜地等待着另一个春天。

晨光熹微

起得特别早的当数大雕鸮、星星、大雁和货运列车惯有的怪癖。有些猎人的早起习惯是为了捕获大雁而形成的，而咖啡壶则是为了服务猎人而早起的。说来也奇怪，大多数生物都会在清晨的某个时段从梦中醒来，这比闹钟还灵，但有些少数派则很另类，他们喜欢选择在最欢愉、最悠闲的时刻爬起床。

猎户星座是早起者的忠实同伴，恰恰是它为起得特别早的生物按响了闹钟。当猎户星座经过西边天顶，距离大约在人能够偷窥到一只水鸭那么远时，起床时刻就到了。

早起者相互之间都有一种心有灵犀的默契感，它们自有轻松自在的原因，因为比起那些睡懒觉的，它们习惯低调地陈述自己的收获。猎户星座堪称老牌的旅行家，这个富有旅行经验的星座敏于行而讷于言，从它紧闭的嘴里什么也打探不出来。咖啡壶，从它那最初的、轻柔的汩汩声我们就可以知道，它总是很克制地不肯说出壶里有什么了不起的东西在沸腾。猫头鹰，在它那特殊的三节音里的阐述中，最刻意淡化的情节就是夜间的谋杀故事中惊心动魄的细节。河堤上的大雁，它们起得特别早是因为墨守成规的雁群辩论会的制度，从它们那紧紧的口风中，你得不到半点关于它们和远方的群山和大海的辩论内容，你别指望从它们无意透露的谈话中套出什么有价值的线索来。

至于货运列车，不得不承认，要它对自己的重要性保持缄默是根本做不到的事，但即使如此，它还是具有谦逊的美德，它的眼睛紧盯着自己喧闹的公务，从来不多事，也不会跑到别的营地里去闹他个轰轰隆隆。货运列车的敬业美德使我有一种强烈的安全感。

起得特别早去沼泽地，对于听觉来说是一种纯粹的冒险，耳朵的胆儿在夜间太肥了一点，它在夜晚的喧嚣中天马行空地游荡着，而且不受手或眼睛的阻碍和限制，当你听到一只绿头鸭在津津有味地咂着它的汤汁时，那响亮的咂嘴声可以使你的想象力生出翅膀，想象着一群绿头鸭在浮萍盛宴会上大快朵颐的情景。当一只赤颈鸭发出一声尖叫时，你的想象力会把你带到一个鸭群面前，但它们的画面不会在你的视觉印象中混乱不堪。当一群蓝嘴鸭拖着长长的声调游向池塘，它们那别样的长音划破了黑绸缎般的夜空时，你会瞬间屏住呼吸，追寻那袅袅的余音，可是，除了满天繁星以外，什么也没有。如果在白天，这些表演你肯定会看得一清二楚，瞄准、扣动扳机，可能子弹飞出去了却没有命中目标，这时你急忙为自己的蹩脚枪法找一个冠冕堂皇的理由。实话实说，白天的光线的确不能造就神话，大白天里是不会有一副颤动着的双翼，或者将天衣无缝的天空撕成两半儿的生动画面呈现在你的视线里。

当一群鸟儿振动它们那沾了露水的翅膀飞向更广阔、更安全的水面，在泛着一片灰蒙蒙色彩的东方天空中，鸟儿的身影渐行渐远，慢慢变得模糊不清的时候，聆听的时刻就结束了。

和诸多类似带有约束性的条约一样，黎明前的盟约只有在黑暗谦卑地低下头来，除去身上的傲气变得谦虚起来，条约方能生效。仿佛白昼每天都有责任撤走世间的沉默。不管怎么样，每当浓雾渐渐褪淡，轻纱一般的薄雾把低空抹成了鱼肚白的时候，所有的公鸡都雄赳赳气昂昂地跳到院坝里那根最高的木桩上，大言不惭地自吹自擂；每一株在头一天被收割机放倒的玉米秸，都自信地认为自己比先前种植的任何一株玉米高出一尺；每当阳光洒满林间后，松鼠会沉浸在它的悲伤中，夸张地想象着它曾经受过的屈辱和苦难；每一只蓝冠鸦都在扮演一个虚伪者的角色，虚情假意地散布它们所发现的、跟整个社会有关的危险；远处的乌鸦正在和一只想象中的猫头鹰使劲，它在表演给大家看，告诉大家它的警惕性如何高；或许就在此时，一只松鸡正沉浸在它往日的风流韵事中，并尽量弄出声响地拍打着它的翅膀，用它那公鸭一样的沙哑的声音，高调宣称它对这片沼泽地的所有权，并安民告示，沼泽地所有的雌松鸡都是它的后宫。

伟大的幻想并非只限于飞禽走兽之类，到了早饭的点儿，雁叫声、喇叭声、喊叫声和口哨声此伏彼起地响了起来，唤醒了沉睡中的农家院落。接着，拖拉机的轰鸣声也汇入了声音的洪流。到了傍晚，一台被忘记关闭的收音机的嗡嗡声也加入了进来，于是人们开始洗漱上床，开始与夜晚的耳鬓厮磨。

红灯笼

有一种捕猎松鸡的方法，先制订一个确定的进行狩猎地方的计划，当然，前提是这个计划是根据逻辑和可能性制订的，大致估摸一下从逻辑推论上有多大的成功概率，因为这个计划有可能会把你带到松鸡的栖息地以外的地方。

还有一种捕猎方法是漫游，到处闲逛，漫不经心地从一个红灯笼走向另一个红灯笼。这种方法可以把你带到松鸡的真正栖息地。而那些所谓的红灯笼，就是覆盆子的叶子，它们在 10 月的阳光中变成了醒目的红色。

在我狩猎过的地方，可以说愉快的狩猎经历很多，我要为此向红灯笼说一声谢谢，多亏了它们给我引路。依我的经验，覆盆子最先红起来的地方是威斯康星中部的沙乡地区。在这片亲善的荒原上，有很多条由沼泽汇成的小溪流，那些手握电筒朝着这里扫来扫去的人把它叫作一分薄地。但从初次霜降开始，一直到这个季节的最后一天，在每一个阳光明媚的日子里，覆盆子丛林都在娇艳地闪着浓艳的红色。这对那些目光浅薄的人来说，它们却是贫瘠的。在这片荆棘丛生的灌木丛下，心满意足的丘鹬和松鸡都有属于自己的私人日光浴场。但大多数猎人对这一点都不大清楚，他们在没有荆棘的丛林中折腾来折腾去，把自己搞得灰头土脸，结果一只鸟也没打到，两手空空地回家了，把我们的生活重新抛回以往的平静。

我在这里说的“我们”，泛指鸟儿、小溪、狗狗和我自己。这条小溪是个扶不上墙的稀泥巴，它慢悠悠地流过那些桤木，磨磨蹭蹭好像它就待在这儿不走了一样，它根本不记得自己的使命是流进另外一条河里。我想，我的这副德性和它差不多。它每次在一个发卡型的弯道上裹足不前时，都意味着那儿有更好的河岸。在那里，半山腰的悬钩子丛林与淤泥地上带着冻伤的蕨类植物和沼泽地上的凤仙花一脉相承。没有哪只松鸡有那般勇气让自己长时间地离开这里，我也一样。说白了，捕猎松鸡的过程，其实就是在轻风扑面的惬意中沿着小河流连忘返，从一丛悬钩子蹓达到另一丛悬钩子。

我的狗狗在走到靠近悬钩子丛时，便警觉地向下张望，看我是不是已经进入猎枪所及的射程之内。当它得到了肯定的答复后，它开始以专业的姿态谨慎而诡秘地亦步亦趋，湿漉漉的鼻子尽显犬类的嗅觉本色，要在这上百种的气味中甄别出猎迹，这个猎迹的无形存在赋予了这片景观生命和意义。狗狗是空气的勘探者，终生在气味世界里大显身手。松鸡的气味，就是使它的世界与我的世界发生联系的金本位。

再说了，我的狗狗认为我对松鸡应该有更进一步的认知，作为一名专业的自然学家，我的见解与它一致。它用特有的耐性以一名逻辑学教授的沉着辅导我，用它那只在千锤百炼的训练中养成的特殊嗅觉艺术教导我。它从那些对它来说显而易见，对我而言却肉眼难及的资料中抖出证据，并将这些证据传达给我。我很高兴地看到，有一点它是充满信心的，它认为这个稍微有点笨拙的学生有一天也能成为嗅觉大师。

就像其他那些笨拙的学生一样，我能够凭感觉知道我的教授什么时候是正确的，虽然我说不出所以然来。我检查一下猎枪，然后跟了上去。和那些有修养的教授一样，当我的枪法太糗打偏了时（这种情况时有发生），它从来不会嘲笑我，它会转过头来朝着我很有涵养地眨眨眼睛，便继续向上游走去，追踪另一只松鸡的猎迹。

我们沿着一条河岸行走，其间将会横跨两种风景地貌：一个是猎人狩猎的山坡，另一个是狗狗狩猎的山脚。在行进中，踩在像地毯一样干燥而柔软的石松子上，那种感觉真是让人着迷而且非常舒服。我们还另有图谋，准备把鸟儿从沼泽地里惊飞出来。当你和狗狗一路同行，走在干燥的河岸上时，对一条猎取松鸡的猎犬的考验首先是忠诚度，看它是否能忠实地执行到那潮湿不堪的沼泽中的捕获任务。

狩猎途中，一个很棘手的问题发生了：桤木林带变宽了，狗狗也从视野中消失了。现在要当机立断地找一个小土墩作为制高点或瞭望点，静静地站在那里，高度警觉地竖起耳朵，睁大眼睛辨别狗狗的踪迹。白喉莺从草丛中惊飞起来，暴露了狗狗的踪迹，说明我的狗狗就在那附近。而且，你还会听到树杈被“咔嚓”一声折断的声音，或是“扑通”一声跳进河里的声音，或是奋蹄疾追溅起的水花声。好了，当这一切都声响静止时，那就是你采取行动的时候了，因为这说明它此刻正埋伏在猎物附近。现在，先竖起耳朵听一下，有没有哪只松鸡在濒临危急关头时惊飞之前响起的咯咯声。而且，往往不是一只松鸡单飞，跟随它一起飞的还有另外 2 只、3 只，最多的时候我见到过 6 只。它们发出惊慌失措的咯咯声，接二连三地仓皇逃离，向着这块高地逃命，至于有没有一只会落在你的射程之内，这得取决于时机，看你运气如何。如果时间允许，你完全可以掐算一下可能的机遇：用 360 度除以 30，或者不管哪条切线在你的射程范围内的诸如此类的问题。再除以 3 或 4，这就是一个你可能失之交臂的机会数。最后进入你狩猎囊中的，就是真正的长羽毛的了。

对一只执行捕猎松鸡任务的狗狗第二个考验是，有了这一段小插曲之后，它是否还会听话，按你的要求前来请求指示。当它气喘吁吁时，你要俯身下来，坐在它面前和它平等沟通，下一步有何打算和计划，然后再去寻找另一个红灯笼，狩猎继续进行。

10月的微风送到我和狗狗的嗅觉里的不光是松鸡的气味，还有其他各种不同的气味，每一种气味都会引出一段别样的插曲。当我看到狗狗用它的耳朵向我传达出一种幽默信息时，我就知道有好消息了，它准是发现了一只正趴在窝里睡大觉的兔子。有一次，根据它的一种特殊的表情引导去搜寻猎物，却发现是一场空，根本没有发现鸟儿，但狗狗仍然固执地站在那儿不挪步，我的天！原来就在它鼻子下方，有一只正在呼呼大睡的小浣熊！这会儿，那只胖嘟嘟的小浣熊沐浴着10月的阳光在甜蜜的梦乡里捉鱼呢。每次出猎时，至少有一次，狗狗冲着臭鼬狂吠不已。通常来说，臭鼬是不会藏身于某个稠密的灌木丛中的，它喜欢待在比较茂密的覆盆子丛中。还有一次，狗狗把目光转向河中央，并向我发出了意味深长的信号：上游河段传来了翅膀扇动的声音，接着又传来三声婉转的啼鸣。从这音乐之声中我判断出，我的狗狗打断了一只林鸳鸯的美餐。有时，它会意外地在非常茂密的桤木丛中发现一只姬鹬，这很稀奇。更稀奇的是它有时还会去打搅一只鹿儿，这只鹿儿正卧在紧邻桤木泥沼旁那高高的溪边享受着日光浴，莫非这只鹿儿超喜欢那整日唱着歌儿的溪水，特意在这诗情画意的弯弯流水旁安置一张床，睡上一个踏踏实实的安稳觉？从它那摆来拂去的白色大尾巴来判断，任何一种原因都有可能，或者二者兼而有之。

在两个红灯笼之间，什么事都有可能随时发生。

就在狩猎松鸡的最后一天的日落时分，所有覆盆子丛的红光都在夕阳西斜时熄灭了。这叫我百思不得其解，这样一株小小的的灌木是如何精准地与威斯康星的法令对接的？不过第二天，我也不曾故地重游一番，探究这个令人费解的原因。在接下来的11月，红灯笼的红光全部成了我的珍贵回忆。有时我禁不住想，其他月份主要是为了10月和来年的10月之间一支幕间的插曲而存在的。它使大自然这首协奏曲的华章在各个音节上的衔接变得丰满而魅力无穷。而且我毫不怀疑，我的狗狗和松鸡跟我的见解完全一致。

11 月

如果我是风

11 月的玉米地里，作为乐曲首席演奏家的风儿来去匆匆。玉米秸秆嗡嗡地响着，枯黄的外壳被风儿带到半空中滴溜溜地打着旋儿。风，依然脚步匆匆。

在沼泽地里，覆盖在泥沼上的草被风儿一口气狂吹，后浪推前浪地在沼泽地上起伏涌动，一直涌到远端的柳树尽头。树儿在劲风中摇晃着它那光秃秃的枝杈呐喊着，它在抵抗，但是徒然，没有什么能阻挡风儿来去匆匆的脚步。

沙滩上的主角也是风，河水向大海流去，每一束草都在沙地上画着圈圈。我在沙地上流连，走向一根浮木。风生水起，我坐在浮木上，倾听着天地间的轰鸣声以及浪花拍岸的声音。此时的河流缺少生命的颜色，没有一只苍鹭、白尾鹞或者一只海鸥在此寻找避风港。

在云层以外，我听到了一阵模糊的叫声，那叫声轻轻的，好像远方有一只狗儿在叫。这真奇怪，怎么整个世界都竖起了耳朵在聆听那个声音。过了一会儿工夫，声音渐渐清晰起来——是雁鸣！虽然看不见，但我能感觉到它在渐渐飞近，就要从我们头顶上飞过。

雁阵在低空的云层中出现，这是一面由鸟儿组成的被撕得参差不齐的旗子，它不断翻飞，时而降下来，又升上去，时而聚合，时而离散。但不管风如何凌厉，都阻挡不了它们在奋力的搏击中前行。它们每一对舞动的翅膀都在和风的角力中显示出惊人的力量之美。雁群在天边排列成优雅的人字形，渐渐消失在我的视线中。这时，传来一声令人心醉的雁鸣——听起来就像一声夏季的恋曲。

现在，浮木后面渐渐暖和起来。此刻，风儿追随着雁群一起飞走了。如果我是风，我也会追随雁群一起飞走。

斧在手中

上帝赐予生命，也夺走生命。“赏赐的是耶和华，收取的也是耶和华”。但并不是只有上帝才这样，人类也在仿效。当我们的某个祖先发明了铲子，他就成了一个赐予者；手中有把铲子，他可以种下一棵树；当斧子发明以后，他又成了一个夺取者，斧在手中，他可以砍倒这棵树。任何一个有土地的人都会对创造和毁灭植物的神圣天职想入非非，不管他对这个懂还是不懂。

还有一些祖先，算不上是远古时期的先人，他们发明了五花八门的工具。但每种工具问世以后，你仔细观察一番就会从中厘清这个发明的原理，它要么是在原有工具的基础上进行的技术改造，要么就是原有工具的附属物。我们的社会分工习惯把从事不同职业的人划分为不同的个体，每个职业都在使用适合这个职业的特殊工具。我们或销售工具，或修理工具，甚至有专门的磨刀匠这个职业，他们使工具变得更加锋利，或者我们可以突发奇想运用智慧让工具拥有某种功能。这样的劳动分工使我们对工具物尽其用，逃避了别人指责我们滥用工具的可能。但有一门学问——哲学，它科学地解释了这个问题，即每个人都在按照他们所想的，以及所希望的在使用工具。这门学问还解释了，一旦人们将自己的设想或希望落实到行动上，他们便能确定自己最适合使用什么样的工具。

由于诸多原因，11 月份是斧子大显身手的月份，这话不无道理。这个月天气晴朗，挥动斧子时感觉很潇洒，不会被冻着，只感觉凉爽宜人。当你放倒一棵树后，不会大汗淋漓。轰然倒下的树木上的叶子已经飘落，你可以清晰地看到枝杈交错，从而了解它在整个夏天的生长情况，知道哪些枝杈是这个夏天才出生的新成员。如果大树遮天蔽日，你看不清树冠，为了防止这片土地水土流失，你就拿不出正确的理由来决定哪一棵树木是该被砍倒的，如果我们有这个需要较真的话。

我读过一些自然资源保护主义者的文章，而且通读过多个版本，本人也有个人拙见的文章见诸报端。但我认为，真正能恰当地诠释这个定义的，是斧子而不是手中的那支笔。这关乎一个人在砍树时，或者他决定要砍倒什么树时，那一刻心里波澜起伏的所思所想。一个真正的自然资源保护者应该是这样的人，当他每次在挥动斧子的时候，他应该足够谦卑。他正在土地名录上写下自己的名字，不管是挥动斧子签名，还是手握钢笔签名，两种方式的签名固然有所不同，但这不同是真实存在的。

回溯往事，我发现，要我分析自己手握斧子时所做的砍伐决定，抖出那些深藏的原因，有点类似揭短，叫人有点尴尬。首先，我发现并非所有的树木都生而平等，这当中有无形的不平等存在。比如，当一棵红松和一棵黑桦树挤在一起时，由于跳不出先入为主的偏见，我总是倾向于砍倒红松，取悦黑桦树，这又是何道理呢？

首先，黑桦树是我亲手用铲子种下的，这就有嫡系关系的存在，而红松是自个儿从篱笆下钻出来的，它的命运就是自生自灭。所以，在我的裁断中，亲情成分的分量很重。然而，这还不是全部原因，如果黑桦松也和那棵红松一样，是天然的落生子，是自然育苗的，那我更要高看黑桦松一眼。因此，我有必要找出隐藏在逻辑层面之下的那个原因，如果那个原因真的存在的话。

在我居住的这个小镇上，桦树是个普通的树种，生命力顽强，随处可见，而红松却很稀有。或许，我应该是偏心命贱的。

话又说回来，如果我的农场在北部地区的话，那里的松树是广泛种植的大众树种，而红桦却是稀有树种，我又该如何是好呢？坦白说，我根本不知道该怎么做，但只能说，我的农场在此不在彼。

松树的寿命可长达100年，而红桦却只能活到松树的一半，只能活50年，难道我是担心签名早早地消逝吗？我的街坊们都不种松树，而是多多益善地种桦树，难道是虚荣心作祟，为了显示我的与众不同，就违心地去种一片松林？松树四季常青，即使在隆冬季节也苍翠青葱，而桦树一到10月就开始交班，落叶飘零，难道我该偏爱松树，因为它和我一样不畏寒风刺骨的侵袭？松树给松鸡提供了栖身之所，而桦树却让榛鸡食物充足，难道我认为一张床榻比食物更为重要？1000立方英尺的松树可以卖到10美元，而桦树则贱得多，只能卖到2美元，莫非我就该把眼睛盯着银行的账单？为了撇清与偏见的干系而找出各种理由，似乎很有分量，但没有一条有足够的说服力。

再试着来找一些其他的原因吧，大概多少可以充数。通常，在松树下会长出一棵野草莓树，或一株鹿蹄草，或一株印第安纳水晶兰，或一株北极花；而在桦树下面则只能长出一种植物——龙胆草。大概，龙胆汁是你的最爱，你所企望的最高值。在松树上，啄木鸟很乐意来这儿凿洞筑巢，而在桦树上，你寻遍全树要是能找到一根羽毛就欢喜得很了。在松树上，风儿唱着4月的歌，为我鸣啼，而在桦树上，它那光秃秃的细枝条在风中摇曳晃动，响着单调的吱咯声。这些原因好像足以解释我的偏见，给分量添上筹码，可这是为什么呢？难道说松树是我想象力和希望的源泉？果真如此的话，这等差别应该归于种树的差别呢，还是我？

经过一番筛选，得出的唯一结论回答了这个问题，我喜欢所有的树，但对松树有一份特别的爱恋。

正如我在前面说过的，11月份是斧子大显身手的月份，因此这也和钟情于其他事物一样，在运用偏爱的过程中存在表现技巧。如果桦树正巧生长在松树的南面，而且长势高过松树，那么春天一到，它会成为一堵挡阳光的墙，倒不失为一件好事，它在松树的树冠之上遮天蔽日，使大橡树虫要想在松树冠上产卵，成为不可能。因此，与大橡树虫相比，桦树在竞争上只有微弱优势。大橡树虫是个可恶的东西，别看这个小东西，它会毁掉树冠，让松树体形变态。想来也很有趣，这个小东西喜欢趴在阳光底下让太阳抚摸它，昆虫的这种癖好不仅决定着自身品种的繁衍生息，而且还决定着我的松树未来面貌是丑还是美。同时，也决定我本人作为一个斧子和铲子的使用者的成功概率有多高。

还有一个小小的问题，如果我移去这棵桦树的荫庇之后，一个干旱的夏天脚跟脚地到来。这时，炽热的土壤会松一口气，它会抵消桦树对水分的那一点微弱的竞争，而我的松树并不会因为我的偏心而长势好到哪里去。

另外，如果遇到刮风，桦树的枝干由于大风的压迫摩擦到了松树顶端的嫩枝，由于这个因素，松树变形在所难免。如此看来，要么把这棵桦树移走，要么必须在每个冬天对它进行打理修剪，以便经过修剪的桦树枝杈高度高于松树在夏天可望生长的预期高度。

这就是一把斧子的使用者必然要从容自若地预见、通过比较决定取舍，根据正反面依据，拿出决策。总之，偏心不会取得客观的实际效果，它只是表达了良好的意愿。

斧子使用者的偏见众多，这和所有农场里的五花八门的树种有得一比。在培植树木的那些年代里，根据他的审美趣味，对它们的美感和用途充分评估，包括他对树木付出的智慧和体力的辛劳，他会分门别类地赋予每种树一系列的特别属性。有一个发现使我惊叹，我发现不同的人赋予同一种树的特点都有其鲜明的个性。

因此，我印象中的杨树口碑很好，因为它在 10 月里仍然青翠而美名远扬。我很推崇杨树，原因有二：一是因为 10 月的自然美景由于它那浓墨重彩的深绿而愈加欲罢不能；二是它使我的榛鸡在冬季里酒足饭饱。可是我的某些邻居则对它不以为然，他们轻视它不过是“杂草”而已，这也许是因为他们的祖先总是对它们意欲清除而不能，在他们想方设法清除残木的空地上，它们没完没了地抽枝发芽，长得茂盛如林。顺便解释一句，我不是存心说刻薄话，因为我个人很不喜欢对松树的生长构成威胁的杨树。

除白洋松以外，在我最喜欢的树种名单上，还有美洲落叶松，或许是因为某种心结。因为这种树在我们的小镇上几近绝迹（基于对弱势群体的偏爱），或许是它给 10 月的松鸡涂上金黄斑纹（猎手的偏爱），它们还有一大贡献，可以酸化土壤，使我的最心爱的兰花草中美丽的贵妇人——仙女鞋——长得愈加娇艳。另一方面，林业工作者恨恶它们，把它们像敝帚一样扔出门，它们遭此轻薄是因为生长缓慢，使林业工作者们赚不到可以让腰包鼓起来的种植利润。为了证明自己的观点，他们举出这种树的麻烦之处，说它们会周期性地死于叶蜂流行病。但这个证据落实到我的美洲落叶松身上时，将是 50 年后的事了。我想子孙们比我们更聪明，他们有比我们更高的智慧解决这些病虫害。而眼下我的美洲落叶松正在茁壮成长，我的心也随着它那直插云霄的枝杈魂游天外了。

在我眼中，古老的三角叶杨在所有树种中是最了不起的。在它的年轻时代，它就开始为北美野牛提供庇荫之处，为飞翔的鸽子戴上耀眼的光环。我对年轻的三角叶杨情有独钟，因为它们会在未来的某一天华丽转身成为珍贵的老树。但农场主太太却很看不起它，估计农场主也跟他太太的观点一致，因为每到 6 月，雌树就会杨絮满天飞，似花还似飞花，抛洒在家路旁，落红难缀的飞絮总会塞满纱窗眼儿。这与现代人的生活教义格格不入，我们需要的是：不惜一切代价追求舒适安逸。

我个人的癖好表现在对树木的偏袒上，我在这方面付出的爱远远多于我的邻居们，究其原因，乃是我对众多的树种都很喜欢，而且这些树的出身都很低贱，没有人会把它们放在眼里，它们就是灌木丛。我很喜欢紫果卫矛，一个原因是爱屋及乌，因为在鹿儿、田鼠、兔子的菜单上，卫矛的直角枝和绿色的嫩芽是它们的最爱；另一个原因是卫矛那美丽的模样给我带来的感官享受。在 11 月的雪景映衬下，卫矛那樱桃般的果实玲珑剔透，散发着令人感到温暖的光。我喜欢红山茱萸，它们仁慈地喂饱了 10 月的知更鸟；我喜欢花椒，因为它很像一张宽大的床，我的丘鹬总是在它那荆棘般的刺丛庇护下享受日光浴。我喜欢榛树，因为它那华贵的一抹紫色在 10 月里别开生面，给我提供了一场视觉盛宴，而它那 11 月的花穗更是功德无量，把我的鹿儿和松鸡喂得肥肥的。我喜欢美洲南蛇藤，理由是我父亲很喜欢它，而且在每年的 7 月 1 日，我的鹿儿就开始吃它那鲜嫩的树叶。现在我又学会了一招，先把事情摊开告诉诸位，我没办法不喜欢这些花开花落时节，这些时节赋予我一个了不起的身份——成功的预言家和先知的植物学家，不然，我就只是一个迂腐而落伍的教书匠。

显然，从某种意义上讲，我们对植物的偏见是因为遗传基因。如果你的祖父喜欢山核桃，你也跑不脱喜欢山核桃，因为你的父亲会教你去喜欢。还有，如果你的祖父曾经点燃过一根被有毒的心叶缠绕的原木，并且毫不在乎地站在滚滚的浓烟中，我敢打包票，你也会对这种攀缘植物拒之千里之外，管它是不是在秋季里绽放出绚丽的红色，让那份美丽温暖了你的眼睛。

还有一点很明显，即我们对植物的偏好就像一纸告白书，把我们的职业交待得清清楚楚，而且鲜明地体现着我们在个人嗜好方面的迥异，反映出勤劳和懒惰在我们心中孰重孰轻的微妙分配。喜欢打松鸡甚于挤牛奶的农场主，对山楂树很有感情，即便这种植物侵入了他的草场。喜欢猎杀浣熊的猎人，不会不喜欢椴树。据我所知，喜欢猎杀鹌鹑的猎人对豚草的容忍是无限的，即使这种植物引起的花粉病把他搞得焦头烂额，吃尽了苦头。我们的每一种偏向都忠实地反映了我们的感情，我们的趣味，我们的忠诚，我们的慷慨，以及我们如何充分利用周末时光的最敏感的标志。

不管那样可不可以，我都满心希望一把斧子在手，潇洒地度过我的 11 月时光。

强大的堡垒

每一块农场林地，以及所有收获的木材、燃料和木椽，都使它的主人有受到教育的机会。它们都会给它的主人上一堂自由主义的课。这种内容丰富的智慧产物取之不尽、用之不竭，可是人们往往不屑一顾。在这里，我把自己在树林里的收获或者说学到的东西记录如下。

10 年前，这片树林易主，我成了这片树林的主人。我刚买下这片树林不久，就吃惊地发现，林子里的毛病多得就像密密麻麻的树一样。结果是，我买下了农场，也继承了先前林子的病患，林子被病虫害折腾得体无完肤。我真希望诺亚在进入方舟之前，把这些病树都丢弃在方舟以外。但一转念，祸兮福兮，心头不由得茅塞顿开，病树林子未必就完全是坏事。我这块病树林子其实就是一个强大的堡垒，在沙乡全县范围内鲜有匹敌的坚固堡垒。

调皮的浣熊把它的指挥部设立在了这片林子里，没有哪个敢来和它做邻居。11 月的一个星期天，一场新雪把这个底细抖得清清楚楚，猎熊者和浣熊都在雪上留下了清晰的脚印，这些脚印带领我来到一棵枫树前。这棵枫树的根被拔出了一半，一半在外一半在里。我曾记得，我的一只浣熊曾经躲在这棵枫树下避过难。树根和泥土难分难解地纠缠在一起，冻得像一块花岗岩那般坚硬，刀枪不入，而且挖也挖不动。树根上还有奇观：不计其数的洞穴密密麻麻的。狩猎者最绝的烟熏绝招也派不上用场，根本无法把浣熊熏出来。捕猎者劳而无功，不得不眼睁睁放弃看得着却又得不着的猎物，悻悻离去。原来，这个打败了猎人的洞穴是大自然的造化。这是一种真菌的杰作，真菌疾病侵袭了这棵树，把它搞得千疮百孔。一场高级别的暴风雪过后，险些吹倒了这棵树，它像比萨斜塔那样歪在那里，这棵半倒的树正好成了浣熊王国固若金汤的城堡。每年都扛着猎枪来的搜捕者闯入这片树林。如果没有这些城防设施的庇护，我的浣熊仔注定劫数难逃，早已悉数落入捕猎者的手中了。

还有一打的松鸡是我树林里的常住居民，但往往在积雪没膝的时候，它们便举家离开这片树林，跑到邻家林子里暂住一段时间，因为那儿的确有更好的住所。不过，我还是留得住被暴风雨吹倒的橡树一样多的松鸡，就是说，林子里有多少棵被风吹倒的橡树，就有多少只松鸡。夏季的暴雨使干枯的落叶保持了湿润，当下雪时，每棵在暴风雨中倒下的橡树后面，都有一只松鸡在此藏身。通过观察地上的排泄物可以得出结论，在整个暴风雨雪肆虐的冬季，松鸡都过得很滋润。它们从容地在地上进食，悠闲地散步，或者在树叶的庇护下呼呼大睡，那个狭小的空间足以让它安身，而且安全惬意。风也吹不到那个角度，它在那儿深藏不露，不必害怕猫头鹰、狐狸和猎人。从病树缝隙中长出的新叶不但是它的天然庇护者，而且由于一种无法解释的原因，松鸡特别喜欢橡树新叶的口感。

这些经不住暴风雨的橡树都是病树。话说回来，如果它们没有疾病，暴风雨就不能折断它们，如果那样，喜欢串门的松鸡就不会来了。

染病的橡树对松鸡的好处还不止于此，它还有一道美味食品使松鸡欲罢不能——橡树瘿。瘿者，即机体组织受病原刺激后形成的囊状性赘生物，植物受病菌或昆虫寄生后的病态产物。橡树新发的枝条鲜嫩多汁，引来了五倍子虫叮咬，嫩枝的创口逐渐形成了瘿。10 月份时，橡树虫瘿可供我的松鸡大快朵颐，看它那圆滚滚的肚子就知道，里面塞满了虫瘿。

更有一道奇观，每年都有大批的野蜜蜂飞到我的一棵有洞的橡树上筑巢；同时，那些没有拿到许可证的采蜜人也堂而皇之地非法闯入我的林子，先下手为强，抢在我前面收走了那些蜂蜜。他们之所以成为赢家，一部分原因是因为他们在辨别一排排含蜜的橡树是内行，比我有经验；另一部分原因是他们戴着网罩。这样他们又占了先机，可以赶到在秋天时蜜蜂开始蛰伏前紧急行动起来。如果树心没有由于腐烂而中空，野蜜蜂找不到有洞的橡树，也就做不成橡树蜂房。

林中的兔子在周期性繁殖的高峰时期，我的树林简直兔害成灾，它们专挑我看得起的树木或灌木丛下手，越是我喜欢的树木它们啃得越凶，几乎吃掉了我苦心经营多年的树木和灌木丛的树皮和嫩枝。而我巴不得它去啃的树种，它们却懒得去啃。可以咬牙切齿地说，当一个人自己经营一处松林或果园时，兔子就不是让人眉开眼笑的猎物，而是恨之入骨的祸害。

虽说兔子的食欲好，对什么东西都有吃的欲望，但它在某些方面也是个挑剔的食客。它不太喜好野生树木，而特别青睐人工种植的松树、枫树、苹果树或卫矛。兔子吃莴苣时，很有一套板眼，必须得在它屈尊去吃之前给它预备好。当一株红茱萸健康成长时，它没有去吃的兴趣。而当这株红茱萸被壳虫袭击后，则今非昔比，此时的红株萸成了抢手的香饽饽，惹得附近一带的兔子慕名而来，争相啃食这美味。

有一群黑头山雀有整整 1 年的时光都待在我的树林里。冬天，我把这些病树和死树全部砍倒，收拾起来做柴禾。对黑头山雀部落来说，斧子声意味着敲钟吃饭，它们会聚集在附近伺机而动，等待着这棵树倒下来，并不停地叽叽喳喳指手画脚，评点我们的工作效率太低了。这棵树终于倒了下来，劈裂部分充分暴露出里面的东西，即使这会儿楔子还停留在树干里，但挡不住黑头山雀奋不顾身扑过来的阵势。它们麻利地戴上雪白的餐巾，黑压压地落到树上。对它们来说，每片死树皮下都有所罗门的宝藏，必定藏着卵、幼虫和蛹。它们倾心于那些由蚂蚁凿出的树心隧道中缓缓流淌的奶与蜜，不能割舍。为了一睹这些贪吃的小鸟在树的缝隙中狼吞虎咽的样子，我经常故意将刚刚劈开的树木靠在附近的一棵树上，只为观看那种场面给我带来的一种感受。看它们从新劈开的橡树中那丰富的宝藏中获得了帮助，我的心也从中获得了安慰，那是一种快乐而幸福的感觉。

如果我的树木都没有患病，也就无从谈起树缝中还有那么多丰富的内容了。在冬天里，如果没有食物，我也听不到山雀为了那一口食物而欢呼雀跃的歌唱了。

指望病树生存的野生动物不止山雀，北美黑啄木鸟也是靠着病树而活着并繁衍的。病树中心藏着的肥硕的蛴螬因为黑啄木鸟的啄食而无处藏身，被它从生病的树心儿里啄出来吃掉。大林鸮可以躲在老椴树心的空洞里安然无恙，成功地避开乌鸦和冠燕鸦的追捕。如果没有这棵病树，日落时分的小夜曲便会销声匿迹。林鸳鸯也选中了在树洞中筑巢，每年 6 月，都会给我的林间沼泽地里带来一窝毛茸茸的小林鸳鸯。所有的松鼠都没有像模像样的家，它们都委屈地生存于朽烂的树洞和疤痕组织之间。树木愈合的伤痕之间有一种微妙均势，这个组织斗争的空间就是松鼠的安乐窝。每次伤痕组织的过度修复都会缩小松鼠那安乐窝的门，使得松鼠进出都很不方便。这种情况下，松鼠会利用它那尖利的牙齿去啃咬伤痕组织修复的部分，作为这场竞争的仲裁。

在这片患病的树林里，蓝翅黄林莺是林中的精灵，这个树林中的小美人喜欢在老旧的啄木鸟洞或是悬伸在水面上的死树残干上做窝。6 月的树林，瘴气弥漫，在林中潮湿的腐物中，它那泛着蓝晕的翅膀在林中上下舞动，金色的羽毛闪着耀眼的亮光，这是林中的死树变成了活生生的动物的生动证据。如果你对造物主的杰作大惑不解的话，去看一看蓝翅黄林莺吧。

12 月

家　园

说句不愉快的开场白：居住在我农场上的野生动物都“抱怨”连天。它们日日夜夜为我所在的小镇巡逻，似乎很不情愿在这么广阔的区域内巡行。这不禁使我生出一个奇怪的想法来，我真想弄清楚它们的地盘和我的地盘之间的大小比例。这牵涉到一个重要问题：我和它们，到底谁对我所居住的世界了解得更透彻一些？

农场里的动物们常常在行动上暴露出它们拒绝用语言泄露机密，所以很难预见，到底在何时、何地，以何种方式，才会将它们那隐藏的秘密公之于众呢？

我的狗狗，因为它那爪子功夫不到家，根本不可能挥动斧子。所以在我和其他人一起砍伐树木时，活该它在林子里自由穿梭往来，到处搜寻猎迹。突然，一阵狂吠声惊动了我们，只见一只野兔从草丛中仓皇出逃，慌不择路地蹦到了别的地方。然后，它径直地朝着离这儿约有 0.25 英里远的一个木柴堆跑去，又以迅雷不及掩耳之势钻进了两捆木柴的缝隙中。这个角度来得妙，追击者的子弹不可能转弯抹角射进那个缝隙，因此基本上是个安全地带。狗狗追到这里后，只在坚固的橡树上留下了几个象征性的牙印后，就停止了追击，转而又去搜寻那些动作和头脑都笨拙一点的白尾灰兔去了，我们则继续手中的活儿——砍树。

这段野兔历险记的小插曲实在是一个富有深意的例子。它充分说明了一件事，野兔对它睡觉的窝和木柴堆之下的避难暗室，是多么了然于心。不然，怎么能解释清楚它紧急逃窜中知道走哪一条捷径呢？这只野兔的家园至少有 0.25 平方英里之大。

每年冬天，都有很多山雀来我们的投食点觅食，大多数都要被捉住，并戴上脚环。我们的邻居也会给山雀喂食，却从不逮它们。追踪那些带有脚环的山雀会发现，它们到达的地方离投食点是最远的。我们由此得知，这群山雀在冬天的活动范围有半英里之遥，而且它们勇气可嘉，喜欢在空旷多风的地带顶风飞翔。

到了夏天，这群山雀到了谈婚论嫁的时候，便各自分头去求偶。戴着脚环的山雀为了爱情不惜远走高飞，到很远的地方去和心仪的对象交配。在这场轰轰烈烈的嫁娶活动中，我们发现有很多没戴脚环的山雀搅和进来。在这个季节，山雀对多风地带毫不畏怯，它们经常在空旷多风的地方打闹嬉戏。

3 只鹿儿的脚印非常清晰地印在昨夜飘落的积雪上，一直延伸到我的树林。我反其道而行之，发现了 3 个精心布置的巢穴，就在沙洲上那一片很大的柳树丛中，那是它们为了躲避风雪而打造的安乐窝。

我循着鹿儿的脚印继续向前跟进，这些足迹一直通向了我邻居家的玉米地。它们在那里大闹天宫，留下了很多证据，用蹄子刨开积雪搜寻残留的玉米粒，还翻箱倒柜地把柴禾堆弄得乱七八糟。然后，脚印从这里开始打道回府，但走的是另一条线路。在回沙洲的半路上，鹿儿们又钻进草丛，用鼻子在草丛中搜寻嫩绿的新芽，它们还到一个泉水边痛快畅饮。这样，我用素描式的笔墨勾勒出了一幅鹿儿夜间行军图：从鹿儿睡觉到它们的早餐地点，方圆不过 1 英里远。

我的树林一直以来都是松鸡的藏身之地，但在去年冬季的某一天，在经历了一场大雪之后，我突然发现林中没有了松鸡的踪影，连一个脚印都没看到。我绝望地推断我的松鸡举家搬迁到别的地方去了。就在万般惆怅之时，不料，我的狗狗突然冲向一个猎点。这是去年被一场大风刮倒的一棵大果橡，在布满枝叶的橡树梢处，3 只松鸡被我的狗狗轰了出来，一只接着一只地惊飞起来。

无论是树梢还是树梢附近，我都没有发现松鸡的任何踪迹，它们那爪子印到哪儿去了？看来只有一个解释，这些家伙是飞进洞里去的。问题是：它们是从哪儿飞进去的呢？松鸡是一口食物定生死的鸟儿。它们必须要进食才能活，尤其是在冰点以下的气候条件下。当我检查那些掉在地下的鸟儿的粪便时，发现了一条线索：在这些污秽得不成形的残渣中，我发现了鳞苞和结了冻的龙葵果实那粗糙的黄皮。

夏天，有一片别样的风景曾引起了我的注意。在一片茂密的小枫树林里，大量的龙葵开着白色的小花，4 ~ 10 朵不等地合成聚伞花序。我走进小枫树林里，经过一番仔细的搜索，终于在一根圆木上发现了松鸡的足迹。原来这些松鸡极其聪明，不会在那松软的雪地中艰苦跋涉，它们懂得踩在圆木上一举两得，既没有行走之苦，还可以一路啄食那些在脖颈所能及的地方露出来的浆果。而这片枫林，恰巧就在那根被风刮倒的大果橡东面 0. 25 英里处。

那天傍晚时分，在向西 0. 25 英里处的杨树林中，我看见一只松鸡在那里探头探脑，同样，我也没有发现它在周围留有足迹。这就是故事的全部。这些鸟儿在它们的家园里，不会在又松又软的雪地上徒步行走，而是聪明地用翅膀飞来飞去，这个范围不超过方圆半英里之内。

科学家们对家园范围的概念似乎了解甚少：在不同的季节里，这个范围有多大？它的疆界内包括哪些必需的食物和抵御危险的擅闯家园者？它的所有权属是个人的还是家庭共同拥有的？这些都是动物经济学或生态学的基本原理，每一个农场都是一本动物生态学的教科书，而那些对森林知识了然于心的人所掌握的智慧，便是对这本书的最好诠释。

雪地上的松树

“创造”一词有着非同寻常的、无中生有的超凡之处。在普通人眼里，只有上帝或诗人才配有这一专属的权利。难道说卑微的老百姓就不能打开那有特殊属性的芝麻之门了吗？如果他找到了那把打开芝麻之门的钥匙呢？比方说，我们种下了一棵松树，即使上帝没有赐下雨露，即便诗人也不帮忙，都没有关系，只要手中有一把铲子足矣。因此，凭借这些潜规则中的不可理喻的好处，任何一个乡巴佬都会说：“让那儿有棵树①。”于是那儿就有了一棵树。

如果他肌肉发达，虎背熊腰，他的铁锹锋利无比，他可以拥有 1 万棵树都不成问题。而且，在第七个年头，他可以拄着铁锹，目光在这些树上来回游移，发现这一切都很好。

上帝在第七天歇了他手上的工作，并且对他在 7 日内的所有创造非常欣慰②……此后，他再也没有说这样的话。我想，他是不是太倾心于被创造出来的东西，或者那些树的叶子比无花果树的叶子更加赏心悦目，也比空洞的苍穹更富有内涵。

铁锹是老实巴交的象征，手握一把铁锹意味着单调乏味的工作开始了。不知道个中道理是不是因为铁锹都是钝的，所以人们这般鄙夷不屑。不可辩驳的是，所有从事苦力的人都拥有一把秃钝的铁锹，只是我拿捏不准这两个因素中，哪个是原因，哪个是结果。我只知道，借力一柄好锉子的精心打磨，我的铁锹在掘进泥土时可以展现它的音乐天赋。我听说，锋利的刨子、锋利的凿子和锋利的解剖刀都是创造音乐的大师。但是，就我的耳朵来说，我听到的最好的音乐来自我手中的铁锹。当我在种植一棵松树时，铁锹在我的手腕上轻轻吟唱。我怀疑，那些穷其一生精力想在时间的竖琴上弹出清晰音符的人，真的是越聪明的人越容易犯糊涂，他选择了一件很难驾驭的乐器实在是个错误。

万物复苏的春天，正是种树的最佳季节，对于一切因素包括我手中的铁锹，都是最适宜的时节。而其他季节，则是留给我们观察松树成长过程的。

松树的新年是在每年的5月份。这时，它发端最晚的嫩芽也长成了“蜡烛”。不管是谁给这个新生儿起的这个名字，我要说，这个雅号取得妙，而且，从这个名字可以推测到这个起名者的内心，他有着极其敏锐的洞察力。“蜡烛”像是对一个明摆着的事实的简单质朴的解释；新抽的嫩芽有一层蜡黄色的光晕，笔直而脆弱。但是，与松树多年相处而且感情很深的人都知道，“蜡烛”的含义其实象征着更为深刻的思想，它的顶端像奥林匹克永不熄灭的火炬一样，照亮着通往未来的道路。我的松树自它的新年5月伊始，一直追随着“蜡烛”向空中延伸，每一棵都这样被带入穹苍的深处，直到最后的号角③吹响。倘若时间还够，它们准会到达那儿。只有那些年迈的老松，不记得这众多蜡烛中哪一个才是最重要的。因此，它们的树冠已被岁月的风霜雨雪磨平，不再直刺天空。也许，你也会忘记生活中的许多事，但在你的有生之年，你绝对不会忘记任何一棵你亲手栽下的松树。

如果你崇尚节俭，那么好了，你会发现松树正是与你情投意合的好伙伴。为什么这样说呢？因为它跟那些勉强糊口的硬木不一样，它从来不会借贷度日，而是用前一年结余的存款过日子。所以，每一棵松树都有1张银行卡，卡里的现金进账日期是每年的6月30日。如果在这个时候，它的蜡烛末端又生出十几或二十几个小嫩芽，这等于说，它已经为来年的春天继续向空中伸展两三英尺储存了足够的雨水和阳光。假如末端只有4～6个嫩芽，当然它在来年的能量就显得小一些，不能伸展到那么高。虽说如此，它依然会保持着一种量入为出的偿付本领，所以松树总是树干笔直、树形像伞状地舒展开，一副独立不羁而淡定的神情。

和人类的艰难岁月一样，饥馑之年也会降临到松树头上，这些年月有案可查，因为在那一年松树的生长速度变慢。例如，相互连接的两个枝杈的涡轮之间的间隙变短，这些生长乏力的空隙便成了一位行人与松树并肩行走而随意阅读的自传。为了准确地认定那个艰苦年份，你得在生长乏力的那一年的基础上减去1年。从记录上看，1937年那一年，所有的松树都生长缓慢，这就是说，它记录的是1936年的自然旱灾，大面积的干旱使所有灾区的松树都长得很矮。而1941年，所有的松树都蹿得老高，它们长得很高是因为它们对即将发生的事情已经感觉到了，所以它们都特别努力地向世界昭示，松树知道它们应该走向哪里，而人类却浑然不知。

当在同一区域内的某一棵松树生长缓慢，而它的同伴却都在正常生长，不用多说，你完全有把握地简单推论这纯粹是局部的个体不幸：一场火灾留下的创伤，一只田鼠的啃咬，一场风灾，或者由于某个我们称作土壤的那个黑暗实验室中发生的局部障碍。

松树的语言功能了得，善于闲聊家长里短。当我了解到它们这一特点后，我就心中有数了：当我离开沙乡的这个星期内，这里发生过什么事。3月份，正是鹿儿啃食白洋松的季节，从它们啃咬的高度基本上可以断定它们的饥饿程度。一只吃玉米吃得肚子溜圆的鹿儿是不屑于去啃离地4英尺高的枝叶的，而一只饿得发晕的鹿儿就不同了，这个饥肠辘辘的家伙会踮起它的后脚尖去啃咬离地8英尺高的松叶。虽然我没有看到鹿儿啃食松叶的场景，但松叶被啃的高度告诉了我这只鹿儿当时的饥饿程度；虽然我也不曾造访邻居家的玉米地，但我却知道他已经将地里的玉米垛运回了家里。

5月份，当这些新的“蜡烛”嫩绿得像芦笋苗那般脆弱时，常常有偶尔降临在上面的鸟儿将其摧毁。每年春天，我都会看到一些被枭首的松树，一些枯萎的“蜡烛”躺在树下的草地上。这里曾经发生了什么事，这很容易想到。只不过在我近10年的观察中，还未曾亲眼看见过哪只鸟儿折断“蜡烛”的场面。这个客观的教训说明：虽然有些事情我们未曾亲眼看见，但无须怀疑。

每年6月，总有几棵白洋松的“蜡烛”在一夜之间突然凋零，随之变成棕色，并很快死去。原来，松树象鼻虫钻进了顶端的一簇嫩芽，并在嫩芽之中产下了它的卵；蛴螬孵化出来后，这些小坏蛋沿着木髓往下钻，直至将嫩枝杀死。一株被摧毁了顶端的松树注定要遭厄运。那些幸存的健康枝条在向空中发展的路线问题上发生分歧，它们都想带领其他枝条往上冲。结果内战使这棵政出多门的松树损兵折将，最后只长成了一棵灌木丛。

还有一种解释不清的现象，即只有那些得到充分阳光照射的松树才会惹虫上身，被象鼻虫啃噬，而那些没有得到阳光惠顾的松树，象鼻虫反倒不喜欢光顾，这使那些处在阴影中的松树得以保全，这正是逆境秘而不宣的神秘之处。

进入10月，那些被鹿儿蹭掉了树皮的松皮告诉我，这个季节的雄鹿要开始犯老毛病了。一棵约8英尺高的北美短叶松孤单地站在那里，它的形单影只散发出强烈的煽动性，激起了公鹿想要得到刺激的欲望。而一棵毫不反抗的松树对公鹿施加的暴力采取了忍耐到底的姿态，结果是，它会由于雄鹿的大尺度摩蹭而遍体鳞伤。这场施暴下来，唯一不失公平的是，松树受到的伤害越大，就会有越多的松油黏在雄鹿那粗糙的鹿角上。

当然，要解读出松树的聊天内容绝非易事，可谓是难乎其难。有一次，我看到一棵松树下有一堆粪便。不用说，这当然是树上的松鸡干的好事。在这堆粪便中有一些我以前没有看见过的尚未消化的组织，我一时无法辨认那是什么。它们类似于袖珍版的玉米穗，约有半英寸长。我在脑海中翻江倒海地检查了我所有能想到的松鸡的食物，没有发现与这棵“玉米穗”有关联的线索。最终，当我切开了一棵北美短叶松的顶芽，答案揭晓了，原来松鸡吃掉了嫩芽，消化了树脂，在它的嗉囊中磨掉了芽鳞，留下了那个小圆块。实际上，那个小圆块就是“玉米穗”，确切地说，“玉米穗”就是“蜡烛”的胚胎阶段。人们可以这样说，这只松鸡是一个眼光长远的投机者，它正在为北美短叶松的未来搞投机。

威斯康星有 3 种本地松树——北美短叶松、多脂松和白洋松。它们的成熟阶段，也是参差不齐。早熟的北美短叶松刚一脱离襁褓阶段 1 ~ 2 年，就开始了它的花季，并结出松果。农场的几棵才 13 岁的北美短叶松已是祖父级别了，枝繁叶茂，绿树成林。而另外一些 13 岁的多脂松却刚刚开始它们的花季年华，至于白洋松，它们的花季就更晚了，至今还没有结出花蕾。它们的生命周期严格遵循着盎格鲁—撒克逊的自由、纯洁的传统，以及 21 岁才算成年的教义。

如果我的松树在社会观念的选择上没有多样化，赤松鼠们“福利法案”中的权利将大打折扣。每年仲夏时节，它们就忙着开始对短叶松捣乱了。它们剥开果实的外壳，磕出松子仁。大量的果实在它们手上遭了殃，没有哪一个劳动节的野餐会如此铺张浪费。大量的果皮和种壳被扔得遍地狼藉。每一棵树下都堆放着一年一度盛宴上的残羹冷炙。但在这些食余垃圾中仍有大难不死者，一些幸存下来的松子从黄花丛中冒出了新苗。

很少有人知道松树也会开花，即便有些人知道这一点，也大都是些缺乏想象力的榆木脑袋，他们在鲜花怒放的节日里，领略不到比一个日常生物功能更多的任何东西。有所醒悟的人都应该到松林里去度过 5 月的第二个星期，就像要戴上眼镜一样，你得有备无患，准备好一条帕子，当你领略了纷飞的松树花粉，会让任何一个人都深刻地体会到这个季节是多么精力旺盛，这种心灵震撼比起我们听戴菊鸟的歌声，更胜一筹。

通常，幼年的白洋松离开父母之后，没有父母的庇护会长得特别茁壮。我熟悉我的林地里的每一寸土地，在那里，即便阳光普照，那些晚辈如果依附在长辈身边的话，它们会发育不良，长得矮小难看。而其他树种的松林，则没有出现这种抑制的情况。希望我的理解是对的，这种差异是因为幼树和老树对土壤的耐受性差异造成的。

和人一样，松树对与它为邻的同伴是很挑剔的，而且喜怒皆形于色，从不克制它们的好恶。因此，这就创造了白洋松和覆盆子，多脂松和花大戟，北美短叶松和香蕨木的伴生关系。当我把一棵白洋松种在覆盆子丛生的地里时，我就对日后发生的事胸有成竹，我可以百分之百地预言，不出一年，它就会冒出一簇硕壮的嫩芽，以它年轻的针叶向它情投意合的同伴抛媚眼，展示它那健康的身姿和繁茂的青绿。与覆盆子相伴使它长得比与任何小草为邻更加茁壮，针叶更加青绿，即便它们是在同一天种下的，得到的呵护以及生长的土壤也是一样的。

10 月，我喜欢在这些笔直而坚挺的青绿羽状的针叶中游走，它们怡然自得地在覆盆子铺就的红地毯中间亭亭玉立。我不知道它们是否感觉到自己这般独领风骚，反正我是感觉到了。

松树有远近闻名的“常青”之誉，这得益于它有一套像政府机构维持那种持久外表的手段，就像办公室的不同人员有着不同的任期，满了任期就要发生正常的交接更迭。松树每年都会长出新的针叶。在新叶长出的同时，老叶必须下岗。这种更迭使那些平时不大留意松树更新换代的人相信，松树的针叶永远都是这般青绿。

每种松树都有一套自己的组织结构，这种结构为针叶享受它自己的任期制定了符合它生长的习性。白洋松针叶的任期是 1 年半，多脂松和短叶松的任期是 2 年半。每年 6 月，新针叶走马上任；10 月，即将卸任的针叶开始发表离职演说。所有针叶的离职演说都是同样的内容，而墨水也是同样的黄褐色。到了 11 月，黄褐色的墨迹变成了棕色。随后，针叶便离职了，它们在秋风中飘摇零落，落到地面的腐叶层中集结，用它们的生活经验为那些正在成长的植物增添智慧。正是这种智慧的积累，使得每一个从松树下走过的人都对它油然而生敬意。

深冬时节，我的松林为我提供了比林地政治，以及风和天气预告更为重要的东西。这种情况尤其发生在阴沉的傍晚，这个时刻，所有不相干的情节都被掩埋在了积雪之下，自然力的忧郁和静谧，深沉地笼罩在每个活着的生物上。而我的松树，每一棵都披着厚厚的雪，昂首挺立。薄暮将尽，极目远望，我感觉有成百上千的松树笔直地站着。在此时此刻，勇气像河水涨溢充满了全身。

编号 65290

给鸟儿戴上一只脚环，是为了持有一张人寿保单。大多数人都是凭着运气而侥幸得到了这张保单，单子由保险公司开具给我们，但保险公司因为知道得太多而搞暗箱操作，根本不会把公正的机会出售给我们。然而，我们的保单标的是一只戴上了脚环的山雀，它就成了会在某一天正好陷入网罗的赌注，从而验证这只鸟儿的生死，这在客观上具有实际的演练意义。

新手在给新鸟戴上脚环时会感到兴奋得不得了，此时他正在为打破以往给鸟儿戴脚环的总成绩而激动，其实，他玩的是只是一种自娱自乐的游戏而已。对于老手来说，给新鸟戴上脚环只不过是例行公事，已经撩拨不起他最初的激情了。现在能让他喜出望外的，莫过于把一只在很久以前戴上脚环的鸟儿重新逮住——相比于鸟儿自己，你对它的年齿、冒险以及从前的胃口，知道得比它更清楚一些。

因为这个缘故，5 年以来，那只编号为 65290 的山雀能不能再过一个冬天，一直是我们全家人挂在心头的大事。

10 年前，每当冬季快要临近时，我们都要把农场里的大部分山雀捉住，给它们戴上脚环。而在来年的初冬时节，我们逮获的山雀大都是没有戴脚环的鸟儿，这说明它们都是初出茅庐的新鸟，是本年才出生的鸟儿。它们一旦被戴上了脚环，就等于贴上了“注册日期”的标签。冬天渐渐远去，在捕捉器里基本上不会出现戴了脚环的鸟儿。于是，我们便知道了本地山雀大部分都是由那些未戴脚环的鸟儿组成的。这些脚环给了我们一个数据，截至目前，有多少只山雀是我们关注过的，而这些现有的山雀中又有多少是前一年戴上脚环的幸存者。

65290 是组成“1937 级”的 7 只山雀中的一只。当它第一次落入我的捕捉器中时，我看不出一丝迹象可以说明它是一只天赋异禀的鸟儿，它和它的同伴，为了一块脂油而铤而走险，那种匹夫之勇远胜于判断能力；当我们把它从捕捉器中拿出来时，它用力啄了我的手指。我给它戴上脚环后，将它放飞，它张开羽翼飞到一个大树杈上，因为恼怒而使出蛮力啄着刚刚强加给它的铝脚环，然后抖了抖乱蓬蓬的羽毛，轻轻地诅咒着，急急忙忙地追赶它的同伴去了。它到底有多聪明，从这次经历中得出了有哲理意味的答案——这样说吧，“亮晶晶的小玩意儿不一定就是蚂蚁蛋”，因为在同一个冬天里，它已经被逮住了 3 次。

翌年春天，我们再一次的捕获证明，当时的 7 名戴脚环者已减少为 3 只。到了第三个冬天，减少为 2 只。到了第五个冬天，65290 成了它们中唯一的幸存者。它仍然是只才智平平的鸟儿，身上没有任何天赋异禀的标志，但它卓尔不群的生存能力却使我们不得不服，成为一个有力的历史证据。在第六个冬天里，65290 再也没有出现。在接下来的 4 年里，从我们的捕捉器里一直没有看到它露面这个事实来看，我们知道，它再也不会出现了，它已经在“战斗中减员了”。

在整整的 10 年间，我们逮住了 97 只鸟儿并给它们戴上了脚环，只有 65290 活过了 5 个冬天，3 只活过了 4 年，7 只活过了 3 年，19 只活过了 2 年，其他 67 只活过了 1 年便永远消失了。因此，如果我要经营鸟儿保险业务的话，我可以很有把握地估算出最低保险金。但还有另一个问题：在给它们的孤儿寡母支付抚恤金时，该用哪种货币？我想，最合适的应该是蚂蚁蛋吧。

我对鸟类的了解知之甚少，所以，65290 何以能逃脱敌手而幸存下来，乃是一个未解之谜，我只能凭想象来说话。是不是它机智地骗过了比它强大的敌人？如果是这样，那么，它那强大的敌人是谁？一只山雀其实就是一个小不点儿，不可能有什么敌人。那个被称作“进化”的想入非非的家伙，曾经把恐龙变得无比强大，结果恐龙一直大到匪夷所思的地步，甚至被自己的脚趾绊倒才善罢甘休。它又缩想山雀，直到把它弄到不大不小，既不能作为甲虫被捕蝇器捉到，又不能成为一餐鲜美的肉食，入不了游隼和猫头鹰的法眼。这时，“进化”对自己的杰作面露得意之色，不禁大笑起来。即便如此，人们仍对如此孱弱的生灵所释放出来的巨大热情抱以强烈的同情。

食雀鹰、鸣角鸮、伯劳，尤其是那些在同类中顶小的棕榈鬼鸮，可能会认为一只山雀值得下手。不过，此类心怀鬼胎的实际证据我只发现了一次，这个凶手——一只鸣角鸮逮住了一只佩戴有脚环的山雀，把它当个小玩意儿玩弄。或许，这群小小的草寇对弱者多少有一点手足之情。

在杀死一只山雀时，似乎只有天气才是唯一缺乏幽默感和气度的屠夫。我想，在山雀的主日学[④]中受过的训谕中，有两条不可逾越的教规：在冬季，你不可在多风地带顶风冒险；在暴风雪来临时，你不可弄湿了自己的羽毛。

在冬日里一个细雨蒙蒙的傍晚，在我的注视下，一群山雀朝着我的林子飞去，打算在那儿找到它们的栖息地。此刻，我一下子明白了第二条训谕。细雨从南方飘来，但我凭着一种直觉，知道一个事实：在清晨时分，雨丝会转向西北方向飘洒，届时天气会变得刺骨的寒冷。这些山雀会选择在一棵枯死的大果橡树上睡觉。这棵橡树的树皮已经剥落，并卷成了圆状、环状，以及各种各样的尺寸、角度和方位的窟窿，为大大小小的山雀量身定制了适合它们栖身的窝。那些为了躲避南方的雨水而选择背南而居的干燥地带的鸟儿，却是北方雨雪首当其冲的袭击目标。一夜过后，清晨起来后你会发现它们已经冻僵了。而那些栖息在东南西北方都干燥之地的鸟儿，确实智商略高一筹，它们会安然无恙地度过长夜，到清晨又安然地醒过来。我想，这是鸟类得以幸存的才智。65290 和它的同伴们正是因为聪明的选择而活下来的。

山雀很害怕多风的地带，这一点可以从它们的行为举止中推断出来。在冬天，只在阳光明媚的日子里，它才会冒险飞出树林，而且飞行距离与微风成反比地变化着。我知道有几处多风的林地，这些林地里整个冬天都看不见一只山雀的身影，但在其他季节里，它们密密麻麻地占满了林地，自由而富生机。这些林地之所以多风，是因为乳牛像刮地皮一样地吃光了林下的灌木丛。农民用林地作为抵押向银行贷款，所以他们必须要养殖更多的乳牛，而乳牛又需要更多的牧场。因此，对于那些舒舒服服坐在空调房的银行家来说，大概除了弗拉迪龙[5]墙角的风以外，风是个可有可无的存在。而对于山雀来说，冬天的风则是它们能否进入居住地的边界线。假如山雀也有一个办公室，放在桌子上的座右铭一定是：保持镇静。

至于那些在捕鸟器边上的危险地出没的鸟儿，它们的行为泄露了答案。我们将捕食器调转一个方向，试图让山雀被一丝微风拖过来。结果却让我们大跌眼镜，别说是一丝微风，即使动用全部皇家御马去拽它，也休想把它们拖到诱饵的陷阱旁。然而，当我们把捕鸟器再调到另一个方向时，情况马上大为改观。从后面吹来的风会打在它们的羽毛下面，使它们感到又湿又冷，而羽毛正是它们的移动屋檐的控温器。五子雀、灯芯草雀、树雀、啄木鸟，都和山雀一样，对来自后面的风畏之如虎。好在它们的便携加热装备对由此而来的风的抗衡能力略胜一筹。在有关的自然书籍中，几乎很少提到风，这方面的知识非常贫乏，原因不难解释，这些书的作者都是坐在火炉后面写的。

我揣摩，在山雀王国里，恐怕还有第三条训诫：你千万要留心所有的高声噪音。当我们到树林里砍伐树木时，山雀会闻风而动，来到我们跟前，它们很有耐心地待在那里，直到被砍伐的树木倒下，在劈裂的圆木中间露出窝藏着的新虫卵或者虫蛹。猎枪的啪啪射击声也会使它们为之一振，但飞过来后却没有令它们满意的收获。

在斧子、大槌和猎枪问世之前，它们是靠着什么敲钟吃晚餐呢？我猜，应该是大树倾倒的碰撞声。1940 年的 12 月，一场暴风雪夹着冰雹席卷大地，在我的树林里呼啸而过，击倒了我的树林中为数众多的死了的残树干和活着的大树。早先对那个捕鸟器窥视了约有 1 个多月的山雀迎来了一场盛宴。我们的山雀尽情地享受着这场暴风雪带来的红利。

65290 离去已经很长时间了，它是为了领取它的奖赏而走的。我希望着，希望在那片它的新树林里，整天有布满了蚂蚁卵的大果橡倒下来，在它平静的生活中没有风儿去搅局，影响它的胃口。同时，我强烈地希望着，希望它依然戴着我为它戴上的那只脚环。

【注释】

①此处及以下，有对圣经《旧约 · 创世纪》的引用和对比。

②出自《旧约 · 创世纪》第一章，上帝用 5 天的时间创造了世间万物，第一天创造了光，并把光与暗分开，称光为昼，称暗为夜；第二天创造了空气，称空气为天；第三天创造了大地，旱地为地，水的聚集地为海；地上有青草生长，并有蔬菜和水果；第四天创造了天体，可以分昼夜，做记号，定节令、日子、年岁。并造两个大光，大的管昼，小的管夜，并造众星；第五天创造了海中的鱼和空中的雀鸟；第六天创造了地上的牲畜、走兽和昆虫，并按照自己的形象造男造女，将蔬菜和果子赐给人，并让人管理海中的鱼、空中的鸟和地上一切的动物。

③最后的号角：出自《新约 · 启示录》，指末日审判到来之时吹响的号角。

④主日学：主日学是基督教教会在星期日早上在教堂内进行

的宗教教育。主日学教育依据受教育者身心发展的规律，有目的、有计划地对受教育者系统地传授圣经知识、传授技能和培养人的灵性生命，以及人的素质的活动。

⑤弗拉迪龙：美国纽约最高建筑之一，建于 1902 年，作为标志性的摩天大楼之一，因其形状似熨斗（flatiron）而得名。

A 第二部分
SAND COUNTY ALMANAC

素描——这儿和那儿

威斯康星

沼泽之殇

黎明的风在广袤的沼泽地上空轻轻地吹拂着，慢慢地，几乎不易察觉地掠过广阔的沼泽地，吹向朦胧的河畔。薄雾像冰河白色的倩影亦真亦幻地飘拂在浓密的落叶松林之上，滑过沾满露珠的沼泽草地。此时，纯粹而独特的宁静笼罩了地平线上的沼泽草地。

从遥远的天空深处，响起了一声清脆的铃声，轻柔地落在正在屏息倾听的大地上。然后，沼泽地复又宁静。而此刻，一只猎犬欢乐悦耳的叫声在宁静的沼泽地上传得很远。很快，响应从四面八方传来，其他地方的猎犬开始此伏彼起地叫起来，成了一片嘈杂的喧闹声。这时，空中传来了一阵清晰刺耳的狩猎号角声，穿过天际，余音袅袅地融入浓雾中。

狩猎号角声时而高亢，时而低沉，时而沉寂无声，后来演变成了一阵喇叭声、急促的脚步声、死神降临的哀鸣声、追猎的呼喊声，各种声音的洪流震撼了沼泽地。但我们却搞不清楚这声音到底来源于何处。最后，一大群鸟儿排成梯形队列追着阳光飞过来了。它们的翅膀是静止的，以优美的滑翔方式出现在沼泽地左侧。薄雾渐渐散去，它们在天空中画出一道弧线后，一声紧似一声地鸣叫着，盘旋而下，落到它们觅食的草地上。鹤新的一天开始了。

在这儿，时间给人一种不同凡响的厚重感。自冰河时期以来，每年春天，迁徙归来的鹤都会以它们那回家的鸣叫声唤醒正在沉睡的沼泽地。沼泽的泥炭土层位于远古的湖泊底部。此刻，鹤正站在好像被自身历史浸透的书页上。这些泥炭土层充塞在池塘的地衣受到挤压的残迹上，它们的成分很丰富，其中既有把河道堵得严严实实的苔藓，又有一度遍布沼泽之上的落叶松，还有冰层退去以后聚集在落叶松上引吭高歌的鹤的尸骨残迹。世世代代前仆后继的旅行大军，用它们的遗骸筑起了这条通往未来的桥梁——在由新生代所主宰的栖息地上，它们生活、繁衍直至最后死去。

最终是个什么结局呢？一只鹤从沼泽地旁走了出来，它正在吞咽一只不幸的青蛙，然后高高跃起，抖动着那难看的身躯，冲着朝阳用力地拍打着翅膀，在落叶松之间像喇叭一样地鸣叫着。这意味着，鹤已经知道了全部答案。

我们领会自然特性的本领和艺术鉴赏能力一样，首先是从感知自然特性的美感开始的。当美感在日臻完美的过程中，这种特性扩展到只可意会不可言传的高度。我想，以鹤儿的较高的整体角度而言，它们的特性在语言真义方面，正是难以描述的。

虽然如此，我们还是可以这样说，我们对鹤的鉴赏能力，是随着漫长的地表历史的认识而渐趋理解的。我们知道，鹤族群源自遥远的第三纪始新世。它所起源的那个动物群的其他成员，在这片山丘之中，早已长眠了很长时间了。当它们那清脆的鸣叫声传入我们的耳朵里，我们听到的不再是鸟叫声，而是动物进化管弦乐队中的一只吹响的号角声，它既是我们无法掌控的蛮荒时代的象征，也是不可思议的时代演进的标志。正是由于时代的演进，构成了现代人类和鸟类日常生活的基础和条件。

因此，这些活着的鹤，并不是一种狭隘的存在，而是在整个进化期间经历着更为广阔的时代变迁的各个时间层面。它们每年一次的迁徙归来，就是地质钟摆那令人心动的嘀嗒声。它们重归故里，赋予故里不同凡响的独特意义。在不计其数的平庸的沼泽当中，一个有鹤的沼泽在古生物学史上的价值，拥有王室血统至尊至上的高贵，蕴含着无与伦比的美学思想。它们是漫长的角力场上的佼佼者，只有猎枪的硝烟才会使它们消失。在很多沼泽地上发生的悲剧，给亲身经历者留下刻骨铭心的伤痕，那儿曾是鹤的栖息地。现在，这些沼泽忍辱负重，在历史的洪流中轻如鸿毛地漂流。

鹤非凡的秉性所蕴含的某种意义，似乎已经被不同时代的猎人和鸟类学家们感受到了。为了得到这种猎物，神圣罗马帝国的皇帝弗雷德里克[①]不惜放飞他的矛隼；为了得到这种猎物，忽必烈可汗的雄鹰虎视眈眈，随时准备猛虎扑食。马可·波罗告诉我们："他（忽必烈可汗）在观赏隼和鹰的狩猎中，获得了最大的乐趣。在查干淖尔[②]，可汗有一座金碧辉煌的宫殿，被一个美丽的大平原四面环绕，数以万计的鹤生活在这片大平原上。可汗命人在平原上种植小米和其他谷物，为的是使鹤免于饥饿。"

鸟类学者本特·伯格还是个小男孩时，他曾在瑞士的荒原上看到了鹤，自那对鹤的一瞥之后，他竟立下了志愿，把对鹤的研究作为终生事业。他一路追随鹤来到非洲，目睹了它们在白尼罗河上的冬季栖息地。当他谈到与鹤初期相遇的感受时，他感慨地说："那是一个奇观，足以使《一千零一夜》中的大鹏鸟黯然失色。"

当冰川从北方滑落下来时，它们吱吱嘎嘎地碾过山丘，削谷如泥。有些天不怕地不怕的冰川，竟然越过了重重的冰块壁垒，爬上了巴拉布山，尔后重重地跌落到威斯康星峡谷的出口。涨起的河水回流上来，形成了一个湖泊，这个由天然力量造出来的湖泊足有半个州那么大，与冰山的东部边缘做了邻居。消融的冰川汇成激流冲下来，注入湖中。这个古老湖泊的水线直到今天还清晰可见，只是它的湖底成了大沼泽的底部。

几个世纪以来，这个有着丰富历史渊源的湖泊的水位一直在上升，最后，湖水漫过了巴拉布山脉的东部地区。在那里，湖水另辟蹊径，开出一条新的河道。湖泊因为湖水流出这条旁支而渐渐干涸。于是，鹤选中了这片残留下来的泻湖，吹响了冬季大撤退的号角。号角声嘹亮，召唤着那些踌躇不前的大群生灵，来到湖中执行集体建筑沼泽的使命。漂浮的泥炭水藓堵塞在下泻的湖水中，把它填得满满的。莎草、羽叶、落叶松、云杉先后落脚泥沼，安营扎寨，它们发达的根系向泥沼的纵深延伸，吸取湖里的营养，生产着泥炭。湖泊消失了，鹤留下了。每年春天，它们都要重归故里，回到这一片前身为古老水路的沼泽草地，它们在草地上狂欢，纵情歌唱、舞蹈，抚育它们那孱弱而难看的红褐色幼鹤。这些处于“丑小鸭”阶段的幼鹤，与其说是小雏，不如说是“马驹”，如果要问我为什么要这样说，我也说不出个所以然来。在湿漉漉的6月清晨，当你看到它们在祖先传下来的草原上，跟在红褐色的“牝马”（母鹤）后面打闹嬉戏时，你自然就明白了。

在不久前的一年，一个身穿鹿皮大衣的法国捕猎者为了抄近道，来到沼泽地上准备与鹤过招，把他的独木舟推进了一道塞满了苔藓的小湾，借道穿过了大沼泽地。鹤对这种非法入侵它们地盘的粗暴行径，采取了反制措施，对他报以尖刻鄙夷的嘲笑，让他狼狈不堪。一两百年以后，英国人乘坐着带篷的四轮马车来了，他们大刀阔斧地伐倒了与沼泽的冰碛层接壤的繁茂树木，并在空地上种植了玉米和荞麦。当然，他们种植谷物的初衷并不是抱有查干淖尔的可汗那颗怜悯的心，担心鹤挨了饿。他们的谷物可不是拿给鹤吃的，但鹤不懂这个，它们不懂什么冰川不冰川，不懂什么可汗或是拓荒者，它们不管三七二十一，对着谷物就下嘴，偷吃了很多谷物。鹤们饱餐玉米的作为激怒了指望收益的农场主。鹤们遭到了农场主愤怒的驱赶，它们发出带有警告意味的抗议声，然后横渡沼泽，飞往另一个农场。

那时，这儿的土地上还没有苜蓿草的身影，丘陵农场的农民种植的牧草地非常贫瘠，特别是遭遇干旱的年月，情况更是不堪言说。在一个大旱之年，有个好事者在落叶松林中放了一把火，大火无情地扫荡了树林，拂子茅草地也遭到鱼池之殃。然而，当把那些被烧死的落叶松残枝清理之后，这片焦土竟出奇的肥沃，长成了一片丰美的草场。自那以后，每年 8 月，人们都来这儿割草。冬季来临，鹤往南飞，人们赶着四轮马车，穿过冰封的沼泽，把干草拉到他们的丘陵农场里。年复一年，每年他们都沿袭古老的刀耕火种的方式对付沼泽，历经 20 年的经营，牧草开始密布更为广阔的区域。

每年 8 月，这群割草人便如约而至，他们来到草地上狂欢，他们支起帐篷，放肆地唱着歌，喝得酩酊大醉，用鞭子狂暴地抽打着拉车的马儿，嘴里还说着不堪入耳的脏话。鹤们见此情景，急忙把它们的幼鹤招呼在一起，迅速撤离到远处僻静的安全地带，藏身于那片坚固的城堡中。在这个季节，割草人送给鹤们一个优雅的别名“红鹭”，因为这个季节的鹤身上那美丽的战舰般的蓝灰色翅膀会染上一层铁锈红。当干草堆成垛后，鹤们收复了沼泽这片失地，他们在飞回来的同时，半路上还招引了一些来自加拿大的候鸟群。它们在刚刚收割后的田野上共舞，在庄稼地的上空盘旋，向玉米地发动最后的总攻，直到霜冻的前锋发出了警报，通知它们冬日南下的时刻到了。

对于沼泽地上的居民来说，在牧草地上度过的岁月是他们的田园牧歌时光。人与动物、人与植物以及土壤，彼此各取所需，在相互的宽容和谅解中和谐相处。沼泽源源不断地产生牧草，并伴随着草原榛鸡、鹿儿、麝鼠、鹤群美妙的叫声以及甘甜的蔓越橘。

新的领主们似乎领会不到这些内在的有机联系，他们根本不认同和土地、植物或鸟儿们的互惠关系。他们不喜欢这种平衡的经济体制产生的普惠红利，这对他们来说太少了点。他们鄙视这种微薄的利益，希望利益最大化。他们设想的农场不仅要包括外围的领地，还要囊括一大片沼泽。于是，轰轰烈烈的挖沟掘渠、大肆的垦荒运动像瘟疫一样流行开来。沼泽地变得面目全非，纵横交错的排水沟呈格子状遍布其中。在新开垦的土地上，新建的农场星罗棋布。

可是，事情并不尽如人意，庄稼对这儿的土壤并不买账，长势很糟糕，而且它们还要受到霜冻的困扰。挖掘水道的昂贵费用导致他们面临巨大的债务纠纷，许多农场主相继撤退了。泥炭压结的河床十分干涸，一天天萎缩，甚至无端也要起火。积蓄已久的太阳热量，终于等到了释放的时机。腐蚀性的烟雾笼罩了这片旷野，到处弥漫着呛人的烟雾。没有人挺身而出为这种巨大的能源浪费说一句公道话，大家都忍住鼻子天天为此受苦。干旱的夏天过去了，冬天的积雪也不能熄灭像地下野火一般燃烧着的沼泽地。田野和草地遍布燃烧后的疤痕，这些丑陋的疤痕一直延伸到古老的湖泊和沙滩边缘。数万年来，这里一直被泥炭所覆盖着。终于，从灰烬中冒出了小草，并很快星火燎原地长得繁茂如初。接着，一两年后，矮小的山杨树也破土而出。鹤的生存境遇陷入了窘境，在残留的没有被烧毁的草地上，鹤的数量锐减。因为它们听到了电力挖掘机那日益逼近的声音，那是一首不祥的哀歌。抱以高昂热情的大人物们，不晓得还有鹤这个生物种群的需要，所以根本不在乎它们。对工程师而言，一个物种数量的增减关他什么事？一个还没有干涸的沼泽价值几何又关他什么事？

10年或20年的时间过去了，这儿的庄稼长势越来越差劲，火灾却越来越起劲，树林的空白地带变得一年比一年多，而鹤的数量一年比一年少了。从现在这个阵势来看，恐怕只有洪水来袭才能遏止泥炭那狂暴的地下野火。种植蔓越橘的人想了一个妙招，他们用堵塞水渠的办法，让水分流，注入其他地方，结果那里的庄稼大获丰收。距此地路途遥远的政客们开始为边疆土地、生产过剩、失业救济和环境保护大声疾呼，经济学家和规划师们都对沼泽地发生了浓厚的兴趣，纷纷来此考察，测量员、技术员以及民间资源保护队的队员们，一拨又一拨地蜂拥而至。政府将这块地买下了，重新安置了农民，大规模地填埋水渠。慢慢地，干涸的沼泽地湿润了。那些在大火中留下的疤痕凹坑装满了一池水，变成了水塘。虽然草地野火仍在燃烧，但它已是强弓末弩，没有足够的能力点燃湿润的土壤了。

只要国家资源保护队那支起的帐篷撤走了，所有这一切对鹤来说便会柳暗花明，朝着有利方向发展。然而事实并非那么简单，那些在一片焦土上肆意生长的山杨灌木放肆地蔓延，更不用说那些由政府环境保护需要而出现的纵横交错的小路了。这些对鹤来说是一张张狰狞的面目，而对政府来说则是必需的，他们认为修建一条路要比坐下来考虑这里的真正需要是什么简单得多。对于各路打着字母排列旗号的环境保护主义者③来说，一个没有道路通往的沼泽，是毫无价值的，这就好比一个没有抽干的沼泽对帝国大厦的建筑家一样，是毫无价值的。荒凉的蛮荒之地，是一种没有编入字母顺序的自然资源，不得不悲哀地承认，现在只有鸟类学家和鹤才意识得到它们存在的价值。

因此，无论是沼泽的历史，还是市场的历史，总在交织着自相矛盾而宣告结束。沼泽的最终价值在于它的蛮荒性，而鹤正是蛮荒之野的化身。但是所有对蛮荒之野的保护没有哪一桩不是聪明人做的傻事，搬起石头砸自己的脚，适得其反。因为我们珍惜蛮荒的自然野性，就会对它爱不释手，总要去抚摩它一番，可是当我们摸得泛滥成灾了，才发现已经没有蛮荒的野性之美可珍惜了。

将来有一天，可能就在我们用一双贱手对自然施以“恩惠”之时，时光走到了某个地质时期便戛然落幕，最后一只鹤吹响了与人类最后的告别号角，从沼泽上盘旋着飞向天际。就在这时，我们听到了从云端传来的狩猎人的号角声，猎犬毛骨悚然的吠叫声，还有小铃铛清脆悦耳的铃声。然后，整个世界是一片无法冲破的沉寂。如果想要寻回这一幕绝响，恐怕只能在银河系里的另一个遥远的牧场上了。

沙　乡

各行各业都有一个美称，每一个美称都要有一个相应的适用场景。于是，经济学家们一定要为他们所偏爱的一些贬义词梳妆打扮一番，给它们栽上一个合适的用场，比如边际效应、递减理论、制度僵化等。在广阔的沙乡地域内，这些带有消极意味的经济学术语得到了恰如其分的实践，它们在这里找到了一个自由自在的落脚处，偏居一隅地自如运用，而且逃避了有对立观点的人的批评。

同样的道理，如果没有沙乡，那些所谓的土壤学专家只能穷困潦倒，没好日子过。除了这个特殊地带，他们那一套灰壤、潜育土、有氧代谢，还能在哪里找到立足之处。

近些年来，那些社会规划者们个个怀揣个人目的——即便在某种程度上有些类似，纷纷赶到沙乡来大肆卖弄。如果把沙乡作为一片无人居住的空白区域，它的外表和规模都正好契合这帮人的要求。在它那由花底纹衬托的地图上布满圆点，每个圆点都标明有 10 个浴盆，或 5 个女性辅助工作人员，或 1 英里的柏油路，再或者，一份带血的鹿肉。这种地图如果按这个格式画出来，将会单调乏味得很。

一句话，沙乡是贫瘠的。

早在 20 世纪 30 年代，各种简写字母的社会福利活动有如四十名牛仔信使飞马传旨，越过广大的沼泽，驶向这里施纲布政。政府开始游说沙乡的农民离乡背井，善良而头脑简单的农民不肯走，联邦土地银行不惜抛出了 3% 的低息贷款诱饵。这使我的好奇心一发不可收拾，我倒要打破沙锅问到底，他们到底是什么原因不肯离开沙乡，于是，我决定创建一个属于我自己的沙乡农场。

在 6 月里，有时候，我看见作为自然的恩惠缀在每一株白羽扇豆上的露珠时，不禁心生怀疑，沙乡的土地是不是真的那么贫瘠。在一个勉强可以糊口的农场里，是长不出白羽扇豆的，更别说能见到那五彩水晶石一般晶莹的露珠了。倘若这里的白羽扇豆长出来了，我琢磨，那些杂草管理员们会立即行动起来，坚决将它们清除掉，因为他们很难见到缀满露珠的黎明。而对于经济学家们来说，他们哪里晓得还有个东西叫白羽扇豆？

不肯搬离沙乡的农民心中，有一种根深蒂固的故土情怀，这种故土难离的深刻原因使他们抵御了银行的低息诱惑。我记得，每年 4 月份，白头翁花都会在这儿的碎石岭上漫山遍野地开放。白头翁花什么也没说，但我可以推测出，它们对碎石岭的情有独钟可以追溯到冰川时代。是冰川时代把这些砾石堆放到了这儿，砾石的山冈是那样贫瘠，它唯一能做到的就是，每年为白头翁花提供一个充分沐浴 4 月阳光的地方。只有白头翁花可以在这儿自由绽放。白头翁花为了享有这份开花的特权，宁可付出忍受冰雪、冷雨和凛冽寒风的代价。

还有另外一些植物，它们对这个世界所求的不是给它丰饶富庶的土壤，而是能够让它有充分舒展的空间。这种鹅不食草就是其中的一例。当白羽扇豆将丘陵的帽檐抹成蓝色以前，鹅不食草便迫不及待地给最贫瘠的山脊投下白色的蕾丝帽子。这种鹅不食草钟情于贫瘠的土壤，它并不喜欢长在农场上那些肥沃的土壤上，哪怕那个农场的庭院富丽堂皇，有假山花园和娇艳的秋海棠。此外，还有小小的柳穿鱼草，它也是一种厌恶富户，对贫瘠很有感情的植物。柳穿鱼草纤细渺小，披着一袭蓝衣，它非常低调，就是出现在你的脚跟前，都难以注意到它。除了在这片沙地上，恐怕没有谁看见过一株柳穿鱼草。

最后，我还想说说葶苈，这是一种更细小的植物，和它相比，甚至柳穿鱼草都成了高大挺拔的了。我还没有听说过哪个经济学家对葶苈有过关注。如果我是一个经济学家，我会俯下身来甚至紧挨着葶苈躺到沙地上，凑近一株葶苈，从这株葶苈中得到我的经济学思维的启发。

有些鸟儿也是沙乡独特的飞禽，别处根本找不到，至于原因，也许你一下子就猜着了，也许你永远猜不出。那儿有一种泥色雀，这种雀鸟浑身土黄色，原因很简单，那是因为它们喜欢亲近沙地里的短叶松。那儿还有沙丘鹬，原因简单明了，因为它们喜欢僻静，而在别处享受不到这种僻静。它们的选择并非只是出于对食物的需要，在肥沃的土壤中有足够它们吃到撑的蚯蚓。经过多年的观察，我想我终于找到原因了。当雄性丘鹬在“嘭嚓”声中作为一名帅哥舞者出场时，像极了一位穿着高跟鞋的矮个女士。在这激昂的空中之舞序曲中，它不会把自己潇洒的舞姿隐没在那与植物纠缠交错的暗处，它的聪明之处在于懂得选择沙乡这样的不毛之地，或是贫瘠的牧场，地上没有葱茏的植被，至少在4 月份的时候，这些植物还处于童年，没有长大，地面上只有苔藓、葶苈、米荠、酸模以及蝶须。这些紧挨着地面的植物对身高不足的沙鹬来说，遮挡不住它作为一道靓丽的风景闪亮登场。雄性沙丘鹬张开翅膀，趾高气扬地昂首阔步，装腔作势地变换着它那小碎步的舞蹈，这儿没有什么小植物可以成为障碍。在现场的观舞者可以对它的舞姿一饱眼福，是真实地看到，而不是在想象中看到。这个小小的环境，虽然只对一天中的一个小时，一年中的一个月份，两性中的一性，而且看上去对生存经济十分不划算，但却实实在在地决定了丘鹬对家园的选择。

到目前为止，经济学家们还没有找到说服沙丘鹬们迁居的办法。

奥德修斯之旅

在古代的某一天，大水袭来，古生代海洋淹没了陆地。自那之后，X 原子便在石灰岩的暗礁中扎下了营盘。对于深藏于岩石里的原子而言，时间，永远停滞不前。

当一棵大果橡把自己的根系伸进一个裂缝，并在那个冰冷而坚硬的缝隙中试探性地摸索，从中汲取养分时，断层便出现了。对植物来说，一个世纪只是一个短短的瞬间，岩石开始风化衰败，暴露了的 X 原子被搜了出来，一脚跨进了生物世界。它帮忙创造了一朵花儿，花儿后来变成了一颗橡果，橡果喂肥了鹿儿，鹿儿养活了印第安人。所有这一切沧海桑田般的变化，其实都发生在单独的一年之内。

X 原子进入印第安人的骨骼中，通过这个印第安人的骨灰，再次重回起点，开始追逐与逃亡、丰年与饥馑、希望与恐惧的旅途。它感到，这些事情作为那种小小的化学反应中的氧化与还原，不可避免。对每一个原子来说，原子之间的争斗是没有止境的。当这个印第安人永远告别了这片草原之后，X 原子在地下有一个短暂的蛰伏并很快退化。然后，它通过大地的血液循环，再次踏上第二次旅程。

这一次，须芒草的一条须根接纳了它，把它安置在叶片里，这片叶子和着涌动的 6 月大草原的绿浪起舞，按照惯例，它承担起了积聚阳光的使命。此外，这片叶子还有一项非同寻常的任务，它要为正在孵化中的高原鹬蛋遮阴。心花怒放的高原鹬盘旋于半空中，对上帝完美无缺的安排高唱赞歌。也许，它的颂赞是为那些蛋，或者是那些遮阴的树影，甚而可能是为了遍布草原的粉色山桃那雾一般的朦胧色彩。

当意欲南下的高原鹬振翅飞往阿根廷的时候，深谙鸟儿南飞习性的须芒草在一夜之间不谋而合，纷纷挥动着它们那长长的新穗，向高原鹬送上道别的祝福。当第一只头雁领着雁阵从北方飞过这儿时，草原上的须芒草像喝了婚宴上的红葡萄酒一样醉了，满脸染上了玫瑰色的红晕。未雨绸缪的拉布拉多足鼠咬断了蕴藏着 X 原子的一片叶子，将它送进深深的地下巢穴中，好像要把印第安人的夏天挽留住，借着夏天的热量抵御悄然来袭的霜冻。但是，一只狡诈的狐狸暗中盯上了这只拉布拉多足鼠，并将它成功拦截。于是，霉菌和真菌在巢穴中大肆捣乱，直到彻底把它摧毁。X 原子再次重归泥土，醉生梦死地吃喝着，随心所欲地进入周而复始的轮回。

生命瑰丽，无限轮回，它进入了一簇垂穗草中，接着又进入一头野牛的身体里，与它的血肉融为一体，然后，又重归土壤。过不了多久，它又钻进了紫露草中，再后来，又进入了一只兔子的身体里，再后来进入了鹰隼的肚腹。它在那儿逛了一圈后，又到了鼠尾栗草中。

这就是 X 原子的旅行路线图，这张线路图上的指针走到尽头是因为一场草原大火。大火像一群土匪，猝不及防地袭击了草原，把草原植物全部化为很久都没有散开的烟雾、毒气和灰烬。磷原子和钾原子在灰烬中难以割舍，留下了，而氮原子却随风飘逝了。这种情形会让一个旁观者做出以下预言，他眼中的这场生物学戏剧性的结局是：大火摧毁了氮元素，根植于土壤中的植物消失了，风，吹走了，维系的土壤。

为了有备无患，草原之弓有两支弦。大火使草原变成了稀疏之地，却给豆科植物的发展创造了生机，如草原苜蓿、胡枝子、野菜豆、野豌豆、灰毛紫穗槐、山玛蟥以及巴布豆。这些植物都把自己的生物菌藏进细根的小瘤里。根瘤从空气中吸取氮元素，氮被送到了植物体内，然后又被送进了土壤中。这就是大草原戏剧性的一幕，这张草原存折从豆科植物中揽进的氮元素，远比它支付给大火的多得多。连最低贱的白足鼠都知道草原之富庶这个事实，可是，草原为什么富庶，在漫长而悄然逝去的岁月中却鲜有人问津，这才是问题所在。

X 原子在附着动植物的每次轮回中，第一站就是进入土壤，然后，雨水带着它往低处流，一英寸一英寸地往下坡走。活着的植物依靠贮存的原子阻止元素流失；而死去的植物则依靠自己在土壤里腐烂的软组织留住元素，动物吃下这些植物，把它们带到了山上或山下，至于最后带到哪里，这要看动物死在哪里，或者它在哪儿排便。没有动物意识得到它们死在哪里比它们怎么个死法更重要，这个问题它们是搞不懂的。所以，一只狐狸在草地上逮住一只田鼠后，它会把 X 原子带到峭壁上，因为它在那儿有一个窝。不料螳螂捕蝉，黄雀在后，在那儿，一只鹰扑下来抓住了狐狸。即将断气的狐狸意识到自己作为狐狸王国的一员，它的生命旅程结束了，但它绝对想不到，一个原子的奥德修斯远航刚刚起锚。

最后，一个印第安人继承了鹰的羽毛，他把这个意外收获作为祭品供奉给了命运之神。他认为命运之神特别宠爱印第安人，他其实并不知道，神灵们只是在忙着在重力作用下掷骰子玩，老鼠、人、土壤甚或灵歌，只是原子向着海洋进发的过程中衍生出来的一朵浪花般的插曲。

有一年，X 原子藏身在河边的一棵三角叶杨上，一只河狸吃掉了它。河狸有个特点，这种动物往往是在高处觅食，在低处死去，当严寒横扫大地，河狸赖以生存的池塘干涸了，它饥馑而死。X 原子乘着河狸的骨骸之船，在春季的洪水中顺流而下，在长达 1 个世纪的漂流中，每过 1 小时，它都要比先前的位置低一些。最后，这艘船抛锚在了一处湾流的淤泥潭中，一只鳌爬过来吃了 X 原子。接着，一只浣熊又吃了螯，然后，印第安人又吃掉了熊，最后，印第安人带着它长眠于河边山丘下的坟茔中。1 年过后，来年春天的水流冲陷了弯曲的河岸，经历了 1 周的洪水泛滥之后，X 原子又回到了原点，这个地点就是囚禁它的古老监狱——海洋。

一个穿梭于生物种群间的原子真的是无限。可是，一旦它陷入了海洋囹圄，它便从此忘记了什么是自由。当一个原子迷失在海洋后，大草原有一招魔术使人瞠目结舌，它们会从风化的岩石中拉出另一个原子。这说明了一个事实，一切草原上的生物都必须努力吸收，尽可能快点生长，并且在适当的时间死去，不然，原子的数目便会入不敷出。

所有的树根都有与生俱来的天性——善于钻营。树生来就懂得往裂缝中伸展它的根系。当Y原子从岩石母体得到释放之时，好像事前有某种约定一样，草原迎来了一种前所未见的动物。这些动物开始对草原进行天翻地覆的改造，以适合它自身的规律和秩序。草原的草皮在耕牛的脚下像书卷那样翻卷过来。Y原子的一年一度的愉快的旅行开始了，这种旅行得益于一种叫作麦子的载体。

古老的大草原上，层出不穷的植物和动物繁衍生息。多样性的植物和动物维系了草原的生存。物种之间无休止的竞争与合作，保持了物种繁衍的连续性。麦农只是一个局部的建设者，因为对他来说，只有麦子和牛才是无价的。如果在他麦田上方的云层中有一群鸽子在盘旋，他会立马想到尽快驱散甚至消灭掉它们；如果看到麦虱在他的麦田里贼头贼脑实施盗窃，他会怒发冲冠，但又苦于这些偷儿长得大小，拿不出一举歼灭的法子。但当孕育小麦的沃土由于滥种而出现水土流失的情况时，他丝毫不会在意。春天连续的滂沱大雨使土壤完全裸露，这对他来说也是不相干的事。最后当沃土流失殆尽，土壤的保护屏障完全消失，麦虱得以大举攻克农场时，Y原子以及它的同伴已经旅行到了千里之外的洪流之中了。

当小麦帝国土崩瓦解之时，拓荒者又从古老的草原黄历上撕下一页。这一回，他们通过养殖牲畜来贮存土壤的肥力，通过大面积种植吸收氮元素的苜蓿草增加地力。土壤深层，肥力可观。他们种植根系发达的玉米，让强劲的玉米根须钻进土壤深层榨取肥力。

单一地种植苜蓿草防止水土流失，力量薄弱了一点，因此，他们还使用了其他阻止水土流失的武器。这样一来，不仅保住了原有的耕地，还开垦了新的耕地，当然，新的开垦地也需要保护。

即便引进了苜蓿草，土地却日渐贫瘠。预防水土流失的工程师们灵机一动，采取修筑大堤和梯田来保护这片黑土地。工程师们通过修筑防洪堤和翼坝的方式，让河水把河水中沉积的黑土冲刷出来。河水却任意而为，不仅没有冲出肥沃的黑土，还把水位抬高了很多，因此阻塞了航道。于是，工程师们又建起了许多像巨大的河狸池塘一样的水塘。Y 原子就这样淹没在了一个大水塘中。经历了昙花一现的一个世纪，Y 原子从岩石到河流的旅行在一个短暂的世纪里走到了尽头。

自从 Y 原子来到这个水塘中，它在水生植物、鱼儿和水鸟之间玩起了时空穿越的游戏。工程师们在建坝的同时还修建了下水道，它们顺流而淌，被远处的山丘和大海成功拦截。而那些曾经长成白头翁花向归来的高原鹬点头致意的原子们，如今落魄得一文不名，困惑地深陷在遍布油污的烂泥巴里。

根，依然在岩石缝中伸展；雨，仍然在冲刷着沃土，白足鼠仍然在印第安人的田野里掩藏夏日的收获；那些曾经参与过围猎鸽子的老猎人们，眉飞色舞地讲述着他们将鸽子打得一地羽毛的战绩。穿一袭黑白外衣的“野牛”，在红色的牲口棚中进进出出，为那些飘荡轮回的原子们奉献上免费的服务。

旅鸽的纪念碑[④]

我们曾经举办过一场葬礼，为的是悼念某一物种，表达我们的悲恸之情。我们之所以悲恸，是因为活着的人再也看不到那精灵一般的鸟儿如潮水般凯旋的气势磅礴的方阵了。它们在 3 月那雾蒙蒙的天空中为春天扫清了障碍，把冬季打得节节败退，逐出了威斯康星版图上的森林和草原。

如今，在青年时代放飞旅鸽的人，大部分还活着。因鸽群呼啸而被吹得东倒西歪的幼树，也还活着。我敢说，再过 10 年，恐怕只有祖父母级的橡树还记得它们。如果将时间再延长一些，就只有古老的山岳才对它们有印象了。

在自然博物馆里，我们可以见到旅鸽，但我们看到的不是真的鸽子，只是模拟的雕像和想象的图片，它们对世间的一切艰难和欢乐都已经无动于衷了。书中的鸽子不会从云层中俯冲下来，被追逐的小鹿吓到，箭一般地冲向自己的老巢；它们也不会扇动翅膀，向挂着累累硕果的山毛榉喝彩。书中的鸽子，绝不会将明尼苏达的小麦作为早餐，也不会奔赴加拿大的蓝莓盛宴大快朵颐。它们根本不懂季节变换的意义，也感觉不到太阳亲吻它们的激情，它们根本无所谓凛冽的寒风和天气的冷暖。它们那没有感觉的形体永远存在着，但却没有丝毫的生命气息散发出来。

我们的祖父母们在衣、食、住、行等条件远不如我们这一代。为了改变命运，他们做出的努力就是将信鸽从我们这里剥夺了去。这是一个永远无法抹去的痛点，只要一想到这些，我们的心就会隐隐作痛。我们痛，是因为在内心深处不能确信这种交换可以使我们从中受益。工业革命带来的舒适度远比信鸽带给我们的多。但我们要问，工业革命能为春天带来多少明亮的色彩？

100 年前，达尔文第一次向我们阐释物种起源理论，借着一个世纪的光阴，我们懂得了那些赶着大篷车的先人们不知道的东西：人和世间所有生物一样，都是生物进化的奥德修斯之旅中同船共渡的同路者。时至今日，这种新的认知使我们认识到与人自然的生物间唇亡齿寒的关系，活着就是与万物相生相息的关系；生物界繁杂的广泛性和持久性。

在达尔文之后的一个世纪，我们应该彻底弄清楚，虽然人类是这只探险船上的船老大，但并不是这只船唯一的探索者。我们还应该知道，人类之前所做的事情，只不过是黑暗中的乱弹琴。

我要疾呼，所有这一切，我们都应该明白，但事实上，很多人根本不明白。

阳光普照，万物欣欣向荣，一个物种对另一个物种的消逝表达追悼之情，这还是一件稀罕事。杀死最后一头猛犸象的克鲁马努人，只是为了得到一块块带着鲜血气味的肉排；射杀最后一只旅鸽的猎手，只是为了炫耀他超强的技艺；而那个用棍棒打死最后一只海雀的水手，则什么都没有想过。而我们，却对失去的旅鸽无限悲哀。倘若这是给我们举行的葬礼，鸽子是不会为我们悲哀的。通过这一事实，而绝非杜邦先生[5]的尼龙袜，或万尼瓦尔·布什先生[6]的炸弹上，我们找到了这个事实证明的一条客观规律：人类超越于动物之上。

纪念碑高耸入云，像一只盘踞在悬崖上的游隼，它鸟瞰着这个广阔的山谷，日复一日年复一年。多少个3月流逝了，每一次，它都目送大雁飞过，倾听它们那向着河水的温柔絮语，诉说冰原之水的清澈、冰冷和寂静。多少个4月流逝了，每一次，它都目睹紫荆的蓓蕾绽放，然后又凋零了。多少个5月流逝了，每次它的眼里都放映着这样的影像：布满山丘的橡树那青翠的色彩氤氲在千丘万壑。它看到林鸳鸯不知疲惫地在林中探索，搜寻空洞的树干；蓝翅黄林莺站在河边的杨柳枝上摇落下金色的花粉；白鹭在8月的沼泽中摆弄着千姿百态的造型；9月，天空中响起了高原鹬的哨音；山核桃啪嗒啪嗒地将它成熟的果实掉在10月的落叶堆里；冰雹在它的季节来了，在11月的树林中霸气毕露，引起骚乱。然而，没有旅鸽飞来，因为已经没有了旅鸽，留下来的只是屹立在岩石上的青铜塑像，冰冷而无言。旅行者们会驻足在它的碑文前，读着那些镌刻在石碑上的铭文，然而，他们的思绪却没有飞翔的形象来锦上添花。

经济伦理学家很轻松地对我们说，对鸽子的悼念不过是一种形式上的怀旧感情罢了。他们这样告诉我们：即便猎鸽人不把鸽子消灭掉，农民们为了保全自身的利益，也会下毒手将它们杀个精光。

这个理论表面看有很有说服力，但是，究其根源就会发现这个理论未必站得住脚。

旅鸽的特殊在于它曾是生物学的一场风暴，它们穿越在两个电极——肥沃的土地和富氧的空气——之间发出闪电。这种长着羽毛的闪电携带着无比巨大的能量，在北美大陆呼啸，尽情地享用布满森林和草原的果实，并在充满生命力的旅途中消耗掉这些干粮。和其他连锁反应现象一样，旅鸽的闪电必须在保持自身能量不减的情况下，才能生存。猎鸽者大幅削减了旅鸽的数量，而拓荒者又切断了供应它们获取能量的渠道。旅鸽的生命之火就像釜底抽薪，渐渐熄灭了，几乎不留一点火星，甚至连一缕青烟的痕迹都没留下。

今天，橡树依然活得青葱，向空中招摇它的累累硕果，但长着羽毛的闪电却再也不会呼啸长空。虽然如此，蚯蚓和象鼻虫却在义无反顾地执行生物学上的任务，试图将那一度在空中雷霆万钧的带着羽毛的闪电精灵，从浩瀚的苍穹引向地面。

真正使我们发出一声叹息的还不是旅鸽帝国的消亡，在巴比特时代之前的千百年中，它们一直都存在着。

旅鸽热爱大地，它们生活着，对成串的葡萄和饱满得即将裂开的山毛榉坚果怀着强烈的渴望。它们已有游刃有余的适应能力去应对遥远的路途和季节的变换。倘若威斯康星拿不出免费午餐供应给它们，它们会飞到密歇根、拉布拉多或是田纳西。对旅鸽来说，有奶便是娘，不在意哪方土地，只要能找到吃的就是它们的目的地。因此，它们需要一片广阔的天空，任它们振动翅膀自由飞翔。

爱什么？这个问题提得很绝妙。喜欢过去的事物是一件新鲜事，但大多数人和全部旅鸽都一无所知。因此，从历史的角度看待美国；从相信的角度接受命运；从岁月悄无声息的流逝中，静静地嗅一嗅那逝去的时代中沉淀下来的山毛榉树的气息——所有这些，我们都能做到。我们只要有一片广阔的天空，可以任由我们振动翅膀自由飞翔。人类优于动物之上的客观证据就在这些事物中，而不是在布什先生的化学武器，或是杜邦先生的尼龙袜。

弗兰博河

对于一个从来没有到荒郊野外的溪流中划船，或者即使去了，也要有一位不声不响的向导坐在船尾全程陪伴的人来说，他对旅行价值的掂量，说穿了只是图个新鲜或想来一次远足锻炼。以前我也是这样认为的，可是当我在弗兰博河上遇到了两个还在读大学的男孩后，这一看法被彻底颠覆了。

洗完晚餐的餐具之后，我们坐在岸边。一只公鹿在我们的注视下朝着远处岸边的草丛走去，突然，公鹿警惕地抬起头，向远处竖起了耳朵，然后，一溜烟朝着隐蔽的地方奔去。

公鹿机警地逃开说明河湾附近有情况，果不其然，两个男孩坐在一只独木舟上，悠然划了过来。当他们发现我们后，便把船靠拢岸边，并和我们打招呼。

他们提出的第一个问题与时间有关。“现在几点了?”他们问。原来，他们的表停了，这是他们平生第一次遇到的全新课题，没有时钟、汽笛或者收音机来确定时间。这两天里，他们靠着“看日头”来估摸时间。因为无法搞清楚准确的时间，所以这种时间判断方式令他们有些惴惴不安。一日三餐，没有佣人准备好食物给他们摆上，他们要想果腹，甚至要想吃点肉，就从河中获取，不然就干饿着。没有交通警察给他们提出忠告，他们是否将在下一个险滩中遇到暗礁；当他们对时间的估摸有差池时，或找不到地方安营扎寨，或没有人友好地出手相助，给他们挪出一个地儿，好让他们有个遮雨的屋檐。也没有指南之类的册子可以参照或建议到哪个地方可以彻夜享受微风吹拂的安逸，到哪个地方可以彻夜避开蚊子的叮咬；哪里的柴禾可以烧出一堆漂亮的篝火，而哪里的柴禾只会搞得浓烟滚滚却生不着火。

两个初生牛犊不怕虎的家伙向下游继续他们的冒险旅行，我们得知，他们结束了这趟旅行以后，就会应征入伍。这就是说，此次旅行是他们平生第一次，也是最后一次对自由的尝试，或者可以这样说，从一个纪律管辖过渡到另一个纪律管辖——从校园到兵营之间过渡的一个插曲。野外旅行最本质的朴实性对心灵的冲击是震撼的，这种震撼不是因为它的新鲜感，而是它允许犯错误的自由。荒野给他们上的第一堂课，就是让他们亲身尝试了聪明和愚蠢所带来的快乐和苦涩。对于一位在森林中的砍柴人来说，他每天都会体验这种经历，但是文明喜欢越俎代庖，设置了千百种缓冲物作为屏障，企图阻止任何犯错的行为。这两个年轻后生则在一个特殊背景下，凭借自己的意愿在行动。

或许，每一个年轻人都很有必要有一次偶然的荒野之旅，这样，他才会真切地体会到自由的真实含义。

当我还是一个小男孩时，常常从父亲嘴里听到许多可挑可选的野营地点、垂钓水域及森林方面的常识。他说的那些选择标准“几乎和弗兰博河一样好”。当我终于划着我的独木舟进入这条富有传奇色彩的河流后，我发现，它远非我所预期的一条河。它更像是一个有着沧桑经历的而步入了迟暮之年的荒原。新建的村舍、度假村和公路桥梁横七竖八，连绵的荒野由于文明的切割而成了七零八落的碎片。

沿着弗兰博河顺流而下，会有两种精神印象交相重叠，如万花筒一样瞬息万变。当一个停泊的港湾出现在视野中时，脑子里会立马闪现出一种置身荒野的精神幻觉。然而，当你沿岸航行时，又会迎面遇见别墅主人种植的牡丹、芍药，绽放着摄人心魄的笑靥。

捂着心跳经过牡丹花丛之后，冷不防从隐蔽处蹦出一只雄鹿，野性的弗兰博河又重新回来了。紧接着遇到的急湍的险滩印证并巩固了这一感觉。可是一转眼，你来到了一个池塘旁边，映入眼帘的是一座人造圆木屋，屋顶是清一色的合成材料，旁边挂着一块很暖心的木牌：“请在此驻足小憩。”里面是一条乡村韵味十足的绿色走廊，午后，人们常常在那个乡村式的凉亭里打桥牌。

保罗·班扬[7]是个忙得不可开交的人物，忙得他考虑不到关照一下自己的子孙后代。但是我想，如果他要为后代储备一块自留地的话，他首先要考虑如何让他们见识一下古老的北方森林的风采。我认为他会首当其冲选择弗兰博河。因为最好的北美乔松、糖枫树、黄桦和铁杉木，都分布在这一区域内，这是一个很充足的理由。要知道，既有松树又有硬木的丰富组合，无论是过去，还是现在，都很少见。弗兰博河的松树都长在硬木树林的土地壤里，这使它们占到了先机，因为硬木树林的土壤更加肥沃，因此它们长得高大茂盛，凸显出不菲的经济价值。靠近河流也使它们有了运输优势。这里的木材早就被砍伐光了，从那些残存的巨大的腐朽木桩可以得到证据。只有那些略为次等的、有缺陷的松树因祸得福，被伐木人赦免，得以保留了下来，这些活到今天的树，足以勾画出弗兰博河的轮廓，它们是见证过往的一座绿色纪念碑。

硬木的砍伐年代要晚得多，事实上，最后一个硬木公司在它拆掉木材运输铁路上的最后一根铁轨，是距今不过短短 10 年。今天，这个硬木公司留了一处遗迹在眼前这一片被遗弃的城市中，那是一间“土地办公室”。这间办公室专门在这儿做土地倒卖的生意，把这片光秃秃的荒原卖给那些对未来充满憧憬的牛仔们。满怀希望的西部拓荒者接过了荒原。至此，美国历史结束了一个时代——把树木砍个精光然后搬离的时代走到了尽头。

像郊狼一样在废弃的荒里中寻找食物，后砍伐经济时代的弗兰博河那坚韧的生命靠着过去残留下来的东西活了下来，那些被人藐视的做纸浆买卖的“贱民”，像猎狗一样在灌木丛中搜寻，试图找出从过去砍伐年代漏网的小铁杉木。锯木工人也夜以继日地挖掘河床，为了沉睡在河底的“死货[8]”而拼命干。这些“死货”其实都是价值连城的优质松木，它们是在忙碌疾驰的木材运输的巅峰时期沉于河底的。一排排挖出来的木材沾满泥污，整齐地码放在岸边的旧码头上。它们在河底被保存得很好，而且有的还具有不菲的价值，因为在今天的北部松林里，已经找不到这样的优质松树了。留守的伐木者撑着篙杆来到沼泽地，砍倒了岸边的白杉木，跟在后面的鹿儿欢喜地蹦蹦跳跳，瞅准时机上去吃掉了倒下的白杉树的叶子。一切的人和事物，都在残留物中的食物链上生存着。

弗兰博河的清理工作进行得非常彻底，当文明的现代农舍主们打算建造一座小圆木屋时，居然在曾经盛产优质松木之地寻不着一块木屑，被迫要使用爱荷华或俄勒冈[9]的粗木板锯出来的仿制品。这些木材乘着货运卡车运到威斯康星的树林里，这与人尽皆知的把煤运到纽卡斯尔[10]一样，是一个温和的带有讽刺意味的故事。

弗兰博河，自保罗·班扬时代以来，有好些个地方至今仍保持着原貌。破晓之前，摩托艇还在梦中沉睡的时候，人们依然可以听到河水在荒野中的歌声。有几处在砍伐年代中幸存下来的林地，如今归国家所有。很多珍稀的野生动物因为这片幸存的林地而活了下来。如河里的梭鱼、北美狗鱼、鲈鱼和鲟鱼，在沼泽地里伏着产卵的秋沙鸭、绿嘴黑鸭和林鸳鸯，还有在空中盘旋飞翔的鹰、白头海雕和渡鸦。鹿儿随处可见，数目庞大，就在我泛舟河上的两天里，数了一下，一共见到了 52 只。我还看见了 2 只狼在弗兰博河上闲逛。我听一个捕兽者说，他亲眼看见一只貂在此处出没。弗兰博河产貂皮的历史可以追溯到公元 1900 年前。

1943 年，威斯康星资源保护部以这些荒野的残存之地为核心地带，重建了一个沿河自然保护带，这个约 50 英里的保护带内是无人居住的荒野区，为新一代的威斯康星人留出了一方尽情享乐之地。实际上，这个荒野区囊括了整个州立森林的矩形区域，河岸两旁将不再种植树木，同时尽可能地避免开辟道路。资源保护部正在以最大的耐心，小心翼翼地推进弗兰博河的生态修复。政府甚至出高价买下了私人的土地，拆除了那些别墅以及封锁了那些挡道的、而且没有必要存在的道路。州资源保护部立下雄心大志，尽最大的可能把大自然的脉搏拨回原始的荒野状态。

在过去的几十年时间里，弗兰博河依赖肥沃的土壤长出了保罗·班扬所需要的上好的考克松。同时，腊斯克县的乳制品业也发展起来了。奶农们最大的愿望是希望获得比当地电力公司供给的更便宜的电力，为此，他们组织建立了一个农村电力管理局（REA），并于1947年提出了一份申请，要求建立一个发电水坝。这个发电水坝一旦建立，必然的趋势就是，砍掉先前花大力气重建的、作为划船之用的那50英里自然保护带的下游区域。

激烈而尖锐的政治斗争局面出现了。当地立法机构顶不住奶农的施压，他们妥协了，宁可牺牲荒野的价值，以求缓和与奶农们剑拔弩张的紧张局面，而且步步后退，不仅批准了REA水坝的建设，而且还驳回了资源保护委员会关于水电未来发展的一系列远景规划意见。此事让我们感到有一种可能，似乎在弗兰博河上用以泛舟的那片水域，以及威斯康星州境内的所有野外河流，最终都要被水电站霸占，用来发电。

这意味着，我们的子孙后代将再也看不见一条野外的河流。这对从未体会过失去的他们来说，不能在静谧如歌的河流上泛舟，也无所谓是一种失去了。

【注释】

①弗雷德里克：腓特烈一世，又称“红胡子”或“巴巴罗萨”，德意志历史上著名的政治家、军事家，为霍亨斯陶芬王朝（1152—1190年）的国王。在其执政期间，神圣罗马帝国的国力达到顶峰。

②即匈奴“废都”白城子，位于毛乌素（在鄂尔多斯市南部，陕西省长城一线以北）沙地边缘。

③“各路打着字母排列旗号的环境保护主义者”，这是作者对新政时期的各种资源保护机构带有讽刺意味的称呼。当时的资源环保机构多采用缩写名称，如CCC（地方资源护林队），NRA

（国家资源管理局）等。

④旅鸽纪念碑是于 1947 年 5 月 11 日由威斯康星鸟类协会建立的，位于威斯康星州立怀厄卢辛公园，上面写着："由于人类的贪婪和自私，该物种绝灭于人类。"

⑤杜邦先生：尤金·杜邦，他于1802 年创立了杜邦公司。杜邦公司是生产和销售化学产品的公司之一。

⑥万尼瓦尔·布什：美国伟大的科学家和工程师，二战时期曾领导美国包括原子弹和雷达系统的军火研究，因其在信息领域的巨大贡献和远见卓识，有"信息时代的教父"之美誉。

⑦保罗·班扬：美国民间传说中的伐木巨人，他因为力大无穷，伐木快如割草而威震四方。

⑧意指沉在河底淤泥中的优质松木。

⑨俄勒冈全州约有半数的土地被森林覆盖，是美国的木材之都。

⑩纽卡斯尔：英国英格兰港市，位于泰恩河下游北岸，纽卡斯尔的两大财富支柱是羊毛和煤炭。英文中有一句俚语："把煤运到纽卡斯尔。"比喻办事的方法和目的南辕北辙。

伊利诺伊和爱荷华

伊利诺伊的巴士之旅

在院子外面，一个农夫和他的儿子用一把大横锯锯着一棵老三角叶杨。这棵三角叶杨老而且壮，它那高大粗壮的树干不是那么简单就可以对付的。一把大横锯完全切进树干后，树干两端只剩下了1英寸锯片的尾巴。

这棵杨树曾是茫茫草原上的一个坐标。也许，当年征战南北的乔治·罗杰兹·克拉克[1]还在这棵树下露营过；晌午时分，一头野牛在它的树荫下一边歇息，一边甩着尾巴拍打苍蝇。每年春天，振翅飞翔的旅鸽栖息其上。它是除了州立大学以外最好的历史博物馆。每年杨絮飘舞时，它都要撒下杨花塞住这家农民的纱窗。在提及的以上两件事情上，只有第二件事情引起了人们的重视。

州立大学告诉农民们，中国的榆树特别就特别在不会堵塞纱窗，因此，种植中国榆比种植三角叶杨更好。除此之外，州立大学还对诸如樱桃蜜饯、印度大麻病、杂交玉米和农场庭院的美化问题，摆出一副权威的姿态发表了一通高见。但唯一没有说清楚的事情就是，农场来自何处，农场的工作就是如何保证伊利诺伊安全无虞地生产大豆。

现在，我坐在一辆时速60公里的大巴上，巴士驶过的这条公路早先是马匹或轻型马车所使用的通道。混凝土构筑的公路不断蚕食两边的土地，眼看着就要将农田的篱笆挤到路边的沟堑里去了。修葺一新的路堤和即将倒塌的篱笆之间，有一绺窄窄的、难看的草皮，正是伊利诺伊州大草原遗迹。

坐在巴士上，透过窗户去注意这些遗迹的人少之又少。一个面色忧戚的农场主——从他的衬衣口袋里滑落出一张肥料账单，他正怅然若失地望着那些羽扇豆、胡枝子或许是巴布豆发呆。这些植物曾经神通广大地从大草原的空气中吸足了氮元素，并把它释放到肥沃的黑土壤里。然而，他并未从那些暴发户般的偃麦草中辨认出它们。如果我问他，为什么他的土地长得出100蒲式耳[②]的玉米，而那些非草原的州只长得出30蒲式耳的玉米，我猜他的回答应该是，因为伊利诺伊的土壤肥沃一些。如果我再问他，那些盘绕在篱笆上的像豌豆花一样的白色尖顶状的花朵，是叫什么名儿的植物，我猜他肯定会迷茫地摇摇头说，天晓得是些什么玩意儿。

一片墓地从我的视线中一闪而过。在墓地的边缘长着泛着油光的草原紫草。草原紫草的生长选择地很有特点。它不会在别处生长，只生长在墓地周围。现代景观装饰的主唱是泽兰和苦苣菜，编织着柔和的黄色图案。草原紫草恰恰相反，不爱喧哗爱僻静，喜欢长在墓地与逝者细语呢喃。

从敞开的车窗外，突然传来一声高原鹬那使人为之一振的鸣叫声。曾几何时，它的祖先们尾随野牛，艰难地跋涉在被人遗忘的无边无际的大花园中，那里生长着的被人世间抛弃的花朵枝干高得淹没了牛肩。一个男孩发现了这只鸟，告诉他父亲说："那儿有一只扇尾沙雉。"

指示牌上写着：你正在进入格林河土壤保护区。上面用蝇头小写标出了合作者的名字，但字小得太出格了，坐在快速移动的巴士上根本看不清写的是什么。但我想，这不外乎是关于资源保护者的名册一览表。

牌子用油漆刷得一尘不染。它竖立在山谷底下的小溪边上的一片牧场上。这里的草长得只有脚踝高，很适合打高尔夫球。附近是一个已经干涸的小河床的转弯处，新挖掘的河床像一把尺子那么笔直，这是那些工程师们为了加快水流量把它“扳直”的。而山上，条带状的耕地阡陌纵横，这些耕地，是工程师们为了减慢水土流失而“弄弯”的。看来，这儿的水已经被众说纷纭的意见搞得无所适从了。

这个农场里的每一样东西，都代表着银行那一沓一沓的钞票。农场的建筑外观都是由钢筋、混凝土和新油漆呈现的。谷仓上刻着日期，这是为了纪念它的创始人；房顶遍布避雷针；风向标因为新镀的金色而自我陶醉；甚至连这里的猪都像土豪一样财大气粗。

林间的老橡树在这里求得了一方和平之隅。这里没有篱笆，没有灌木丛，也没有成行的栅栏或其他粗放管理的痕迹。玉米田里有胖嘟嘟的小公牛，但可能没有鹌鹑。围栏立在狭窄的带状草地的边缘。在带倒刺的铁丝网附近犁地的人都有一句老话：“吃不穷，穿不穷，不会细算世世穷。”

在小河下游低洼的草地上，洪水泛滥时夹裹而下的垃圾高高地堵塞在灌木丛里。小河边缘是未经修整的状态，伊利诺伊的土地在河水的浸润下一点一点地剥落下来，掉进水中向着海洋移动。河水把带不走的淤泥遗忘在繁茂的豚草中，只得斑驳陆离地堆在那儿。谁家大业大，经得起肆意挥霍？而这种挥霍又能维持多久？

高速公路像一根绷紧的带子，巴士畅通无阻地穿行在种着玉米、燕麦和苜蓿的田地中。巴士不断刷新着庞大的行程里数，车内的旅客各个非常放松地谈论着。他们如此轻松地谈论着什么呢？谈论棒球、税收、姑爷、歌剧、汽车以及葬礼，可是在他们热烈的谈论话题中就是没有从窗外扑面而来的、像海浪般起伏的伊利伊诺大地。没有人知道伊利伊诺产生的历史，它就像刚出生的婴儿一丝不挂地来到人世，它没有深渊和浅滩，也没有生与死的潮汐。对这群喋喋不休、高谈阔论的旅行者来说，伊利伊诺就像一片海，他们正在驶向一个带着未知意义的港湾。

踢蹬的红腿儿

当我回忆自己的童年时，常常大惑不解，那些被人们称之为“成长”的过程，是否就是一个褪变的过程；那些成年人整日谈论而孩子们则知之甚少的经验，是不是对日常生活琐事的稀释和冲淡？不管怎么说，至少有一点绕不过去，那就是我最早对野生动植物及事物的印象，那种形状、色彩和氛围，都以一种鲜明的形式，生动地留在我的脑海中，挥之不去。半个世纪过去了，我对野生动物的知识和专业经验大有长进，但这些印象未能从我的记忆中被抹去或有任何修改。

像大多数胸怀远大目标的猎人一样，我在很小的时候，就拥有了猎枪。这是家人给我的一把单管式猎枪，允许我去打野兔。冬日里的一个星期六，在我赶往心仪已久的野兔狩猎场的途中，我看到在冰冻三尺的湖面上，竟有一个没有结冰的洞眼。这个洞眼的位置正好就在一个风车将岸边的暖水注入湖中的地方。现在，所有的野鸭早已飞往遥远的南方，冰封的湖面上看不到一只野鸭。但就是此时此地此景，使我产生了自己的第一个鸟类学联想：如果这个区域还有一只鸭子滞留在此，不管是雌是雄，早晚它会蹭到这个洞眼跟前窥视一番而掉进这个洞眼。我抑制住内心对野兔的强烈欲望（这非常难），在结冰的泥土上那高高的荨麻丛中坐下来，耐着性子等待着。

整整一个下午过去了，一只又一只的乌鸦从头顶飞过，还有那风车费劲转动的吱嘎声，听起来就像一个患了气管炎的病人在吃力地呻吟，我感到了彻骨的寒冷。终于，在日落时分，西边出现了一只野鸭的身影，那是一只孤单的野鸭，它朝着这边飞来，连一个着陆的盘旋动作都没有，便斜着翅膀朝着那个洞眼落下来。

当时最精彩的那一瞬间在我的记忆中有些模糊不清了。我只记得我平生第一次狩猎成功的对象是一只野鸭。随着我扣动扳机响起的“嘭”的一声，它重重地栽倒在白茫茫一片的湖面上。它腹部朝上，痉挛的红色的腿儿在冰面上拼命踢蹬，伴随它死亡的是我的喜悦。

父亲给我这只枪时，告诉我今后要用它来打松鸡，但此时我的枪法很稚嫩，凭这两把刷子根本不可能射中栖息在树上的松鸡。他说，等我年纪再大一点，就可以试着射击正在飞行中的鸟儿了。

我的狗狗很让我欣赏的本事之一就是擅长把松鸡轰到树上。当我第一次实弹演习时，出于道义，我非常明确地选择放弃向那只停留在树上的松鸡沉着地开枪，而是在它惊惶失措地逃跑时胡乱地开了一枪，好让它有机会逃生。说句真心话，即使魔鬼愿意把他的七个王国赠送给我，与一只落在树上的松鸡相比，那诱惑也差得远。

就在第二个狩猎季节即将结束前，我连一只飞翔着的松鸡的羽毛都没打着。有一天，我正走在一片浓密的山杨树林中时，一只大松鸡呼啸而过。它从我的左边起飞，在山杨树林上方高高飞翔，用本领极高的滑翔技术从我的背后穿插过去，扇动着它那有力的翅膀，飞向最近的一片沼泽地。这是老天对猎人的天赐良机，一个千载难逢的射击机会。伴随着一阵羽毛飘零，松鸡发出最后一声哀鸣，跌落在金黄色的落叶中，挣扎着死去了。

时至今日，我拿起画笔仍能清晰地画出当时的情景——那只松鸡躺在绿得叫人心碎的苔藓上。点缀在它身边的是一丛丛红御膳橘和紫菀草。这是我打下来的第一只正在飞行中的松鸡。我隐约感到，我对红御膳橘和紫菀草的特殊感情，也许在那个时候就在我心中萌芽了。

【注释】

①乔治·罗杰兹·克拉克：（1752—1812 年），美国独立战争时期的卓越将领之一，探险家威廉·克拉克（1770—1838 年）的哥哥。

②蒲式耳：计量单位，一种定量容器，类似中国旧时的斗、升等计量容器。1 蒲式耳玉米约等于 25. 401 公斤。

亚利桑那和新墨西哥

在云霄

当我第一次入住亚利桑那时，白山是骑士的天下。除了沿山盘旋的几条主要道路以外，其他的道路宛如蜀道，崎岖不平，马车行走其上，简直要颠死人。这里没有汽车，又幅员辽阔，对于徒步旅行的人来说，这是一道难题，会走得你腿发软。偶尔看见有牧羊人，但人家是骑在马背上的，人家有另类的交通工具。因此，排除了这些人之后，这个版图规模在郡县，有“在云霄”之称。这里是骑士的乐园，骑马的牧羊人，骑马的牧牛人，骑马的林业官，骑马的捕兽者，还有那些在边疆地带神出鬼没、形迹可疑、身份不明的骑马者。现在，令我们感到非常困惑的是，为什么这些空间达人的统治是以交通工具为钥的。

如果在那些有铁路通行，只需 2 天的行程就能到达北部城镇的地方，这类事情是不存在的。在那些地方，你的出行可以有多种选择，或穿皮鞋步行，或骑驴或是放牛用的马，或是坐弹簧座的四轮马车、货运车辆、货运列车的守车甚至乘坐卧铺车。每种出行方式都标志着这个人的社会等级，每个等级的成员都操着有统一色彩的方言，穿与众不同的服装，吃别人无法企及的食物，脸上带有傲慢的神情在各类沙龙进进出出。他们标志性的特点就是，打着民主的旗号向杂货店赊账，占亚利桑那公共财富的便宜，享受亚利桑那的灰尘和阳光。

人们继续向南，横穿平原和山岭。当走到白山附近时，每个人的旅行工具不仅失效而且成为累赘，社会阶层的差异也随之被一笔抹杀，最后，当抵近“在云霄”时，除了骑马人统治世界以外，其他人都是赤条条的无产者了。

亨利·福特[①]掀起的革命浪潮横扫了这一切。今天，飞机甚至赋予了所有人环游的可能，不论身份高低贵贱，不管他是汤姆，迪克还是亨利[②]。

冬天，山顶铁着面孔，拒绝所有人接近它，即使是对骑马人也是不可逾越的雷池。高山草甸沉睡在深深的积雪中度过它们的冬眠。有一条崎岖小路可以攀上小峡谷，但此时积雪像一把锁，把这条小路封锁得严严实实。每年 5 月，夹杂着冰块的洪水像猛虎下山，扑向峡谷。不过，好在这场让人望而生畏的初春协奏曲过后，就该你登上山顶亮相了。如果你的马儿本身就是勇士，又有吃苦耐劳的品质的话，它可以大半天不喊一声累地踩在没膝的淤泥中前行。

山脚下有个美丽的小村庄，每年春天，这里都要开展一项比赛。比赛的目的是看谁是第一个闯入那片僻静高地的骑士。我们中有很多人跃跃欲试，至于为什么，根本没有人坐下来分析过。小道消息都是长脚的，传播速度极快，很快就会成为人尽皆知的谈资。不管是谁得了第一，都会有一份特别的荣誉等着他，那就是成为当地本年度的“头号新闻人物”。

山上的春天，跟故事书里描述的景象差得很远，但也并非不速之客，猝不及防地就逼近眼前了。和煦的阳光和料峭的春寒轮番上阵，甚至当绵羊已经上山啃食青草，它们的对手戏还没有谢幕。这一座灰褐色的山地牧场在我们的印象中似乎还是温和派。我们经历过比这更冷酷的景象，骤然降下的冰雹和暴雪倾泻而至，母羊凄恻的目光和几乎冻僵的羔羊在纷纷落下的暴雪中悲惨至极。那些平日里快活得忘乎所以的星鸦，在这春天里的暴风雪中也冻得弓起脊背像缩头乌龟一样。

夏天，这座山的情绪喜怒无常，就和这里的生活和天气一样，难以捉摸。就算是神经大条的骑手也和他的马一样，对这种翻手为云、覆手为雨的善变都有刻骨铭心的感受。

这是一个晴朗的清晨，高山会发出热情洋溢的邀请函，你盛情难却，愿意牵着马儿在刚刚破土而的青草和野花上面打个滚（你那野惯了的马儿一定会这样做，如果你不把缰绳拉紧的话）。在这个清晨，所有的生物都在尽情歌唱，在啁啾，在欢笑，在成长。几个月来，一直在风暴的摇撼和雨雪的欺凌中忍辱负重的松树和冷杉，在今天这个美丽的清晨挺直了有尊严的树杆，抬起高贵的头，享受璀璨的阳光那热情的抚摩。缨松鼠历来是个假正经的角色，这会儿它虽板起面孔，但它的情绪都通过声音和尾巴淋漓尽致地表达了出来，它缠着你喋喋不休，非要告诉你其实你早已知道得很清楚的事情：这一天弥足珍贵，你从来没有在如此孤寂的地方度过如此浪漫的一天。

仅仅浪漫了 1 个小时以后，雷暴云团的阴影慢慢地遮住太阳。这时候，前一个小时的欢乐谷在即将到来的闪电、暴雨和冰雹的威胁下，节节退却。黑云压顶，像一个巨大的恶魔露出它狰狞的面孔，悬浮在空中，就像挂在空中已经点燃了引线的炸药桶。这时，每一块小石砾都在某种预感中不安地滚落，每一声清脆的树枝折断声，都会使你的马儿惊跳起来。当你转身准备从马鞍上解开雨衣时，它会惊骇地倒退、喷鼻，不住地战栗，就好像你正要打开一部启示录[③]的卷轴。现在，如果我听到某人吹嘘他的马儿不怕雷电的话，我会在心里暗暗说一句："因为你没有在 7 月间骑马到过这座山。"

雷霆万钧是众所周知的令人胆战心惊的场面，但还有更让人胆战心惊的场面。闪电猛烈地撞击在岩壁上，溅起冒烟的石块从你耳边嗖嗖地呼啸而过。当闪电把一棵松树拦腰劈断，碎屑像烟花一样漫天散开，你会有像看到一朵蘑菇云那般恐怖的感觉。我记得，曾经看到一块炸裂的北美乔松那白得发亮的木片，倒插在我脚下的地上，像一把音叉那样稳稳地立在那儿，恐怖的余音经久不息。

卑微的生命从恐惧中获得自由，免于恐惧的生命则意味着贫瘠。

山顶是一片广阔的牧场，骑马而行，需要半天工夫才能穿过它。不过，你不要看着眼前茂密的青草而对路况高枕无忧，以为那是一片广阔的、四周松树环绕的露天剧场，一马平川的，被青草覆盖。不，事情绝不是这样，青草下面的绊马索多得很，到处坑坑洼洼。这片草地的边缘是经涡卷装饰过的，卷曲而带有皱褶，下面隐藏着无数的海湾和峡谷、丘峦和山梁、岬岛和园林，每处景观都是各具特色的“这一处”，没有重复，因此没人对这一切洞悉幽微。那些骑马上山的人，每天都会遇到一个新发现可以让他赌一把。之所以说“新”，是因为骑马人进入这缀满鲜花的小峡谷，会有一种美得倒抽一口冷气的感觉。如果我们的祖先中有哪个文人墨客曾来过这里，一定会雅兴大发，赋诗一首。

由于这种绝妙感觉的熏染，每一处山区宿营地的山杨树皮上，都留有人们心犹未甘的笔迹，上面写着大量的缩写姓名、日期甚至牲口齿印或火漆印。在后来的任何一天，人们都可以通过这些刻写的印记读到“德克萨斯人”的历史和文化，只是不可从人类学的范畴去解读这些历史文化，而应立足于某个创业者的职业生涯。比如，你从这些缩写名字上判断出是某一位创始人，你会突然想起，他的儿子在某次马匹交易会上赢过你，又或者，在某次舞会上，你有幸邂逅某个大户人家的千金小姐，并一起跳过一曲华尔兹。我手上有一个简单到不能再简单的缩写姓名，落款日期是“19 世纪 90 年代”，从只有姓名没有漆印的特点来判断，此人当时是单枪匹马闯到这座山中的，或者他是一个居无定所的牧牛人。大约 10 过后，他的名字缩写前加上了火漆印，这说明了什么呢？说明他已今非昔比，现在他是一位腰包富足的公民了，他拥有一个靠着节衣缩食地经营、自然繁殖，加上一根机灵的绳索赚来了一个牧场。几年过去了，你发现了他的女儿的缩写姓名，这个名字的镌刻者是一位仰慕他女儿的年轻人，他追求他的女儿，希望能娶到她，而且还想侵吞他的财产。

现在，这位老人已经离世。他在走到生命尽头的时候，他的心脏只为一件事顽强地跳动，他放不下他在银行户头上的存款和圈里的牛羊。不过，从山杨树上的记载来看，他也曾是个登上峰巅的年轻人。春色无限好，一览众山小，他因为这一经历而踌躇满志。

这座山的历史就像一个埋藏在地下的宝库，越挖越有意思。这体现在山杨树上记载的地名上，牧场的名字或者有很露骨的色情意味，或者滑稽得可笑，或者带有挖苦意味，或者像情窦初开的少女多愁善感，因此显得各有千秋，谁也不输给谁。这些名字均有一点微妙的挑逗意味，怂恿那些新来乍到的人逮住露在表面的线头寻根问底。所以，那些关于地名的种种传说也因为人云亦云地添油加醋而变得有模有样，跻身神话故事的殿堂。

有个地方的名字叫“埋骨场”，这个名字听上去让人毛骨悚然。它的外表是一片青葱秀美的草原。蓝铃花怒放，铺满了隆起的土丘，那下面是半掩的、死去年深日久的牛头骨和散了架的脊椎骨。19 世纪 80 年代，一个涉世未深的傻小子来到这里，这个牧牛人刚从温暖的德克萨斯山谷迁到这里。转瞬即逝的夏日，火辣辣地勾引了他。他经不住山上夏日的诱惑，贸然赶着牛群上山了，并打算把他的牛儿留在山上靠山上的干草越过冬季。不料，11 月的暴风雨给了他一个下马威。被吓破胆的年轻人单骑突围逃了出来，但他却为轻信了夏日的蛊惑付出了代价，他的牛都被他亲手送上了山顶的葬身之地。

有个地方的名字叫“坎贝尔的忧郁”，这个听上去充满悲剧意味的地方靠近蓝河的源头。早先，一位牧牛人带着他的新娘来到这里，他心爱的太太很快就厌倦了天天看到的风景，岩石和树林，朝思暮想拥有一架钢琴。故事顺利进行，钢琴如期而至，是“坎贝尔”牌子的。在这一带，这架钢琴的重量得要一头骡子才拉得动，而且还要配备一位技艺高超的赶车人，方能胜任这一任务。这个故事以悲剧收场，这架钢琴并未留住那位好高骛远的太太，她最后还是逃走了。我听到这个故事悲伤的结局时，这个牧场的小木屋只剩下一片断垣残壁，满目苍凉，破败不堪。

有一个地方叫“菜豆沼泽”，这是一片由松树围起来的沼泽牧场，沼泽上覆盖着茂密的青草。当我在那儿的时候，树林中有一座小小的圆木屋，这是专门为过路人而建的，方便远道而来的人解乏、解饥，日暮投宿，任何路人都可以进屋来歇脚过夜。当地有一条不成文的规定：这一类不动产的主人必须为路人留下足够的面粉、猪油和菜豆，同时，还要解决牲口之食，在马槽中添足草料。但这也未必能尽善尽美，如果哪个不走运的旅人遇到了暴风雪，被困在这儿一个礼拜的话，他最后只能用菜豆充饥了。对于当地乐善好施的淳朴民风，由于这一纰漏而大煞风景，因此作为一个带有自嘲意味的地名在历史上流传下来。

还有一个地方叫“天堂牧场”。当你在地图上读到这个名字时，一定觉得它粗俗不堪，没有一点出彩的地方。但是当你骑着马经过艰苦跋涉到达那儿时，你会觉得眼前一亮，发现它着实不一般，这儿的很多东西都散发着独特的美。它在一个高峰较远的一侧悄然藏身，丝毫不张扬，但走近会看到它无与伦比的光彩，这里具备了天堂的所有条件：一条溪流潺潺流过，鲟鱼在清澈的水中摇头摆尾地游弋，时聚时散的鱼群骤然溅起的水花给这条溪流平添了美妙的音乐声。溪流曲曲弯弯穿过绿得发亮的草地，蜿蜒前行。马儿在这片草场上待上一个月，会被养得膘肥体壮，鬃毛发亮，雨水落在它肥壮的脊背上会积成一个小水洼。当我来到这儿第一眼看到“天堂牧场”时，不禁暗自发问：“如果它不叫‘天堂牧场’，你还能把它叫什么？”

实际上，我有很多次机会再访白山，但我却没有重游故地。我不愿意看到旅游者、道路、锯木厂和载着原木飞驰的火车，把留在我脑海中的白山印象改变了模样。我听到一些年轻的旅游者带着惊叹的口气喊道："那真是一个美妙迷人的地方"——这些年轻人，当我第一次骑马到达"在云霄"时，他们还没有出生，但说起白山，我们的评价所见略同。

像山那样思考

一声低沉而傲慢的嗥叫，像带着闪电的雷声在山崖之间回荡，从一道山崖闪到另一道山崖，然后跌落到深不见底的漆黑的夜色中。那是一种充满野性且让人难以忘怀的声音，桀骜不驯的声音充满英雄末路的悲哀，以及对世间一切苦难的高傲的蔑视。

这一声嗥叫足以让每一种活着的生物（包括已经死去的）胆寒。鹿儿听到这一声嗥叫，那是它血肉横飞的预警；松树听到这一声嗥叫，那是它魂断雪夜的预言；郊狼听到这一声嗥叫，等于得到了分一杯羹的允诺；对于牧场主来说，那一声嗥叫就是账户出现赤字的威胁；对于猎人来说，那一声嗥叫会使他像打了一针鸡血那样兴奋，因为这意味着獠牙与弹丸的对决即将到来。在这显而易见的希望和恐惧的背后，蕴藏着更为深刻的含义，而这，只有古老的山岳才知道，因为它的生命起源很早，它有足够的阅历客观地去听一匹狼的嗥叫声。

虽然人们不能辨别隐藏其中的含义，但是，一种与生俱来的直觉会告诉人们，它就在那里，甚至整个地区都能感觉到它的存在，这种感觉就是有别于无狼区的暗示。这种暗示带着令人脊背发凉的意味。对于那些夜间听到过狼嗥，白天发现了狼迹的人来说，都会对"毛骨悚然"一词有感同身受的体会。即使没有看到它的样子，或者也没有听到过它的嗥叫，但日常生活中的种种琐事都在暗示它的存在：深夜，一匹驮马发出绝望的嘶叫声；没有风吹草动，却有碎石在滚动；一只鹿儿绝命奔逃的蹄声；云杉下阴森的小径。只有笨到极致的菜鸟才感觉不到狼的存在，以他的迟钝，也不可能察觉出山对狼的秘而不宣的态度。

我本人的观点，缘于亲眼看见一只狼死去时的顿悟。当时，我们正聚在一个高高的峭壁上吃午餐。在我们脚下，一条湍急的河流在峭壁下蜿蜒而过，一只雌鹿——我们先以为是一只雌鹿，正在激流中蹚水而过，它的前胸淹没在溅起了白色水花的河水中。当它爬上岸后，朝着我们甩动尾巴的时候，我们才大惊失色地发现搞错了，原来那是一只狼。除了那只成狼以外，还有 6 只小狼乐颠颠地从柳树丛中跑出来，它们高兴得发疯一样地在草地上打滚，互相搅在一起打闹嬉戏。这回我们真得看清楚了，在我们脚下的悬崖下方的空地上，那一群扭打在一起滚动着的，确实是一群狼。

当我们明白了的那一刻，就像战前宣言一样激动人心。我从未听说过有任何理由可以放过一只撞在枪口上的狼。1 秒钟之内，我们完成了子弹上膛的动作，兴奋过度使我们瞄准起来很困难，从陡峭的悬崖上往下方的空地瞄准，真还说不准。当我们来复枪膛内的子弹打光以后，那只成狼已经倒下了，还有一只狼崽拖着一直滴血的伤腿，惨叫着朝着那堆因为雪崩而堆积的、人迹罕至的碎岩石中逃去。

很快，我们来到了那只倒下的成狼身旁，它还没有咽下最后一口气。我们亲眼看见，一道凶残的光从它那微睁的绿莹莹的眼睛中迸射出来，那是一道令人冷汗涔涔的寒光。我明白而且铭记于心，这两道寒光所表达的是一种我从未见过的东西，它所暗藏的深义只有它和山知道。那时我正年少气盛，对扣动扳机怀有不可遏止的渴望。我最初的观点是，狼越少，鹿儿就越多，因此，无狼区即意味着鹿儿的乐园，猎人的天堂。但是，那头垂死的狼的眼中即将熄灭的绿火使我震撼，我感到，无论是狼还是山，都在动摇着我那最初的观点。

事实很快印证了。从那之后，我亲眼看见一个州一个州的狼迹覆灭，也亲眼看到了在狼迹覆灭的山上出现的“新面貌”：在朝南的斜坡上鹿儿踩出了一条弯弯曲曲像迷宫一样的小径，我看到每一棵可吃的灌木丛和幼苗被啃得残缺不全，先是衰弱，然后枯萎，最后死去。我还看见，每一棵可吃的树，马鞍以下的叶子都被吃得光溜溜的。上帝创造的自然界无限美好，生物多样性恰到好处，增之一分则嫌长，减之一分则嫌短。但是人类喜欢用一双贱手去帮倒忙，总是自以为是地在生物食物链中胡乱剪辑一通。比如这座山，除了人类那把大剪刀干的好事，一切其他活动都被禁止。最终，鹿的数量暴增。由于鹿群的数量和食物的数量失衡，食物匮乏，漫山遍野可见鹿儿饿殍。它们的尸骨和枯死的艾蒿丛相伴，一起变白，或者在鹿头够不着的刺柏树下腐朽成泥。

我在想，正如鹿儿在对狼的极度恐惧中活着，那座山也在对鹿群的极度恐惧中活着。相对来说，山的恐惧理由更加充分，当一只狼拖走了一只公鹿，最多两年或三年，会有另一只公鹿起来替补它的空缺。而一座山被鹿群拖垮以后，恐怕几十年也不能复原。

牛群亦是如此，当牧牛人将牧场上的狼悉数清理之后，他压根儿没有想到，其实他正在接手狼的工作——调整牛的数目使其适应牧场的承载能力。他的智商或阅历还没有教会他像山那样思考。因为这样，来而不往非礼也，我们得到了沙尘暴的回赠，而河流也在昼夜不息地把我们的未来冲向海洋。

我们正在为着安全、繁荣、舒适、长寿而平静的生活质量奋斗不止，鹿儿用它那优雅灵巧的四肢奋斗不止，牧牛人用圈套和毒药奋斗不止，政治家用笔和口才，而我们当中大多数人则用机器、投票和美金。但不管哪门哪路，都是为了追求同一种结果：我们这个时代崇高而神圣的和平，用这个作为一把标尺去衡量成功与否，固然不错，而且从客观思考的角度也不可或缺，但放眼长远，得出的结论会上升到辩证法的高度，太多的安全往往会适得其反，会带来长远的危险。或许，梭罗[4]的名言揭示出的潜在含义就在于此：“世界的救赎就是野性。”或许，这就是隐藏在狼的嗥叫中的内涵，它们从第一声嗥叫开始便为山所心领神会，却鲜有人能领会。

埃斯库迪拉山

亚利桑那的生活空间无限美妙，这是一个带有魔方意味的空间，脚下以垂穗草为界，头顶以天空为界，地平线则以埃斯库迪拉山为界。

如果你骑马在五彩缤纷的花海中一路向北，无论走到哪个地点，无论在哪个时间节点，你看到的总是蜜黄色的埃斯库拉迪山。

当你骑马向东走，你会穿过一片像神话故事里描述的森林，这片枝繁叶茂到令人神魂颠倒的山坪，它的独特魅力在于每个凹地都是一个小小的独立世界，它在阳光的抚摩下，散发着令人沉醉的刺柏的芳香。林中萦绕着蓝头松鸡的啁啾声，那是一种神来之笔的天籁之声，使这儿的一切都显得那么舒适惬意。很快，你站在了一个高高的山脊上，这时，周围景物像舞台转换一样，你就像小人国里的小不点儿置身于一个巨大无垠的空间里，而悬挂在空间边缘上的，正是埃斯库迪拉山。

向南行，错综复杂的蓝河峡谷正在等待你的到来，那里到处是白尾鹿、野火鸡和野性未泯的家牛群。一只漂亮的公鹿敏捷地奔往地平线，蓦然回首向你告别，而你这时却低下头来查看你的瞄准器，心里纳闷自己到底在哪一步失了手，竟然错过了这个美男子。而你抬头看到的远处的蓝色山脉，正是埃斯库拉迪山。

往西走，迎面而来的便是波涛起伏的阿帕奇国家森林公园的外围。作为巡视员，我们曾到那里勘查过木材产量，我们把高高的松树按 40 棵为一个单位转化为了笔记本的数字，这些数字代表着我们推算的木材堆。勘查员们上气不接下气地向着峡谷艰难攀登，突然感到笔记本上那些虚构的数字标志的间接性，与被汗水濡湿的指头、洋槐的尖刺、鹿蝇的叮咬，以及冲着松鼠发的无名火，诸如此类行为的直接性之间，存在着一种诡谲的不协调。但是当大家到了下一个山脊时，一阵寒风呼啸而过，掠过这绿色松林海洋，他们的各种疑惑都被吹得烟消云散。而他们眼前那遥远的林海岸边，埃斯库迪拉山悬挂其上。

这座山与我们的生活和工作密切相关，甚至还跟我们一顿丰盛的晚餐有牵涉。冬天的傍晚，我们的一贯手法是偷袭河滩上的野鸭。机警的野鸭在玫瑰色的西方上空盘旋，继而又小心翼翼地转向北方，随后，便隐入漆黑的埃斯库拉迪山里。如果它们再次从那伸手不见五指的山里飞出来，即便它没有扇动翅膀，我们仍然会发现它，并且保准有一只肥美的雄野鸭会被放进我们的荷兰烤箱。如果它们不再出现，那我们就只好吃熏猪肉和青豆了。

我可以告诉你一个地方，这个刁钻的位置可以屏蔽你的视线，使你无法看到地平线上的埃斯库拉迪山，这个位置就是埃斯库拉迪山的山顶。只缘身在山顶，你看不见这座山，但你可以真切地感受到它。什么原因？因为那只大熊。

埃斯库斯拉迪山上有一个老“大脚怪⑤”，是个资深的强盗大侠，这个侠客的城堡不在别处，就在埃斯库拉迪山。每年春天，和煦的春风拂开积雪化出一道道黑晕时，那个阴森的岩崩形成的洞穴便有了动静，只见一只从冬眠中苏醒的老熊拖着笨重的身躯缓缓地从洞中爬了出来，它一路爬到山下，瞄准一只正在草地上吃草的乳牛，朝着它的头部发动袭击。等它吃撑了以后，它又爬回那一手遮天的峭壁，在那里快乐无忧地享用着旱獭、鼠兔、浆果和树根，优哉游悠。夏天，就这样波澜不惊地过去了。

有一次，我看见过它杀死的一只乳牛。那只乳牛的头骨和脖子被撕得血肉模糊，那副惨烈的情景就像是撞上了一列飞驰而过的列车。

没有人见过这只老熊的真容，但在春天泥泞的小路上，在崖底那眼温泉周围总是能发现不可思议的足迹。看到这些足迹，就是那些彪悍的牛仔也会脊背发凉，他们会百分百相信它的存在而不敢放肆地策马行走。无论他们骑着马走到哪儿，他们都能与这座山遥遥相望。而当他们看到这座大山时，便会不由自主地想到那只老熊。在温暖的篝火旁，他们热烈地谈论着牛肉、巴拉斯舞会和熊。虽然熊的要求谈不上奢侈，它每年只向这座山索取 1 头牛和几平方英里没有耕种价值的荒岩区，但它的存在对整个郡县都具有不可小觑的震撼力。

那时正值“进步”首次踏入牛乡，“进步”的使者也是三教九流，各色人等都有。

第一个使者算是一个叱咤风云的人物，因为他是首位横贯大陆的汽车司机。牛仔们很理解这位开路先锋，他跟过去那些骑手一样，喜欢夸大其词地谈论他那些快活而神奇的经历，大吹大擂。

第二个是一位身穿一袭黑色天鹅绒长裙的漂亮女士。孤陋寡闻的乡民们虽然听不懂她到底在说什么，但还是全神贯注地注视着她，倾听着她操着一口纯正的波士顿口音讲述着妇女参政的意义。

第三个是一位会变魔术的电话工程师。在乡民们的注视下，他把一根电话线绑在刺柏树上，城里的消息立马就传开了。一位老人满怀期望地问道，这根电线能不能给他带来一块熏肉。

有一年春天，“进步”又派遣了一位使者前来。这是一位官方的捕兽者，就像是一位穿着工装的圣·乔治[6]一类的人物，他是来搜捕给政府惹麻烦的“恶龙”的，他询问乡民，此地有没有需要杀死的有害动物。当然有，一只大灰熊。

捕兽者精神抖擞，把装备给他的骡子驮上，启程前往埃斯库迪拉山。

1 个月后，他回来了。他的骡子累得够呛，因为背上驮着 1 张沉重的兽皮而步履蹒跚，找遍了全镇，只有一个大谷仓可以用来晒这张兽皮。他为了猎杀这只大灰熊，使尽了各种招数，下毒药、设陷阱，无所不尽其极，结果都没有奏效。最后，他在大灰熊必经之路的隘口架设了一支猎枪，耐着性子等待。机会来了，埃斯库迪拉山的最后一只熊走进隘口，踩着了机关，中弹身亡。

当时正值6月，炎热的夏季使这张剥下来的熊皮臭气熏天，不光难闻还有难看的斑点，因此一文不值。不过，对这只最后的熊，我们没有给它一个机会留下一张完整的皮，用以作为它这一族的纪念，这实在是无法交待。它最后留下来的，只是陈列在国家博物馆里作为标本的一块头骨，还有一个很热闹的议题就是科学家们激烈的争论：这块头骨的拉丁文学名叫什么。

当我们痛定思痛，开始静静地思考这些问题时，我们要问，究竟是谁给“进步”制定了这些规则。

自从上帝创世以来，时间就一点一点地蚕食着埃斯库迪拉山上的玄武岩山体，磨损着，消耗着，在等待的同时也建设着。上帝之手借着时间在这座古老的山上创造了3样不可复制的东西：一个令人肃然起敬的外貌；一个动植物群落的微观世界；一只熊。

那位受派遣来捕杀那只熊的使者，只知其一，他完成了使命，给埃斯库迪拉地区的牧场创造了一个安全的生存环境；但他不知其二，他掀翻了一座可持续发展的大厦的尖顶。这座大厦是自破晓时分的晨星开始晨祷的歌唱时开始建造的。

派遣捕兽使者的局长是位生物学家，而且是个精通进化“建筑学”的专家，但在他的知识结构中却缺失了一环，他不懂这座大厦的尖顶跟牛群在价值上是等量齐观的。他不懂这个，他无法预见20年内，这个牧牛区的下一站就是旅游之乡，到那时，人们对大灰熊的需求比牛排更为迫切。

那些为消灭草原上的熊而投赞成票的国会议员，大多是拓荒者的儿子，这些“牛仔二代”一边对父辈开垦边疆的美德高歌赞美，一边又使用强权手段不遗余力地毁坏边疆。

我们的林务官员们在弄死最后一只大灰熊的事情上，个个装聋作哑。我们都知道一件事，当地一个农场主有一次在犁地时发现了一把短剑，上面刻着科罗纳多⑦上校的名字。这使我们对西班牙人发起了同仇敌忾的声讨，他们出于对黄金的贪婪和宗教皈依的狂热，残暴地屠杀印第安人，使这个种族几近灭绝的边缘。可是我们却没有想一想，其实我们也是那种以正义之名而行掠夺之实的侵略者。

埃斯库拉迪山依然如故，它高悬在地平线上。只是当你看到这座山时，不会再想到熊，因为它现在仅仅是一座山。

【注释】

①亨利·福特：（1863—1947 年），美国著名汽车大王，福特汽车公司的建立者，自 20 世纪 20 年代起，福特就采用了流水线大批量生产汽车的管理和生产模式。此处指的“革命”，即是指这一美国经济和社会生活中的巨大变化。

②英美人的常用名，此处特指狩猎爱好者。

③启示录：引自《圣经·新约·启示录》第五章中的描述。启示录是新约圣经的最后一卷书，描述了世界末日的最后审判，以及新耶路撒冷的降临。

④梭罗：亨利·戴维·梭罗（1817—1862 年），美国作家、哲学家，超验主义代表人物，著名的废奴主义及自然主义者。著有《瓦尔登湖》。此句语出《步行》：“在野性中保留着一个世界。”

⑤指那只大灰熊。

⑥科罗拉多，西班牙人的常用名，这里特指早期来美洲的西班牙殖民者。

奇瓦瓦和索诺拉[①]

瓜卡玛亚

作为无处不在的物理学，本是一个美的世界，物理中有自然美，简洁而对称，还有科学和艺术之美，简言之，物理是自然学科的基础。但在黑暗的中世纪时代，物理意义上的美学却没有跻身于自然学科的殿堂，它只是自然学科的一个分支。即便那些热衷于研究空间弯曲的科学家，也没能得到解开它那美丽纷繁的方程式之钥。比方说，大家都知道，描绘北方森林秋日之景的画笔，其实就是那一片秋之大地上加上一棵北美红枫，再添上一只流苏松鸡。从物理学的逻辑来推论，一只松鸡代表的仅仅是 1 英亩土地能量的百万分之一。但如果去掉那只松鸡，整个风景就成了静物，由于失去了某种动物的强大能量，它死了。

我们可以把这种流失说成是我们脑海中想象出来的，但这个说法恐怕过不了那些严肃的生态学家那一关，他们对生态学上的死亡再熟悉不过了，即便穷尽我们的现代科学术语，也无法表达这种死亡的意义。这种不可估量的本质在哲学家那里找到了合理的表达，被称之为“灵魂”，它与“现象”恰好形成鲜明的对比。前者看不见、摸不着，而后者作为事物发展的外部形式，是能够看到、听到、闻到、触摸到，比如在最遥远的天际有一颗星辰在闪烁和转动，是可以被表达和预言的。

松鸡是北方森林的灵魂，冠蓝鸦是山核桃林的灵魂，灰噪鸦是泥炭沼泽地的灵魂，蓝头松鸡是刺柏林山脚下的灵魂。但我们在鸟类学的教科书里根本找不到这方面的记载，我想，它们在科学领域属于一个新奇的事物，但对一个洞察力敏锐的科学家而言，却是再明显不过的事物了。虽然如此，我想在这里发表一下我的拙见，说说我发现的马德雷山脉[②]的灵魂：厚嘴鹦鹉。

我在这里使用了“发现”一词，这是因为它的栖息地几乎无人到过。一旦到达那儿，除非你是个聋子、瞎子，否则，你不可能感知不到它作为灵魂的扮演者在这条山脉的生活和景观上举足轻重的作用。当你的早餐刚吃到一半的时候，这些叽叽喳喳的鸟儿便飞离了峭壁上的栖息地，飞到了黎明的第一线曙光照亮的高地，在那里开始了它们的晨练。它们就像鹤群一样在空中时而井然有序，时而翻滚、旋转，激烈地争论着一个问题（这个问题对你来说很费解），我揣摩——这个不徐不疾飞过的峡谷的新的一天，与昨天相比，是更加晴朗、蔚蓝，还是略为逊色？最后的表决掰成平局。于是，它们各自带上观点一致的伙伴朝着高高的山坪振翅飞去，在那儿，它们将美美地享受它们的早餐，半裂开的带着浓郁的松香味的松果。到这个时候，你还没有进入它们的视线。

但是，稍等一会儿，当你走出峡谷向山坡攀登时，一些眼光犀利的鹦鹉早在约 1 英里开外就看到了一个长相奇特的怪物，正朝着那条只允许鹿儿或狮子、熊或火鸡才能通行的路上气喘如牛地走着。它们在想这是何方神圣进入了这片禁区？它们立即抛开了正在享用的美味松仁，呼啦一声全体起飞，大呼小叫地朝你振翅飞来。实话说，那个阵势是你从未见过的，当它们在你头顶上盘旋时，你真巴不得手中有一本鹦鹉辞典。你的处境很像是一个受审查的对象，任由它们盘问你，是什么风把你吹来这儿的。或许，它们很像是一个鸟类学会，只想弄清楚一个事实，你对于它们引以为豪的乡土、天气、民风以及可以类比的其他时代和地方有什么看法，它们的光明前景如何？答案很可能是二者选其一，或者二者兼而有之。这时，一个令人悲痛的联想不由分说地闯进你的脑海：当道路通到这里时，这个叽叽呱呱的鸟类学会迎来的，不是有朋自远方来，不亦乐乎的欢乐场景，而是一群端着猎枪的人类，那时该如何是好。

很快它们就明白了，你是一个笨口拙舌的家伙，没有表达感情的那点天分，就连答谢马德雷山脉的标准礼仪，吹一声口哨、寒暄一下都不懂。也罢，森林中还有那么多美味的松果等待它们去啄开，这会儿吃早饭比跟这个家伙耗着重要得多。这一次，它们会选一处峭壁上的某棵树，栖息在上，好让你有机会体面地溜到悬崖边上偷觑它们。你站在那儿，眼前展开的是一幅五彩斑斓的画卷：它们戴着猩红色和黄色的肩章，身穿天鹅绒般的套装，头上还有黑色的头盔，它们的聒噪声在林间回荡，从这棵松树飞到那棵松树，它们是那样快活而自由，成双成对地保持着一个阵形。只有一次，我偶然看到一队厚嘴鹦鹉是个奇数，共有 5 只，或许是一个更大的非偶数。

我说不清楚，那些在春天里筑巢交配的情侣们，是不是也会给我像 9 月间那样的待遇，热烈地欢迎我，它们成群地喧闹着向我打招呼。但 9 月的山中是不是有鹦鹉，这很容易搞清楚。作为一个有专业知识的鸟类学家，描述它们那富有表现力的鸣啼声，责无旁贷。它们的外貌跟蓝头松鸡很相似，但后者貌似愁肠百结，啼声恰似雾霭笼罩在峡谷中那般柔和缠绵，带着伤感的怀旧情调。而有瓜卡玛亚之称的鹦鹉的叫声则高亢响亮，充满喜剧意味的风趣和热情。

我听说，在春天，一对有交配意愿的鹦鹉会在某棵死去的高大的松树上寻找啄木鸟窝，借这个鸟巢暂时隐居，履行延续种族的使命。可是，啄木鸟窝是不是容得下这对鹦鹉夫妻，这是个问题。瓜卡玛亚（这是当地人送给它们的听上去很美的称呼）——像旅鸽那么大，看起来它们应该很难挤进一个啄木鸟洞房的。难道说，它们可以凭借自己那强有力的曲喙将洞沿扩张不成？或者说，它们选择的是帝王级别的啄木鸟阁楼？据说这一带就有这种鸟。我想，我最好把发现这个答案的光荣使命留给未来的某一位鸟类学者，让他来为我们揭开这个谜底。

绿色的泻湖

一个聪明人永远不会去重访同一片荒野，原因是，如果一朵百合花的金粉越是浓重，说明那色彩是人为染上去的。因此，故地重游是个愚蠢的决策，它会把这次旅行搞得索然无味，而且还会害得你最初的印象顿失光彩。只有搁在心里，那些把人兴奋得手舞足蹈的冒险之旅才会永远生动如初。因为这个十足的理由，自 1922 年我和弟弟划着独木筏到科罗拉多河的三角洲探险之后，再也没有重游故地。

虽说如此，我们还是可以这样告诉你：自 1540 年埃尔南多·德·阿拉孔[③]在三角洲登陆以来，这里一直是个遗世独立的地方。当我们在河口处安营扎寨——据说，这儿曾停泊过他的船只——之后，一连好几个星期，我们没有看见一个人影或是一头牛，也没有看见一道篱笆或一把斧头。有一次，我们从一条老旧的马车道中穿行，这条车道不知道是哪个建筑大爷修的，想必他的仕途不怎么走运。有一次，我们发现了一个锡罐，它竟成了一件有价值的器皿得到了拾起来的待遇，敝帚自珍。

黎明时分，还在梦乡流连的三角洲在黑腹翎鹑响亮的口哨声中醒来。它们的栖息地悬垂在营地之上的牧豆树上。当晨曦从马德雷山脉升起时，阳光顷刻泼洒在方圆 100 英里的美丽荒野上。这一片荒野的地质构造是由嶙峋的山峰包围起来的广阔的荒野盆地。从地图上看，三角洲被河流一分为二，其实它们又是你中有我，我中有你，游移不定但又无处不在。在 100 多个绿色泻湖中，你根本无法确定哪一个才是那条主流，可以引着它走一条轻松舒适的捷径奔向海湾。因此，它在所有的泻湖中旅行得没完没了，这也是我们所经历的旅行。它一会儿撇出去，一会儿又折回来，一会儿蜿蜒前行，一会儿又迷失在阴森的密林中。它分分合合，绕来绕去，它在此处和可爱的小树林嬉戏一番，又在彼处迷路徘徊，我们也和它一样。请容我多说一句，拖延有一番别样的滋味，如果你要口是心非，说是旅行却想逗留的话，就让一条不愿被大海束缚自由的河流带着你去旅行吧。

“他领我到可安歇的水边[4]”，在我们此次探险之前，它只是《圣经》中的一段经文。但当我们划着独木筏泛过绿色泻湖之后，我想，如果大卫[5]没有写下这样的诗句，我们也会产生非要把它写下不可的冲动。静静的湖水透着翡翠般的深蓝色，这应该是湖中有藻类的缘故，这恰好画龙点睛之笔，愈发显得比纯粹的绿色更有一番韵味。河道和远处有一道别致的隔离墙，是由牧豆树和柳树围成的绿墙，墙内是河道，墙外是荆棘丛生的荒原。河湾的每个拐弯处，都有一道养眼的风景，那就是优雅的白鹭，它们伫立在前面的水湾中，宛如一尊汉白玉的雕像，影子倒映水中，相映成趣。鸬鹚舰队驾着它们的黑色船首，搜捕掠过水面的胭脂鱼；红脯反嘴鹬、北美鹬和小黄脚鹬，个个在沙洲上玩金鸡独立，打着盹。绿头鸭、赤颈鸭和短颈鸭仿佛受到了突然袭击，惊恐万分地飞向空中。这些鸟儿飞向空中，会在一小片云彩前聚成一幅不规则的图案，稍作整顿之后，它们又重返我们的营地小憩。当一棵绿意盎然的柳树上落满成群的白鹭时，看上去宛如季节超前的一团暴雪降落了。

所有珍稀的飞禽和鱼儿的存在并不只是为了让我们眼睛看了舒服的，我们也会常常碰上一只美洲山猫趴在一根漂浮的圆木上，虎视眈眈，它那锋利的爪子随时准备出击，捕捉不走运的胭脂鱼。浣熊家族在浅滩上艰难地行走，用力地嚼着水里的甲虫；郊狼在冒出水面的土墩上眼露凶光地注视着我们，等着我们快快离开，它好回去大吃大嚼它们藏在牧豆林中的早餐。我猜，那美味的早餐也许是岸上受伤的鸟儿、野鸭或鹌鹑。在每处浅滩上都有一处标记，这是黑毛鹿留下的踪迹，这就像一个路标，我们常循着这个路标仔细察看鹿儿跑过的小径，希望能发现三角洲的暴君——美洲豹。

至今，我们从来没有发现过美洲豹的藏身之处，甚至连一根毛发的踪迹都没有见到过，但它的威慑力却在整个荒野蔓延。活着的野兽没有哪一个敢忽视它的存在，稍有疏忽就会付出生命的代价。在没有预先侦察清楚是否有美洲豹的气味踪迹之前，鹿儿不会在灌木丛周围做片刻的转悠，或停留在牧豆树下啃豆荚。一般来说，宿营者不谈论一阵子美洲豹是不会熄灭篝火的；除非趴在主人脚边，不然没有一只狗儿会独自蜷作一团过夜。毋庸讳言，夜晚，依然猫科之王依然统治着这片森林，它们是捕食行业的大师，嗜血成性的本质使它们绝对不会对任何一个狭路相逢的动物手下留情。它们那巨大的爪子能击倒一头牛，锋利的牙齿就像一把铡刀，可以干脆利落地咬断猎物的骨头。

此时的三角洲，对牛群来说处于安全的氛围，但对那些天生充满冒险精神的猎人来说，安全氛围大大地打击了他们的野性，那种乏味和单调使他们提不起精神。免于恐惧的自由已经降临，随之而来的是，自豪感也因此与绿色的泻湖别离。

当阿姆利则[⑥]晚餐的炊烟拜访了吉卜林[⑦]的嗅觉后，他应该为了这绿色的柴禾赋诗一首，并且细致入微地描述一番，因为还没有其他诗人嗅到并吟唱过这绿色柴禾独特的烟味。大多数诗人的炊饮都靠的是无烟煤。

在三角洲，人们用的燃料是奢侈的，他们只烧牧豆树，就是那种散发着独特香气的牧豆树。香气浓郁的牧豆树由于上百次的霜冻和雨水的洗礼，再加成百上千次的阳光烘烤而变得松脆。这些多节而粗糙不朽的树干在每个宿营地静静地躺着，可以供人随时取用，时刻准备着化为一缕青烟在暮色中缭绕，唱着茶炊之歌，或烤一片面包，或将鹌鹑烘成茶色，并且充当人、牲畜脚腕和胸脯的取暖器。当你把满满的一铲牧豆树炭送进荷兰烤箱时，千万不能大意，不要在睡觉之前坐在那里，不然，高度的余温可能灼得你跳起来，把头顶上方那烤得瘢痕狼藉的鹌鹑烘得发出尖利的叫声。说了你可以不相信，但这是事实，牧豆树炭有 7 条命，它的燃烧时间长得很。

在玉米地产区，我们烧白橡木炭做饭；在北方的森林里，我们的饭锅被松木熏得黑不溜秋的；在亚利桑那，我们把鹿排架在刺柏柴火上熏烤。在我们还没有到达三角洲前，说实话，我们一直不曾找到过十全十美的燃料。现在，我们终于在三角洲用牧豆树炭烤了一只嫩雁。

这些雁值得我们使用最好的自动步枪。我们尾随它们 1 个星期才将它们捕获，所以它们也理所应当被烤成经典的棕黄色。每天清晨，这支嘎嘎叫着的雁群方阵从我们的视野里从海湾飞向内陆，很快，它们又飞回去，总是吃得肚子溜圆，安安静静的。我们很疑惑，在那绿色的泻湖，到底有什么美味佳肴值得它们来此追寻。为了弄清这个，我们一次又一次地尾随雁群，挨着它们的栖息地安营，希望它们停下来后，我们有机会窥得它们的丰盛佳肴为何物。有一天，大约在早晨 8 点左右，雁队在我们头顶上盘旋着，然后，方阵大乱，个个侧翼滑翔，像枫叶一样纷纷落到地面，紧接着，一群接着一群的雪雁纷至沓来。终于，我们发现了它们的集结场所。

第二天清晨，我们在一个不大起眼的沼泽旁设下埋伏。这里到处都有昨天雁群的足迹。那时，我们已饿得直咽口水，从宿营地到这儿需要徒步走上很远的一段路。饥肠辘辘的弟弟正准备吃一口冷的烤鹌鹑。就在他把鹌鹑送到嘴边时，从空中传来的嘎嘎声使我们顿时屏住了气息，站在原地一动不动。我们瞠目结舌地看着雁群在头顶上悠闲地盘旋着、争论着、迟疑着，最后终于还是飞了过来。就在这个当口上，弟弟送到嘴边的鹌鹑还悬挂在那儿，我们扣动了扳机。枪响过后，悬在嘴边的鹌鹑掉到了沙地上，而所有即将放进我们的荷兰烤箱的雪雁，都仰面朝天地躺在地上蹬着腿儿。

更多的雁群飞了过来，落到地面上。我的狗狗兴奋得一边喘气一边颤抖着。我们慢条斯理地吃完了鹌鹑，重新回到埋伏地点，不动声色地窥视着雁群的一举一动，并且倾听它们的闲聊。大雁们狼吞虎咽地啄食着沙粒。一群大雁饱餐之后，飞走了；另一群大雁又来了，并且迫不及待地去啄食那些美味的沙粒。这样的沙粒在绿色的泻湖中简直数也数不清，这就是这片沙滩的与众不同之处。只有这儿沙滩上的沙粒才最合雪雁的胃口。对于一只雪雁来说，为了这一口有特别味道的沙粒，辛苦地飞行 40 英里是值得的。而对我们来说，这趟长途跋涉同样值得。

在三角洲上，大多数的小猎物取之不尽。每一处露营地都战绩辉煌，挂满了鹌鹑。只需几分钟，所捕获的鹌鹑足够我们吃上 2 天。这里，还是一个训练厨艺的特殊场合，口感优质的烹调法是有一些诀窍的。在把活着栖息在牧豆树上的鹌鹑放到牧豆树炭火上烘烤中间的过渡阶段需要一个寒冷的夜晚。就是说，在捕获到鹌鹑之后，要把它挂在绳子上在有霜的夜晚冷冻一宿，这样才烤得出特别的口感。

这里所有的猎物都肥润得叫人目瞪口呆，个个都是超重的（当然它们不需要减肥）。每一只鹿儿的肥膘都足够厚实。看它们那沿脊骨的肉窝处，不是说笑话，可以装下一桶水，只是它不会允许我这样做。

这种富庶的原因显而易见。每一株牧豆树和每一棵百里香都果实累累，干涸的滩涂上密密匝匝地长满了一年生野花，它们那饱满的种子多到可以一杯一杯地去舀。还有一片长满了类似咖啡荚豆的地方。如果你从那儿穿过，你一定会满载而归，口袋里装满了带荚的豆角。

我印象中有一块长着野瓜的地，这种野瓜好像叫作“加拉贝斯拉斯”，分布在大约几英亩的河滨泥滩上。鹿儿和浣熊在这里大显身手，剖开那些结了冻的野瓜，暴露出里面的种子。这是它们最喜欢吃的。有时候，鸽子和鹌鹑也在这个宴席上拍打着翅膀，看上去就像一群果蝇聚集在熟透了的香蕉上。

我们不能，或者说至少没有去吃那些鹿儿和鹌鹑喜爱吃的东西。但在这个连空气都弥漫着醉人的奶香的荒野上，我们与所有生活在这片荒野上的生物共同分享着直抵心扉的温馨和喜悦。它们的节日成就了我们喜气洋洋的心情，我们陶醉在共同的满足和彼此的幸福中。在任何经过人手改造过的地方，都无法唤起这种对大地产生的依依之情。

并不是说，露营在三角洲就像喝啤酒和玩九柱戏[8]，在这里生存最棘手的一个问题就是：水源。泻湖的水充满盐分，咸得不能喝。即使我们找到河流，遍布河中的微生物使河水不宜饮用。每到一个新营地，首当其冲要解决的问题就是挖一口井，但是大多数井里的水都与海湾的盐水有牵连，因此我们不得不常常更换水源。经验教我们学会了如何找到淡水。当我们无法确定这口井是不是淡水时，我们有一个方法：拽住我们狗狗的后腿，让它趴着探入水中。如果它忘情地豪饮，说明我们可以安营扎寨了，然后我们把独木筏拖上岸，支起帐篷，点起篝火。接着，我们坐下来与这片土地守望相助。当鹌鹑在荷兰烤箱里发出诱人的香味时，我们和周围的一切都沉醉在黄昏那蜜一般的静谧中。太阳将余晖撒给大地后，沉入了圣佩德罗·马迪尔山脉后面。待我们清洗完碗碟之后，我们意犹未尽地回忆着白天发生的事情，倾听夜晚的各种天籁之声。

我们从来不会为第二天的行程做任何前期规划，因为是白费功夫。我们太清楚不过了，在这片荒野中，什么事都可能发生，随时都会有意想不到的诱惑突然出现，甚至把我们事先的计划在早餐前全盘打乱。所以最聪明的办法是随遇而安，就像这条河流，流到哪儿是哪儿。

在三角洲旅行，要想按部就班几乎是空想。每当我们想欲穷千里目时，便爬上一棵三角叶杨树。更广阔的视野使我们顿失持久观察的初衷。这一点，在看到那片大盐土荒漠时，尤为明显。往西北方向望去，就在西拉山脚下，一条虚无缥缈的白色纱带悬浮在半空中，这就是那永不消逝的海市蜃楼，这里，就是那个大盐土荒漠。1829 年，亚历山大・帕蒂因为极度口渴、精疲力竭再加上被蚊虫叮咬，就在这儿死去。当时，他曾有一个计划，准备越过三角洲到加利福尼亚去。

有一次，我们计划从一个绿色泻湖转移到另一个更绿的泻湖去。我们知道那儿水禽翻飞，戏蝶流连。两湖之间有一片约 300 码的卡克尼拉密林，这片密林像一个有魔咒的坝子，长着像长矛一样的灌木，茂密程度简直让人无从下脚。洪水猛烈地冲击着灌木的根部，折弯了这些长矛，乍一看去，它们就像马其顿方阵[9]一样，使我们寸步难行。不得已，我们只好谨慎地循原路铩羽而归。并自我安慰一番，我们现在的这个绿色泻湖的美丽无与伦比。

如果身陷卡克尼拉灌木方阵的迷宫里，是一种前所未有的危险。不过万幸的是，这种逾越雷池的危险从未成为现实。我们事先得到过警告，当我们把停泊在密林边缘的独木筏推下水时，很可能就在那一瞬间遇到飞来的横祸。那儿曾经发生过一起猝不及防的死亡事件，一艘比我们这独木筏坚固得多的船被瞬间涌来的潮汐吞没。侵入河道的海湾潮汐像一道狂飙突进的水墙。说起这种定时涌进的汹涌水墙，我们曾精心编订了一个绕行方案。我甚至在梦中见到了它，梦见骑在浪尖上的海豚和在空中呼啸而过的海鸥组成的护卫队，为我们保驾护航。当我们平安抵达河口时，我们的独木筏搁在一棵树上，就像诺亚方舟。我们等了 2 天，不料大为扫兴，涌潮爽约，放了我们的鸽子，始终没有再来。

三角洲上没有地名，我们按个人喜好给我们到过的每一处地方取了一个名字。其中有一个湖，我们给它命名为“瑞里托”，就在这里，我们看见了缀在天空的珍珠。当时，我们几个仰面躺在草地上，沐浴着 11 月柔和的阳光，慵懒地凝视着头顶上的一只红头美洲鹭，它正在自由地上下翱翔。突然间，离它很远的地方出现了不寻常的现象，一个白色斑点构成的圆圈，时隐时现地旋转着。这时，隐约传来一声轻微的鸣叫声，我们马上懂了，这是一群鹤，它们正在考察这片三角洲，对这个地方是否适合落脚做出评估。评估结果是：这里是个完美的栖息地。那时，我对鸟类学还是一个门外汉，靠着自学淘得了一点鸟类学知识。因此我按照个人喜好叫它们美洲鹤，因为它们长着雪白的羽翼。当然这是我胡乱叫的，后来事实证明，它们是沙丘鹤，不过这已不重要了。重要的是，我们与这群最狂野的、生命力旺盛的鹤共享了这片荒野。在那遥远的时间和空间的僻静处，有着我们共同的家园，这个发现使我们回到了更新世了。假如我们能够做到的话，我们一定会发出号角般的鸣叫声回应它们那充满善意的问候。现在，距离那时已经过去很多年了，但我时时能在空中看见它们自由翱翔的身影。

这一切都是很久以前的事情了，它已成为遥远的回忆深深地印在我的脑海里。当有人告诉我说，现在的绿色泻湖盛产甜瓜，如果这是真的，那我要说，它的味道肯定不比一般。

人们总是在毫不珍惜地毁掉他心爱的事物，我们的拓荒者也不例外，总在毁灭我们的荒野。可能有人会说，我们是被逼的。虽说有可能是这样，我还是暗自庆幸自己已经不年轻了，因为当我年轻的时候，这片荒野曾是我生活过的家园。当地图上再也找不出一个空白之处的时候，即便有40种自由送给我，又有何益？

加维兰之歌

一条河流的歌，通常是指水流溅到岩石上，或冲击到树根和险浅滩上弹奏出来的如歌的行板。

里奥·加维兰就是一首如歌的行板。这是一首优雅的饱含深情的曲子，它描绘出缓慢舞动的涟漪，隐身美国梧桐、橡树和松树根部肥美的虹鳟，以及躲藏在覆盖着绿色苔藓的无花果树下的磷虾。这首音乐的实用性是很强的，在整个狭窄的山谷中，昼夜不息地响着它富有乐感的叮咚声。当鹿儿和火鸡到山下来饮水时，它们只耳闻这流水之歌，而听不见任何人或马走动的声音。当你绕到下一个拐弯处时，你得注意了，也许现在你有一个近在眼前的扣动扳机的机会，那样的话，你就省力气了，免得为了某只猎物，上气不接下气地向着那高高的台地攀爬。

每一只耳朵都听得见水流弹奏的乐曲声，但并不意味着能听到这充满山丘的各种乐声。为了听到那几个音符，你得站在这里很长时间，细心品味，而且还要熟稔群山和河流的语言。然后，在一个静谧的夜晚，当营火渐渐暗下去，七星越过山崖，绝妙的倾听时刻到来了。你静静地坐下，你会听到一只狼在月夜下的嚎叫声，你应该努力地思考你所看到的一切，试着去了解它们。这时，有一种音乐会踏破千层浪，涌进你的耳朵，那是浩渺无际的起伏波动的和声。它的乐谱就镌刻在千山之壁上，它的音乐演绎着动植物的生死轮回，它的韵律可以是几秒之间，也可以跨越几个世纪。

每一条河流都有它自己的生命之歌，但在大多数情况下，由于有不和谐的声音掺杂进来，整个曲子就被毁了。首先，植物由于过度放牧而迅速退化，紧随其后的是土壤的灭顶之灾，接着步枪、陷阱、毒药一齐上阵，响起了鸟类和哺乳类动物哀鸿遍野的绝唱；最后，新辟的道路，在公园和森林中四通八达，没有其他招徕游客。公园建立的初衷是为了给公众献上音乐，可是当我们把它调到听力可以接受的音量时候，听到的只有噪音。

过去，人们在河边居住，幸福地与河流相生相息，他们从未破坏过河流的和谐。想必那时居住在加维兰的人数以千计，这里到处可见他们当时生活的遗迹。当你攀爬在任何一座流水潺潺的峡谷时，你都会发现，你正攀爬的岩石台阶或有裂缝的堤坝上，每一层的突出部分都和下一级台阶相连。在每个堤坝的后面都是一小块平整的土地，那里或是一片麦田或五彩缤纷的花园，从毗邻的陡峭坡地上落下的雨水滋润着它。在山脊的顶端，赫然可见瞭望台的石基。这应该是农场主设在山腰上的一处岗哨，保卫他们那小圆点状的田地。不用说，家庭饮用水直接从河里汲取。显然，他们根本没有养任何家畜。我们要问，他们种些什么植物?这是多久以前的事？得到的答案很少，这些答案都记录在那些树龄超过300年的松树、橡树或刺柏树上，它们就栽种在他们那小小的农田里。显然，这些农田的年龄远超过这些古树的年龄。

鹿儿喜欢卧在小小的台阶上，它应该感谢这个小小的台阶为它提供的一张没有碎石的床，这对它来说很舒适。这张床是由橡树叶子铺就的，窗帘是由灌木丛做的。卧在这个位置，山下的情况尽收眼底，鹿儿可以随时发现来犯之敌。

有一天，由于呼啸的风儿的帮助，我悄悄地靠近了一只正在坝上酣睡的雄鹿。橡树树根缠绕在古老的地基上，雄鹿那美到极致的角和耳朵在远处的金黄色的垂穗草的映衬下，显出剪影一样清晰的轮廓。在垂穗草丛中，绿色的似玫瑰状的龙舌兰点缀其中，整个画面的色彩氛围巧夺天工，素之一分则嫌白，黛之一分则嫌黑。那只幸运的雄鹿身手敏捷地逃过了一劫，我没有射中它，我的箭头飞出去撞在老印第安人曾经躺过的岩石上，岩石顿时炸开了裂缝。雄鹿跳下山，摇着它那雪白的尾巴向我告别。这时我才恍然大悟，其实我和它都是演员，我们在同一寓言故事中分别扮演两个不同的角色，尘归尘，土归土，一切事物都在生死轮回的追逐中。我庆幸自己这次的失手，我错得正当其时，如果我的花园里也长着这样一棵大橡树的话，我真巴不得有一只雄鹿卧在那落叶铺就的床上；同时我也巴不得，那些怀着希望的狩猎者们在失手之后，也像我这样想道：是谁建造了这座花园的高墙?

没准哪一天，我的一颗点三零的子弹会在它的肋骨上找到靶心。不久，一头笨得可爱的小公鹿会成为橡树下的那张床上的新贵，它怡然自得地大嚼金黄色的垂穗草，直到那一带被不甘寂寞的野草完全挤占。然后，洪水也会来插一脚，在古老的水坝上扯开一个口子，把碎石块堆积在顺着河流的旅行者的路上。卡车驶过古道，道路两旁狼烟四起，而昨天，我在那里看见了狼的足迹。

如果以短期行为的眼光看，加维兰的土地上除了坚硬的石块以外，土地也异常坚硬，到处是险峻的陡坡和悬崖；这里的树木也“以曲为美，直则无姿；以欹为美，正则无景”，扭曲多节的树木根本不能用以作柱子或木材，这是其一。其二，这里的山脉大多都很陡峭，不适合做牧场，总之，表面上看似乎一无是处。但是，那些有眼光的古代台地建筑者们是不会被表面现象所蒙蔽的，他们精明的眼光很识货，看到了假象下面的真实价值。凭着经验，他们拿准了这是一片流着奶与蜜的富庶之地。这些看似派不上用场的弯曲多节的橡树和刺柏，恰恰是某些动物的粮仓，每年都会结下丰硕的果实，足以养活一大群素食野生动物。鹿儿、火鸡和野猪就像玉米地里的小公牛，它们喜欢这里的橡树果实，并且将这些美味的果实转化为自己身上鲜嫩多汁的肉。金黄色的垂穗草迎风摇曳，羽状的叶子忽左忽右地摆动着。下面别有洞天，是一个隐藏着球茎和块根的包括野山芋的地下菜园，其中还有野生马铃薯。撕开一只肥肥的彩鹑的嗉囊，你会看到那是一个地下食物的植物标本展馆，那些标本都是来自这贫瘠的岩石层。这些食物就是由植物提供给动物区系庞大的器官需要的动力。

每个地区都有一个象征丰饶富庶的人类食谱。加维兰的群山炮制它的美味颇得要领：要拿捏好季节的节奏，要赶在既不早于11月，又不晚于次年1月，杀死一只以橡实为食的雄鹿，将鹿儿悬挂于一棵必须是活着的橡树上，经过7个昼夜的日晒和霜冻。然后，从它脊骨下的脂肪层上切下半冻的肉条，再对肉条艺术加工，横切成肉排，肉排上抹上盐，撒上胡椒粉和面粉。这时，我们的荷兰烤肉锅里抹上了熊油，把这块手工肉排扔进热得冒烟的烤肉锅里，并用活的橡木做燃料。肉排在锅里香味扑鼻，滋滋地响着。当肉排呈现黄灿灿的颜色时，它就该出锅了。在拿出锅的肉排上洒一点面粉，浇上冰水和牛奶。然后，把烹饪好的肉排放在蒸好的酸味饼干上，淋上足够的肉汁，让这块肉排完全浸在肉汁里。

整个烹饪过程就像一首具有象征意义的叙事诗，讲述了一只公鹿活着时的情景：公鹿安然躺卧在山上。这金黄色的肉汁象征它活着的时候，它的生命沐浴在金灿灿的阳光中，直到生命的最后一息。

在加维兰之歌里，食品作为副歌表现的是一个循环封闭的链条。当然，我在这里说的食物并不单指你吃的食物，而是食物生命的有机循环。简单来说就是，橡实是公鹿的食物；公鹿是美洲豹的食物，美洲豹死后葬身于一棵橡树下，进入它生前捕食的猎物食取的橡实中。以橡树始，以橡树终。但这只是众多食物链中的一环。其他还有诸如橡树为蓝冠鸦提供食物，而以河流命名的苍鹰又以蓝冠鸦为食物。此外，橡树还供养着熊，而熊的油脂可以供给我们做肉汁，还有，橡树喂养着给我们上植物课的鹌鹑，喂养着每天见了你就像见了阎王一样避之不及的火鸡。所有食物循环的共同目的，就是帮助加维兰上游的源头从马德雷山脉那庞大的躯壳上尽可能多地抠下一粒粒土壤，积少成多，以期创造另一棵橡树。

有些人是为了某种使命而生的。他们担负着检验植物、动物和土壤的使命。打个比方，就像一个庞大的管弦乐团，这个乐团是由各种不同乐器构成的。负责检验的这些人有一个称谓：教授。教授们各自挑选一种乐器，他毕生的精力都奉献给了对这件乐器的拆卸和研究中，论证它的弦和共振板。这一过程也有个称谓：产品研发。这个论证的地点叫作大学。

每个教授对自己弹拨的琴弦了然于心，却从不对另外的琴弦动一个指头。但他在欣赏交响乐时，他绝对不会对他的同行或学生坦诚他的派别之见。这都囿于僵化而苛刻的禁令，对研制领域画地为牢。乐器研究属于科学领地，而和声则是诗人的事情。

教授发展了科学，科学推动了进步。科学为进步提供的服务如此周到，以致进步在向落后地区传播时，那些复杂而极尽精妙的乐器都被糟蹋得捡不起来了，所有零件悉数下位，黄钟瓦缶，一个一个从乐队演奏中消失。如果在被拆掉之前，教授们能对它们详细分类的话，那他此生就不会有太大的遗憾了。

科学向世界输送道德，同时也输送物质。它对前者的输送最大的亮点就是客观性，亦称为科学观点。这意味着，除了承认事实，我们可以对所有事物持怀疑论；也意味着，我们可以剔除所有事实以外的事物，让那些似是而非的碎屑各就各位，落到它们应该落的地方。科学恪守的事实之一，就是让每条河流的人气更旺，而所有的人都需要无止境的发明创造，因此，我们对科学的需求多多益善，而美好的生活就是依赖于这种逻辑上的无限延伸。任何一条河流上的美好生活，除了对音乐的感知以外，还有对音乐感知的永久记忆，这种怀疑的形式现在还尚未被科学考虑到。

当科学尚未抵达加维兰时，出没于水池或浅滩的水獭活得无忧无虑，它们互相嬉戏着，藏身于苔藓下的虹鳟被它们追逐出河岸。但它们根本想不到，有一天，咆哮的洪水会冲毁这道河岸，将它带进太平洋；有一天，捕猎者会来和它争夺鳟鱼的所有权。就跟科学家一样，它从不怀疑自己对生存的设想和种种预期，在那些设想中，加维兰之歌永远为它响彻云霄。

【注释】

①奇瓦瓦和索诺拉：墨西哥的两个州，与美国的新墨西哥和加利福尼亚相毗连。

②马德雷山脉：墨西哥境内的主要山脉，泛指从东、西、南三面环绕墨西哥高原的三条山脉的总称。

③埃尔南多·德·阿拉孔：(1500—1542 年)，西班牙航海家。

④出自《圣经·旧约·诗篇》第二十三章：“耶和华是我的牧者。我必不至缺乏，他使我躺卧在青草地上，领我到可安歇的水边……”

⑤大卫：旧约时期的以色列王，这位在草原上长大的牧童性

喜音乐，力足捏死狮子和熊，曾以机弦甩石，打败巨人歌利亚，登上王位之后为以色列民族建立了热爱诗歌的传统。大卫在位40年，他的继任者为他的儿子所罗门。

⑥阿姆利则：印度西北部旁遮普邦的一个城市，在印度语中为“花蜜池塘”。印度边境重镇，锡克教圣城。

⑦吉卜林（1865—1936年），生于印度孟买的英国小说家和诗人，诺贝尔文学奖获得者。代表作有《丛林故事》。

⑧意指并不是那样轻松快活的。

⑨马其顿方阵：军事术语，类似中国的八卦阵，是一种早期步兵作战的战术。在伊萨斯之战和高伽米拉会战后，马其顿方阵在古代地中海一带威震四方。

俄勒冈和犹他

雀麦草鸠占鹊巢

话说盗亦有道，一点不假，偷儿也是讲义气的。动植物的害虫之间也存在义气一说，它们相互之间有的是合作与团结。假如一种害虫在某个地方遇到了自然阻碍，那么，其他害虫将会施援，它们会集结起来用一种新的方法破除这个障碍。这样一来，每个地区的每种资源都会遇到一定数量的生态学中的不速之客。

由于马匹的减少，英格兰曾泛滥成灾的麻雀也越来越少，现在已没有威胁之虞了。拖拉机开进了农田，随行的还有带翅膀的客人——紫翅椋鸟，它们涌进了麻雀腾出来的空间。栗树的枯萎病扩散能力有限，它无法越过西部栗树林的边界，但荷兰榆树病每次都会乘隙而入，蔓延到西部的榆树林边界。白洋松疱锈病向西部的远征最多只能到达没有树木的平原地带，如今它却学聪明了，晓得走一条捷径，从落基山脉越境到达爱达荷州，再流窜到加利福尼亚州。

生态学上的偷渡者始于早期殖民统治时期，它们是跟随早期移民的脚步来到这里的。瑞典植物学家彼得·卡尔姆发现，欧洲大部分杂草在新泽西和纽约扎根的时间可追溯到1750年。它们的入侵速度堪称神速，殖民者刚刚犁出一块播种的垄沟，它们的足迹就出现了。

后来，其他的偷渡者也纷纷效仿它们，取道西部来到这里。

它们附着在牲畜的蹄子上，随着牲畜践踏出来的数以千英里的苗床定居下来，这种传播方式使它们的蔓延速度快得你的笔尖都来不及记录。当春天来临时，你会发现，某一天，当你在美丽的早晨醒来时，你的牧场一夜之间变了模样，一种你不认识的新的杂草遍布牧场。有一个最显著的例子，就是侵入中部山区和西北丘陵地带的雀麦。毛茸茸的雀麦还有一个很不雅的绰号：贼麦草。

首先，请你冷静一点，不要对这种新近融入的大杂烩成分抱以盲目的乐观。让我来给你说说这种雀麦，这是一种草，是一种不能形成生意盎然草地景观的草。它是一年生禾本科杂草，跟狗尾草和马唐草一样，一到秋天，它们的生命历程就走到了尽头。它在秋天死去，并在今秋或来年春天重新萌蘖。在欧洲，它可以在茅屋顶上腐烂的草中生长，在拉丁文中，“屋顶”被称为“tectum”，所以，雀麦草又被称为“Bromrs tectorum”，意为“屋顶雀麦”。这种在屋顶上都可以找到生存落脚点的植物，在大陆富饶干旱的顶部茁壮成长不是一个神话。

今天，映入人们眼帘的西北山脉两侧宛如蜂蜜色的山丘景观，并不是源自一度覆盖这里的茂盛而有益的禾本草类和须芒草，而是源自于替换了本地野生牧草的劣质雀麦草。机动车司机看着那波浪起伏的轮廓连声惊叹，他们的目光被这偷儿一般的雀麦草牵引到远处的高峰，使他们大意得没有留意到眼皮子底下发生的猫腻。他们根本没有想到，在生态学搽脂抹粉的掩盖下，山的皮肤已遭受了严重的毁坏。

追究这些更迭的原因，过度放牧难辞期咎。大量的牛群羊群把山麓丘陵的表皮啃得千疮百孔时，那些裸露的土地需要一件遮羞的衣服，需要草皮覆盖其上，而雀麦草的机会来了。

雀麦草生长得很稠密，它还有一个很恶劣的品行，它的每一根茎上都长着厉害的刺芒，这就是说，它的这丛刺芒说明它在成熟以后是不能让牲口来大吃大嚼的。你不妨设想一下，如果想要了解一头乳牛去吃这种成熟的雀麦草会多么尴尬，你得穿上一双矮腰靴到草丛中走一遭。所有在雀麦区的野外工作者都是脚踩一双高筒靴。漂亮的尼龙袜只能在踩上汽车踏板之后，或者到混凝土人行道上行走时穿。

秋天的丘陵被芒刺覆盖，犹如披上了一条金黄色的毯子。雀麦草是一种易燃物，跟棉絮和羊毛一样。因此，在雀麦草地区几乎无法做到安全防火。由于火灾频发，那些对牲畜来说口感好的植物，比如艾蒿、野蔷薇，都被无情的大火逼退到海拔较高的地带，而在那里它们是很少用作越冬饲料的。在较低的松林边缘，这些鹿儿和鸟儿的天然庇护所，也被大火烧得像秃子一样，它们也被迫撤到了高处的山地。

对于夏季的旅游者来说，烧掉几棵灌木丛，对这些植被如林的山丘来说，不过九牛一毫，算不上什么损失。但他不知道，在严寒的冬季，大雪会让牲畜和猎物对高山望而却步。牲畜可以在山谷里找到食物，但鹿儿和麋鹿则必须到较高的山丘上觅食，不然就会饿死。在冬季，能够提供栖居的地带都是很狭窄的，越往北走越冷，可栖居的冬季草地和夏季草地的悬殊也越大，简直是冰火两重天。而分散在丘陵地带丛生的野蔷薇、鼠尾草和橡树，都处于雀麦草火灾之害的覆巢之下，迅速地萎缩消失，成为整个地区野生动物陷入生存困境的主要原因。此外，分散的零星灌木丛通过它们自身的保护功能，庇护着一些当地四季常青的多年生牧草，而它们一旦被烧毁殆尽，藏身于它们庇护下的牧草也就成了牧畜的盘中餐了。还有更恼火的事，雀麦草鸠占鹊巢，侵略的版图越来越大，牧场的空间越来越小，猎人和牧人为了争夺冬季牧场，常常大动干戈。

雀麦草惹的乱子还不止这些，虽然它没有恶劣到饿死鹿儿，乳牛吃了雀麦后也不会生病，但我们仍然要对它的祸害敲响警钟。当它入侵到旧时的苜蓿地里，牧草便会退化。小鸭从高处的巢中孵出后要转移到低处的水域中，由于雀麦草霸占了雏鸭的水道，将它们全部害死在那条生死攸关的迁徙路上；它向下游扩张它的版图，侵吞了沼泽地边缘，致使那一带木材产区的松树幼苗受到雀麦草的挤压而窒息死亡。这还没完，它随时会引起大火从而严重地威胁着老树的再生。

当我到达加利福尼亚边界的“入境口岸”时，我亲身体验了一件小小的烦恼之事。在那里，一位举止得体的检疫官对我的汽车和行李进行了搜检。他很有礼貌地解释说，加利福尼亚欢迎旅游者，但他有责任搞清楚旅游者的行李中没有带任何动植物疫病。我问他什么叫作动植物疫病，他像背诵课文一样说出了一连串的花园和果园的病虫害，唯独没有提到那黄缎子似的雀麦草，而眼下，它已经不可阻挡地从我们脚下蔓延到了远处的山丘上了。

如同一枚硬币有它的正反两面一样，从鲤鱼、紫翅椋鸟和猪毛草的事例来看，饱受雀麦草蹂躏的地区也出现了一些随之而来的有利现象。雀麦草在刚刚抽芽的时候倒不失为一种很好的饲料，很有可能，你中午吃的羊，就是靠雀麦草喂大的。雀麦草有效地减缓了由于过度放牧而导致的土壤流失，但从另一方面来说，它本身也是过度放牧的产物。（这种生态学上不可思议的“围着玫瑰绕圈子”[①]的循环模式，很值得我们认真思考）

我曾经下大力气专注于雀麦草这方面的线索，它作为一种恶性杂草，被西部地区没有选择地接受了，这个事实是不是表明，人类必须与它共存亡，直到世界末日？或者，把雀麦草的侵袭视为一个挑战，以此为契机，纠正过去在土地使用上犯的错误？可是迄今为止，我看到人们普遍存在的态度是放任自流，既没有体现出在动植物管理方面的成就感，也没有对病虫害地区深感惭愧的觉悟。我们以自然资源之名的保护工作，只不过是在会议室和编辑办公室架起了一架风车[②]，而且在过去的40年里，我们甚至懒得向它投出手中的长矛。

【注释】

①“围着玫瑰绕圈子”：这是维特根斯坦提到的一个开放式概念，这个游戏规则否认竞争或输赢等特征作为“游戏”的必要条件。

②以堂·吉诃德大战风车暗喻这是一场只是在空想中的战斗。

马尼托巴湖

克兰德波埃

我一直很担心，教育的片面性恐怕只是让我们学习事物的一些方面，而对事物的另一面则完全忽略。

我发现，很多人都在忽略或视而不见一个问题，那就是沼泽地的质量。我对这一点的领悟是出于个人的特别爱好，我曾经带着一名旅游者去了克兰德波埃，结果叫人大跌眼镜，对于他来说，此地只是一个比其他沼泽地更荒凉、更不适合划船的地方罢了。

这种麻木不仁的浅薄很令人吃惊，因为所有的鹈鹕、游隼、塍鹬或北美鸊鷉都青睐克兰德波埃。这里的沼泽之美，美在与众不同，所以它们喜爱这个沼泽甚于其他沼泽，而我们闯入它们的领地却令它们非常不满，它们的不满是指我们的行为属于非法入侵呢，还是属于破坏万物法则的不当行为呢?

我个人认为这个秘密在于，不管以时间而论，还是以空间而论，克兰德波埃都是一个非同寻常的沼泽。只有那些对二手历史资料没有批判眼光的人才会认为，1941 年，所有沼泽迎来了同一时刻，但是鸟儿们有否决权，因为它们了解事实真相。假如空中来了一支南飞的鹈鹕，它们只要感觉到克兰德波埃上空微风拂动，就会迅速辨别出这儿就是一个旧地质时代的着陆点，是它们的避难所，可以远离最残酷的侵略者的掠杀，在这个安全岛上有它们的未来。于是，它们嘴里发出古怪而原始的鸟儿咕噜声，矫健而庄重地在空中盘旋一周，然后落到这片世纪遗留的荒野上。

其时，那儿已经居住着其他的避难者了，这些难民以各自不同的方式在时光的推移中幸存下来。福斯特的燕黄鸥，就像一群群顽童，在湖滨泥滩上胡闹、嬉戏着，大喊大叫着，仿佛那逐渐消失的冰层中冲出了最早的寒冷冰凌，在它们眼前闪动着即将到手的幻影一般的鲤鱼翻着肚皮在打漂儿。一队沙丘鹤神经质地东张西望，不管看到了什么，只要那个东西对它们来说有恐惧或怀疑的成分，它们便嘎嘎地大声示警，并做出挑战的姿态。天鹅小舰队则在水湾上庄重而静穆地游弋，惋惜那片区域中瞬间即逝的美好事物。一棵被暴风折断的三角叶杨树倒在水边——沼泽正是通过树梢泻入湖中的，一只游隼正恶意地挑逗一只过路的水禽，似乎随时可以扑上去，此前，它已美美地饱餐了一顿鸭肉，但它劣性不改，十分有兴致去吓唬那些尖叫着逃离的蓝翅鸭，打发它的无聊时光。早在阿加西斯湖覆盖这片大草原时，它们就经常玩这种恶劣的游戏，乐此不疲。

我们很容易就可以把这些野生动物的喜怒哀乐作一个情绪分类，这一点不难，因为它们总是喜怒形于色，什么情绪都表现得一目了然。但是，在克兰德波埃却有一个令人捉摸不透的避难者，它捉摸不透的心思令我们很费解。它似乎始终恪守一条独特的信条：绝对不与任何入侵的人类打交道。其他鸟儿都很轻信那些穿着工作装的趾高气扬的家伙，但是鸊鷉是个另类。当我们蹑手蹑脚地跟踪它，小心翼翼地接近沼泽边上的芦苇时，我们还是来慢了一步。我们只能见到它潜入水中那一瞬间轻轻溅起的银色浪花，它早已悄无声息地进入了安全的水湾。过了一会儿，在远处岸边的芦苇丛后面，几声银铃般的声音传了过来，清脆叮当的铃声好像在给它的同伴传达警告，它在警告什么？

我猜测不出它在警告什么，因为人类和鸟儿之间的语言障碍只有上帝才能听懂，我们是无能为力的。我的一位朋友甚至把鸊鷉从他的鸟类考察名单中踢了出来，他很潇洒而不负责任地对这种叮当的铃声下了个轻率的结论：“克里克—克里克”，还写了诸如此类的一些废话。他压根儿没有意识到这当中的玄机，就是隐藏其中的比鸟儿名称更为深刻的东西，也未能体察到在鸟儿的叫声里暗含的秘密信息，那不是单凭按照拟音去记录就可以的，而是要求翻译和理解。唉！我曾经，而且至今也和那位朋友一样，翻译不出、也理解不了这其中的信息。

春意渐浓，清脆的铃声变得更为悠长。从黎明到黄昏，这里的每一处水面上都能听到那脆生生的叮当声。我猜测，那些幼小的鸊鷉恐怕已经开始了它们的水上漂生活，说不定，它们正在接受父母的鸊鷉哲学之道呢。然而，要想一窥它们这个特殊的课堂，绝非易事。

有一天，我屏住声息趴在一个麝鼠洞前，地上满是污秽之物，我的衣服浸透了躺卧之处的颜色，我的眼睛里装满了沼泽之地的全部智慧。一只红头雌鸭在一群长着粉红色扁喙、金绿色羽毛的雏鸭们的前呼后拥之下，从我眼前游过；一只弗吉尼亚秧鸡差一点就蹭到了我的鼻子。一只鹈鹕的影子像哈哈镜的变形奇异效果般地掠过整个池塘；一只黄腿鹬落在池塘里，发出柔和而带着颤音的口哨声。此情此景，使我产生了某种强烈的冲动，搜肠刮肚地想要赋诗一首，却是不能，倒是那正在婉转地吹着口哨的黄脚鹬，当它抬腿优雅地行走时，便写出了一首比我想象的更美的诗。

一只水貂在我身后的浅滩上扭来拐去地滑动着，用鼻子在空中东嗅西嗅，慢腾腾地挪着身子，那条大尾巴在地上画出斑斑驳驳的痕迹。长嘴沼泽鹪鹩急匆匆地在莞草丛中来往穿梭，从那儿，传出了它们的幼鸟稚嫩的喳喳声。在温暖的阳光下，我的眼皮子开始打起架来，我打起盹来，就在这时，一只鸟儿的头从空旷的池塘里探了出来，它长着一双充满野性的眼睛，亮晶晶地在它的头上闪烁着。当它确信周围一切平安无事后，才将它那银色的身体暴露出来，那是一种细长的流线型身体，轮廓颇似一枚细长的鱼雷。就在我醒悟过来时，第二只鹡鸰已经站在那儿了，它那宽阔的脊背上驮着两只珍珠般的银色幼雏，在巧妙地弓起的双翅间，那两只银色小精灵被严严地圈在里面。就在我得以喘息之前，它们便一闪而过，溜进了那丛芦苇后面，从那儿，传来了清脆的铃声，它是那么清晰，带着戏谑的意味。我知道，这几个捉弄我的家伙，就在那丛芦苇后面。

一种历史感应该是科学与艺术最弥足珍贵的礼物。然而，鹡鸰并不具备科学和艺术的属性，但是它们却比我们更了解历史，在它们那原始而简单的大脑里，根本没有谁是黑斯廷斯战役[①]的征服者这一概念，但它们却能感知时间之战的赢家是谁。如果人类有和鹡鸰一样久远的历史，那么我们读懂它们呼唤声中的意义就很容易了。现在想一想，我们妄自尊大的传统、自豪感，浅薄的蔑视和智慧，只是少数有自觉意识的几代人的成果。既然是这样，这些鸟儿生生不息的繁衍，又该是如何值得骄傲的事啊？毕竟，早在人类存在之前，就已经有了久远的鹡鸰时代了。

话虽如此，但根据文献上的某种独特的说法，鹡鸰的呼叫声乃是支配和统率整个沼泽大合唱的主旋律。或许，依照某些远古文献的权威说法，它就是整个生物群的指挥家。随着世纪水位的逐年降落，一片又一片的沼泽和沙州从水中露出来，试问，测量湖岸尺度的是谁？是谁在支持眼子草和莞草积蓄阳光和空气，从而挽救麝鼠在冬天被饿死的命运？是谁让死寂一片的丛林中的沼泽萌生出一条条生命的茎秆？是谁在安抚白天孵卵的野鸭耐心再耐心，又是谁激起了攫食的水貂在黑夜中的嗜血欲望？是谁教会了苍鹭使用长矛的绝技，还教会了游隼神速的抓取速度？我们对这一切都没有耳闻也没有眼见，但所有动物都在严格遵守各自的任务。这样说来，它们是无师自通，它们的技艺都是天赋，是不需要教的。它们的劳作是无意而为的，我们认为动物应该是不知道何为疲惫的，但也许只有鹡鸰才是不知道疲惫的，也正是它告诫了它们：一切生物的生存意义，就要不知疲惫地觅食和搏斗，繁衍和死亡。

这片沼泽地曾经一度覆盖了伊利诺伊到阿萨巴卡河之间的大草原，如今正向北方节节退却。人类不能靠沼泽地生活，人类必须居住在没有沼泽的地方。进步不容许宽容与和谐，进步是一把刻薄的量尺，这把量尺在农田和沼泽、野性和驯服之间划出了一条不可逾越的鸿沟。

因此，我们的对策是用挖掘机和堤坝，用瓦片和火炬，汲干了玉米地带，现在正在把小麦地带汲干。我们的劳动成效是蓝色的湖泊变成了绿色的沼泽，绿色的沼泽变成了可捏泥人儿的淤泥，可捏泥人儿的淤泥变成了麦田。

有一天，堤坝把我的沼泽围住了，架起的水泵抽干了沼泽，麦田渐渐荒芜，被遗忘，正如今天和昨天，很多年后也会被遗忘。当最后一条米诺鱼在最后一处沼泽中甩动尾巴做了最后一摆，燕鸥那尖细的嗓子向克兰德波埃喊出了“再……见……”，天鹅也拾起了它圣洁的尊严盘旋着向高空翱翔而去，而鹤也毫不犹豫地吹响了它们告别的号角。

【注释】

①黑斯廷斯战役：诺曼底人征服英格兰的战争。1066 年 10 月 14 日，哈罗德王国的盎格鲁—撒克逊军队和诺曼底公爵威廉一世的军队在黑斯廷斯（英国东萨塞克斯郡濒临加来海峡的城市）的一场战役。

A 第三部分
SAND COUNTY ALMANAC

结　论

环境保护主义美学

除了爱情和战争，为了自己喜爱的业余爱好，我们对户外休闲娱乐活动那种狂热的劲头达到了忘我的地步，我们很迷恋那种逍遥自在的感觉。这种为不同个体所青睐的喜好，交织着貌似矛盾的、由贪欲和利他主义的混合性质。现在，大家都认同一个观点，返璞归真是最高的生活境界，人们非常愿意回归自然。问题是，说回归自然对我们大有裨益，那么，大有裨益在什么地方？我们怎样才能朝着这个大有裨益的生活方式迈进呢？目前，针对这个问题可谓众说纷纭，莫衷一是，看来，只有那些最不容辩驳的观点才具有说服力。

在老罗斯福时代，休闲成了问题的代名词。当时，铁路从城市延伸到了农村，大批的城市居民乘上火车来到了乡村。后来，人们开始注意到，离开城市的人越多，人们对宁静、世外桃源、野生动植物和风景的占有比例就越小。于是，人们把乡下隐居的情趣视为生活的稀有之物，为了追求这个，人们开始越走越远，向着更远的乡村进发。

汽车结束了这种缓慢的、局部的困窘，将人们带到了凡是有路就可以到达的最远极限——40 年前，内陆的丰富资源稀缺起来，当然，有些东西还可以被找到。如同太阳射出的离子，那些度假、度周末的人从各个城市涌出来，不停流动的人群散发出热量和摩擦。应运而生的旅游业一发不可收拾，作为产业链而发生的床位和膳食像猎猎之旗，招徕更多的离子。于是，这些离子便更远、更快地流动着。在岩壁和溪畔的广告中，对那些迄今为止远离尘嚣之地（除了新近遭到严重破坏的去处之外）的优美风景、狩猎区和有垂钓之乐的湖泊之美广而告之，广告上详细地提供了去往新建疗养院、风景区、可垂钓的湖泊的线路。旅游局将铁路铺向更边远的地方，并且购下穷乡僻壤，与新建铁路并驾齐驱，招徕那些从城里涌出来的成倍的离子们。新的机械发明作为离子们的精良装备，足以对抗还处于蒙昧状态的大自然，木匠工艺也转变成了使用新器械的艺术。现在，新器械的后起之秀——移动房车，给各种粗俗玩意儿似的金字塔再建一顶帽子。有些东西是人们在树林里或山顶上或在高尔夫球场都可以唾手可得的，所以当前的状况在可忍受范围内。但对那些欲壑难填，企望得到更多的人来说，休闲娱乐的内涵发生了本质上的变化，成了一种谋求自我毁灭的过程，结果是竹篮打水一场空，越想得到越不能得到，这正是机械工业社会的一大败笔。

禁不住机械化武装起来的旅游者的狂轰滥炸，荒野那安谧的独特魅力溃不成军，这种事并非发生在一局一隅：哈得孙湾、阿拉斯加、墨西哥湾以及南非在旅游者面前节节败退，随之而来的南美大陆和西伯利亚大陆也纷纷妥协。莫霍克河上的战鼓[①]擂起来了，正在响彻世界上的每一条河流。人们精神为之一振，不再安于躲在无花果树下懒散地干活，而是把那贮存起来的生物能量的原动力倾入了油箱。多年来，他们一直以这种模式日复一日、年复一年地苦心经营着心中的梦想，在心里打着一厢情愿的算盘，梦想着移向新的牧场。他们就像倾巢出动的蚂蚁挤满了大陆。

现在让我来给你挑明，这就是户外休闲的最新模式。

我们现在感兴趣的是，哪些人是这种休闲方式的追求者？他们追求的是什么？或许，我们可以从下面几个例子中找到答案。

首先进入我们视线的是野鸭栖息的沼泽，包围这个沼泽的封锁线不是栅栏或别的，而是由汽车组成的包围圈，注意了，沼泽芦苇丛中的每个狩猎点杀机四伏，埋伏着“社会的栋梁”，自动步枪早已架得妥妥的，那扣在扳机上的手指痒痒的，一旦时机成熟，什么联邦法律、公共利益，统统见鬼去吧，他们弹无虚发，只要一声枪响，就有一只鸭子应声倒地。他现在对鸭子的胃口好得不得了，他从上帝那里求到了吃肉的欲望，当然会好好享受，没什么可客气的。

另外一位“栋梁”则幽灵般地徘徊于树林四周，他那鹰一般的目光正在搜集珍稀的蕨类或刚刚孵出的鸣禽。因为他的这种猎取不同于抢劫或偷盗，所以他往往对那些明火执仗的盗猎行为鄙夷不屑。其实换汤不换药，他年轻的那些年没准儿也不是个好货色，和那些盗猎者完全是一丘之貉。

在附近的某个度假村里，一群另类的自然爱好者聚集于此，他们最大的兴趣就是涂鸦，在桦树皮上留下他们拙劣的诗作。这里到处是非专业的自驾游旅行者，他们的休闲就是和汽油作对，汽油耗费得越多越好，他在一个夏天里几乎把所有的国家公园跑遍了，眼下正铆足了劲一路南奔，驶向墨西哥城。

最后再来说说那些专业人员，这一类自然爱好者正在努力设法建立 N 多个保护主义组织，希望通过这一组织形式，为自然探索者提供通行证，使那些寻觅自然奥秘的人得到他们想得到的东西，或者让后者对他们提供的东西产生兴趣。

也许有人会质疑，为什么多样性的谋求特征的差异如此明显的人会被归于同一类型中？答案是，不管他们各自的方式如何，万变不离其宗，有一点没有区别，他们都是狩猎者。可是，这些人为什么都要搽脂抹粉声称自己是自然资源的保护者呢？因为他们想要猎取的猎物都躲过了他们的追杀，逃之夭夭。所以他们希望通过立法、拨款、区域性规划，各个职能部门的协调，或者其他大众都易于接受的方式，让猎物乖乖地待在原地，而其他的利己伎俩都是捏着鼻子哄眼睛的把戏了。

户外休闲被视为一种经济资源，价值不菲。参议院的委员会公布了一组非常客观的数字，那些数字很清楚地告诉我们，公众在户外休闲上投入了数百万美元的巨额消费，所以户外休闲确实不只是一个休闲的问题，而且也有经济价值。比如，专门用于休闲垂钓的小木屋，或者建立在沼泽地边上的搜捕野鸭的据点，这些成本一通算盘打下来，相当于在邻近建立一座农场的全部花费。

不仅如此，户外休闲还涉及一个伦理问题，人们对那些未被开垦的处女地趋之若鹜，在激烈争夺一块落脚地的同时，各种法律和戒律也同步发展。我们都听取了“户外行为规范”的注意事项，为了把这些理念灌输给年轻人，我们把“什么样的人是户外运动者”的定义印制成宣传画报，贴在凡有人路过或住宿的墙上，如果他愿意做这种思想的传播者，可以贡献 1 美元。

显然，这些经济和伦理上的表现形式，都是出于某种目的的驱动力的结果，而不是原因。我们在探寻自然与人的联系中，从中获得了巨大的乐趣，这就好比在一场歌剧演出中，专业人员的演出水平必须依靠保证舞台效果的技术手段才能创造出最好的艺术享受。但是，如果把这些维持舞台效果的技术手段说成是经济动机，那就很荒谬了。藏身隐秘之处的狩猎者和舞台上一展歌喉的演员，他们虽然依靠的装置不同，但做的却是同一件事：二者都用各自的不同表现形式，再现日常生活中的戏剧性情节。一句话，二者都在美学的诠释上操练。

现在，有不同的声音出来了，有人对与户外休闲相关的公共政策七嘴八舌。那些行为检点的市民们对“什么是户外休闲以及怎样才能保护好环境资源”的问题上，持有强烈的异议。因此，在户外休闲问题的同一层面上，由于角度的不同，意见也截然不同。荒野保护协会考虑的是如何才能阻止通往边远地区的道路向前延伸，而商会则极力要保住这些道路并设法要扩大道路的覆盖区域，这两者都在休闲名义下各执一词；狩猎者巴不得用霰弹枪猎杀鹰隼，而鸟类爱好者们则倾向于保护它们，两者分别凭借猎枪和望远镜观察它们。通常，这两派人士都喜欢用粗俗无礼的字眼相互怒怼，而事实上，他们考虑的问题都是户外休闲的过程，只不过各自心仪的组成要素不同而已，因而导致在特点和性质上大相径庭。一个既定的政策对于某一方合情合理，具有可行性，而对另一方则荒唐不成文，一无是处。

如此看来，我们很有必要将户外休闲的各个要素条分缕析，将其中各自的特点和性质进行一番考察。

首先，我们从最简单、最明显的要素入手，即户外休闲活动的过程就是搜索、发现、捕获并最终带走物品。这里说的物品就是诸如猎物和鱼儿之类的野味，以及包括鹿角、兽皮、照片、标本这些代表成就象征的标志或符号。

我们对这些东西感兴趣的兴奋点，其实都是受战利品思想的摆布，这种思想带给我们的乐趣就是——在探索的过程中得到的收获，这与热烈的乐趣等量齐观。这些战利品可能是一枚鸟蛋，或是一群鳟鱼，一篮蘑菇，一张灰色棕熊的特写；一张夹在书页里的野花标本，一张塞在山顶石缝中的便条，这些都是一张资格证书。这张证书表明了它的拥有者到过什么地方，在什么地方做了什么——它体现了拥有它的主人在克服重重障碍，以智取胜和临危不乱的这种有历史渊源的技艺中，练就的身手不凡的技巧、坚忍不拔的性格和洞察幽微的辨别力。由此来看，战利品中的各种内涵远远超过了其物质价值本身。

但是，战利品对于规模化生产上的反应却不尽相同。猎物和鱼儿的产量可以通过人工繁殖或改进管理方式得到提高。这样，每个狩猎者就可以得到更多的猎物，或者说，在维持不患寡而患不均的同等占有量的前提下，使更多的猎人受益。在过去的 10 年中，野生动植物管理专业从无到有并且广泛建立起来，约有 20 所大学设立了这门专业的教授课程，预期进行更大更多的野生动物产品的研发。然而，如果这个进程进行得太快，较快的产量增长势必要受到报酬递减律的支配，抵消了提高产量的初衷。尤其体现在集约化管理的野生动物或鱼的生殖繁育，会由于过分依赖人工化的方式而降低了猎物和鱼儿作为战利品的价值。

我们不妨设想一下，例如，一条鳟鱼在孵化场里生活一段时间后，再重新把它放归以前生长过的溪流中。但这条小溪已无法履行自然繁殖的功能了，它已经被污染物搞得面目全非。对森林的过度砍伐以及对自然环境的种种蹂躏，导致水质遭到破坏，溪水变暖，或者被淤泥堵塞。没有人有足够的信心站出来，说这条放归的鳟鱼与落基山脉下未经人手干预过的溪流中的鱼有同等价值。因此，它的美学价值大打折扣，尽管逮住它需要和逮野生鳟鱼一样的技巧。（有权威人士断言，人工孵化的鳟鱼由于孵化场的饲养而肝脏功能退化，这意味着它将死得早）令人悲哀的是，现在有好几个州由于捕捞过量，市场供应几乎完全依赖于人工养殖场的鳟鱼。

不能否认的是，所有人工繁殖的内部促进作用都大大地存在，只是人们没有动脑筋想一想，这种密集性的使用会将保护技术带向何方？这种把保护主义推向人工化极端的趋势，使所有战利品的价值大大降低了。

这些人工繁殖的如同温室中的花朵般的鳟鱼，由于娇生惯养，已弱不禁风，毫无自助能力。对鳟鱼偏爱有加的环境保护委员会意识到，必须除掉鳟鱼的天敌，杀掉那些在孵化场周边晃悠的大蓝鹭和燕鸥，此外，那些栖居在溪流中的秋沙鸭和水獭也必须干掉，不然，到时候那些长肥了的鳟鱼放归溪流时，没有它们的落脚之处。在渔民的眼中，牺牲一种野生动物，换来另一种野生动物的兴盛，无所谓损失不损失。但此举对鸟类学家来说，足以使他们焦虑得寝食难安，逼得他们狠狠地啃着手指头。事实上，人工化的管理代价高昂，它的代价就是牺牲另一种或其他更为高级的户外休闲活动，以此来换取捕鱼权。这就是说，它截留了本来是属于所有股东的红利，独自吞了。在欧洲，猎物管理中同一类型的商业冒险活动司空见惯，有一份统计数据可以让我们看到猎物与捕食者的“交换率”。在萨克森州，一只鹰被射杀，可以得到7只野鸟，弄死一只捕食者可以换来3只小动物。

随着动物的人工管理到位，接踵而至的便是植物生命的尽头。例如，那些人工繁殖的鹿儿把森林糟蹋得不成样子。这不是瞎说，在德国北部，宾夕法尼亚东北部，凯巴高原以及几十个未被公布的地区，这种情况是常态。因为鹿儿的过度繁殖，没有自然天敌能构成对它们的威胁，没有天敌的鹿儿榨取了植物骨子里最后一滴油水。欧洲的山毛榉、枫树、紫杉木，东部诸州的加拿大红豆杉、白杉木，还有西部的大果铁杉和墨西哥蔷薇，由于数量众多的人工化鹿群，这些往昔里供养鹿儿的植物，现在命运悲惨，正在遭受着人工繁殖的鹿群的糟蹋，被啃光剥光。不管是植物区系，还是植物种类，从生命力旺盛的野花到繁茂的树林，正在走向衰微，变得一天比一天枯竭而贫乏。反过来，鹿儿也因为食物的匮乏而瘦弱多病。现在，树林里的公鹿已经绝迹了，更别奢望看到过去挂在封建领主城堡上的威风凛凛的鹿角[②]了。

在英国石楠丛生的荒地上，鹧鸪和野鸡由于遭到大规模猎杀而数量锐减，野兔趁机大量繁殖起来，严重地限制了树木的再生。在许多热带岛屿上，为了肉类食物的需要和打猎需要而引进的山羊毁掉了当地的植物体系，动植物的生态平衡出现严重失衡。在失去了自然捕食者威胁的哺乳动物和失去了自然食物来源的牧场之间，这种相互损害的程度到底有多大，实难估计。由于这种缺乏科学理念的生态管理模式，将农业作物挤进了夹缝，在腹背受敌的困境中艰难生存。这样一来，像无底洞一样的补贴和保险赔款纷纷上路，为了补救，带刺的蒺藜栅栏也派上了用场。

综上所述，我们得出如下结论，密集性人工干预削弱了原生战利品的价值，即诸如以猎物和鱼儿为代表的有机战利品的质量，同时，其他资源也遭到毁灭性的打击，如非狩猎对象的野生动物、天然植被以及农作物纷纷遭了殃。

同样也受到贬值和损害的，还有那些非直接战利品，比如照片或影像资料。说实话，在一天之内，十几个旅游者在同一处用照相机不停地拍照，并不会对风景造成损害，其他野生动物资源也不会蒙受什么损失，就算在同一景区架上100架照相机，它对野生动植物资源的损害效应也没什么明显的表现。因此我们可以说，照相机产业是为数不多的无损野生自然皮毛的无害工业之一。

虽然这两种事物都被我们作为战利品来追求，但密集性人工干预所产生的效应却存在根本的区别。

现在我们再来分析另一个组成要素，户外休闲是一种独处于自然之中的孤独感，它比起之前的分析的要素微妙而复杂得多，荒野辩论已经证实，这种独处自然的感受具有罕见的稀世价值。如今，荒野拥护者们已经与手握监管权的国家公园和森林道路建设当局达成了协议，后者同意将那些如今还没有道路抵达的荒野区正式纳入保护范围，在每十几处对公众开放的野外地区，有一处需由官方宣布为“荒野”，道路只允许在荒野的边缘穿行，在它的小路上还没有人满为患时，荒野的这一特殊地位名噪一时，被认为是它的独特之处，当然，它确实有不同于一般的独特之处。不久，荒野的小路变得纵横交错，并被刻意打扮了一番，它开始为民间养护队服务。考虑到突如其来的火灾，不得已而为之，开辟一条一分为二的道路，以便运送消防队员，方便灭火车顺利通行。再或者，由于广告单的发放，引起了拥堵，从而抬高了导游和搬运工的报酬。于是，坊间开始有了微词，说荒野政策有武断之嫌，妨碍了民主。当初，政府在僻静处贴上“荒野”标签时，地方商会缄口不言。现在，旅游带来的甜头使他们大喜过望，从旅游者那里赚到的钱刺激了他们欲壑难填的商人本质，得陇而望蜀，只要能赚钱，管他什么荒野不荒野。

简而言之，荒野本身已属稀有之物，广告和推销策略，使原本试图遏止其处于匮乏的荒野不再继续恶化，使所有的努力都打了水漂。

用不着多说什么，事实已经很清楚了，密集性的人工干预对独处的感受体验具有稀释作用。当我们对道路、露营地、小径以及厕所之类的休闲设施津津乐道时，又来大谈什么独处于自然的感受就是自欺欺人，只有伪君子才会那样说。另外，从增添和创建经济价值的角度而言，这些设施对人们期望的发展进步可以说于事无补，恰恰相反，它只不过是对本来就很稀的清汤中又掺进了水。

现在，我们对这种非常简单但又非常独特的孤独感要素进行一个对照分析。一般来说，我们会对这个冠之以“新鲜空气和环境转换”的称谓，密集性人工干预并没有削弱或破坏这种价值。当第1000个旅游者叩开了国家公园的大门，在把喧嚣挡在门外的公园里呼吸了一口与最初造访者近乎同样的空气，那一口直达肺部的新鲜空气使他体验到了与在办公室里完全不同的感受。这时你会认为，拥挤的人群会破坏这里的空气质量，进而会在造访的先后顺序上形成体验差别。所以说，新鲜空气和环境转换要素与影像战利品的价值相等，完全禁得住密集性的人工干预，不会因此遭到损害。

现在，我们来分析另一组成要素，这是一个对自然过程形成的认知。土地以及所有依赖于土地上的有生命的东西，都是在这个进程中获得它们各自的特有形态，并且延续着它们特有的形式，前者叫作生物学意义上的“进化”，后者叫作生物学意义上的“生态学”。曾经，那个有“自然研究”名义的活动，抹掉了上帝选民的优越感，特殊阶层的神经出现了病态的战栗，同时，一扇大门开启了，那就是群众思想向认知发展的最初探索。

认知最显著的特点就是，它没有消费要求，也不会削弱任何资源。例如，当一只鹰从空中俯冲下来扑向猎物时，有人会把这一幕看成是生物进化中戏剧情节的一环，但对另一个人而言，他会有一种揪心的感觉，眼睁睁地看着煎锅的食物受煎熬。故而，当这一幕险象环生和戏剧性一幕突然临到100个目击者时，足以使他们激动到浑身战栗不止，而当威胁因素露出狰狞面目时，当事人会坚决以猎枪伺候。

作为一项前所未有的伟大工程，提倡户外休闲的认知是唯一的、具有创造性的部分。

这个事实有无可替代的重要性，但是，它对“美好生活”方面的潜在力量却鲜有人意识到，当丹尼尔·布恩[3]第一次走进那“沉暗如血染”的森林和大草原时，他收获的第一桶金就是纯粹的“户外美国”的精髓，但他当时并没有觉悟到这笔财富，只是他发现的恰恰正是我们现在正在追逐和寻找的东西。况且我们现在在这里谈论的是具体事物，而并非代表事物的称谓。

但是我要说的是，户外休闲并不是要我们非得置身户外，而是要从心里感受那种户外休闲的反应。丹尼尔·布恩的反应并不仅仅是他眼见的事物的特性，而是跳出了局部眼见的事物，用心灵深处的眼睛，用理性的眼光去看待所见的事物。理性的眼光可以使生态科学在心灵的眼睛中发生变化，它揭示的是事物的根源和功能，布恩看到的只是某些事实外部特征的构造，虽然它披露了蕴含在事物之中的机制原理，但在布恩眼里，仅仅是特征的结构而已。我们手中没有握着衡量这种变化的标尺，但我们可以信心满满地说，比起现今那些专业的生态学家，布恩看到的只是事物的表面。植物和动物的共同体中纷繁而有序、错综复杂的，那个被誉为美利坚的有机体所固有的——美，当时正值娇艳欲滴的处女期，对丹尼尔·布恩来说，就如同今天我们谈论巴比特先生一样，一切都像蒙上了一层迷雾般的难以捕捉、难以想象。我要说，美国户外休闲发展历程中的唯一进步，就是美国公众认知能力的提升。所有我们在发展名义的遮羞布后面的形形色色的行为，说到底，充其量是为了拖延或者遮盖前面所定义的稀释行为而已。

我们不敢妄下论断，说巴比特先生在“认知”他的国家以前，必须先有文凭撑腰，必须先取得生态学博士学位。恰恰相反，博士学位会扼杀一个人的思想活力，使人崇尚教条主义，思想僵化，变得像一个主持神秘宗教的殓尸匠一样冰冷无情。真正的思想财富蕴含着灿烂的生命力，不同层次的认知可以在不丧失本质属性的同时绽放出无限小的单元。那些生长在城市绿地空间的野草和红杉树林，释放着同样的思想；而农民在奶牛悠闲吃草的牧场上看到的东西，不见得是身处南海科考站的科学家所允诺的东西。简而言之，认知既不能与学位画等号，也不可能花重金买得到。认知根植于国内的土壤，也根植于国外的土壤，一个不识字的白丁和一个学识渊博的博士一样，在运用认知的良好条件这一点上的权利是平等的。从追求认知的角度来讲，盲目地从追求休闲娱乐的过程中下功夫，这在理论上是缺乏依据的，而且也完全没有必要。

最后来说说第五个组成要素：妥善管理观念。对于那些习惯于动用选票来造势，而不是用双手来行动的环境保护工作者，他头脑里的妥善管理观念就像一张白纸，他根本不晓得那是个什么东西，只有当某些管理艺术通过具有认知能力的人引入了土地管理以后，这种观念才被意识到。这就是说，只有穷得响叮当的拿不出钱去休闲的土地所有者，以及具有敏锐眼光和生态学思想的土地管理者，才会在妥善管理的观念中发现其中的乐趣。买票进入园区的旅行者们对这种观念的认识可以说都是一问三不知，不光是他们，就是那些雇佣政府或雇佣下属作为猎物守护者的户外休闲爱好者，对这个观念同样一无所知。政府的初衷本来是想让公共事业部门取代私人，以主权者的身份支配休闲土地，不料有人神不知鬼不觉地将大片公民的土地管理权转手给了野外工作的官员们。如果从逻辑上来较真的话，林业管理者和狩猎管理人员，或许应该为从我们手中得到的野生产品管理权买单，而不是去领钱。

将妥善管理的观念灌输到野生产品生产中的运用和实践，这和野生产品本身一样重要。从某种角度来说，这在农业生产领域的实现已经有印证，但似乎还没有入环境保护领域的法眼，这种观念还在坐冷板凳，没有人在乎。美国的狩猎爱好者无法认同苏格兰和德国森林区域实行的集约化猎物收获方式。从某一个角度来考虑，他们牢骚满腹倒也情有可原。但是他们完全忽略了欧洲的土地所有者在管理过程中发展起来的妥善管理观念。我们至今还在这个观念的门外游荡，而这一点恰恰非常重要。当我们想出了一个办法，抛出补贴的诱饵，诱使农民植树造林，或者，我们用收取狩猎手续费的方式刺激农民养殖猎物，事实上，我们等于已经变相地认账了，承认我们和农民都在野外妥善管理的乐趣上一无所知。

进化史的奇妙之处在于，每个物种的发展都遵循着它的种群进化的轨迹。感谢科学家们送给我们一句隽语："个体发育学重复着种系发育学。"这种思想在精神世界和物质事物上都有毋庸置疑的真实性。满载而归的猎人，其实就是原始穴居人的再生，无论种族或个人，只有拥有年轻力壮的资本，才能拥有猎取战利品的特权。对这一点，他们用不着表示任何歉意。

可是，在现代社会中，有一个现象使我们无奈而不安，有些战利品的猎获者似乎吃了冻龄丸，永远长不大。他们的孤独感、认知能力以及妥善管理观念都停留在一个幼稚的空间里，无法真正成长起来，甚至有些已经永远失落了。这一类人就是被机械化武装起来的蚂蚁，在北美大路上摩肩接踵，人满为患，至于后院是不是失火了，他才不管，他只对消费兴趣浓厚，完全没有为户外休闲创造价值的意识。为了迎合他们得寸进尺的贪欲，户外休闲工程师们正在讨好他们，把荒野的斑斓色彩一笔笔抹去，代之以人工化的各种产品，而且还洋洋自得地认为他们是公众福祉的创造者。

这一类的战利品收集者都是一个模子里出来的，他们共同的怪癖就是以一种不易察觉的方式将自己送上毁灭之途，为了今朝有酒今朝醉，他极尽能事地独吞，入侵、占有，因为他看不到荒野存在的价值，这跟他没有一毛钱的关系，他认为这种蛮荒之地对于整个社会来说毫无用处。对于那些头脑中全是豆腐渣的人来说，地图上的空白地带都是可以丢弃的破烂，而对于充满想象力的人来说，这些没经人类染指的地方则是价值连城的瑰宝。（莫非说，因为我不去阿拉斯加的缘故，我在那里的权益就分文不值了吗？我是不是真的需要有一条路，让我沿着那条通往北极草原，通到育空河流域的野雁湿地，通往孕育棕熊的利迪亚克，通往麦金利山外那一望无际的大草原上？）

简单来说，较低层次的户外休闲活动是以消耗资源为代价的，而较高层次的户外休闲活动，至少在一定程度上几乎或者不消耗土地或生命，并且还会创造价值满足自身的需要。急速扩张的交通运输网络大大超前于我们的认知能力，使我们被动地陷入了户外休闲过程中实质性崩溃的尴尬境地。如此说来，户外休闲的发展进步任重道远，远非在美丽的乡村土地上开辟一条道路那么简单，这需要先把认知能力根植于人们的头脑之中，而且要催生出人们头脑中的思想之花。

【注释】

①莫霍克河上的战鼓：一部反映美国内战时期纽约州北部莫霍克河域的印第安人和殖民者斗争的历史小说（1936 年出版），作者杜曼克兹，美国著名历史小说家。这部小说1939 年被改编成电影。

②意指中世纪公鹿之多，在中世纪的欧洲，王公贵族喜欢把狩猎的战利品的某一部分，如鹿角、熊皮等，悬挂于城堡的墙上，或壁炉上方，以示战绩辉煌。

③丹尼尔·布恩：（1734—1820 年），美国历史上最著名的拓荒者，是肯塔基州垦荒先驱。

美国文化中的野生动植物

原始民族的文明基础是野生动植物，因此，从民以食为天的角度说，他们的主要食物是野牛。野牛不仅为寄居在平原地带的印第安人提供了食物，而且延伸进了印第安人的精神生活。从它们的建筑、服装、语言、艺术和宗教中，可以看到野牛的主宰地位。

那些在文明进程中发展迅速的民族，早已甩掉了文明基础的原始性，但不管怎样改变，部分野生的根源始终保留在其文明中。行文到此，我们现在需要讨论的就是这种野生根源的价值。

没有人能有一杆秤测出文化的重量，也没有人能用一把尺子量得出文化的长度，因此，我也没有必要去做这种徒劳无益的尝试。我只能尝试着从那些具有远见卓识的思想智者的共识中，弱弱地谈一谈，我们在重新接触野生动植物相关的体育、风俗等，经历其中那丰富的文化价值。现在我斗胆说一说，就我个人的价值划分，有以下几类：

首先，在任何经验中都存在着激发历史意识的价值，提示我们独特的民族起源和其发展的线索，我们对这种意识有一个比较得体的称谓："民族主义"。由于眼下没有找到恰如其分的简称，暂且称它为"拓荒者的价值"。例如，一个男孩做了一顶浣熊皮帽，把自己装扮成丹尼尔·布恩的样子，在小路下面的柳树丛中神气活现。这个貌似扮演童子军的游戏，其实就是在重演美国的历史。从某种层面上解读，这是他意欲从文化层面上去正视黑暗、血腥现实的内心独白。我很想再举一个例子，一个农民的宝贝儿子走进了教室，浑身散发着麝鼠的臭味儿，因为在早饭前，他跑到那个猎捕麝鼠的陷阱前翻弄了一阵子。因此，他这一番作为完全再现了皮毛交易那些情节曲折而又离奇的故事。这是一种规律，既存在于社会之中，也存在于个体之中，这就是：个体发生学重复着种族发生学。

其次，有一种价值是从经验中获得的，并且作为一种文化的沉淀存在于经验之中，随时给我们提个醒儿，揭示我们依赖于土壤——植物——动物——人这一条食物链，以及是生物区系中最基本的组织形态。文明乘上了工业化的高速车道，以发明和经纪人为左膀右臂，挑拨离间了人与土地的和谐关系，扰乱了人们对文明的意识。我们的视线模糊了，我们在工业带给我们的需求中乐不思蜀，却忘记了支撑工业发展的本源是什么。现在是时候了，教育应该向土地走近，而不是继续偏离土地。育儿室里有诗歌记录的事实，人们把猎狩得来的兔皮带回来，制作成婴儿睡袋。这说明，在人类民俗中，人们曾依靠打猎来维持家庭的衣食之需。

最后，价值是普遍存在的，普遍存在于任何经验中。它是一种在集体中发挥伦理约束的价值，这就是所谓的“狩猎人道德”。猎取野生动物的工具日新月异，其改进速度远远超过我们自身的改进速度。而“狩猎人道德”要求狩猎人对使用工具时要有自觉约束力，其目的在于增强狩猎过程中狩猎人技巧的发挥，减少在猎取动物时他们对新工具的依赖。

野生动物伦理学上有一个因素复杂的优点，狩猎人的行为没有人来捧场或非难，不管他做什么，怎么做，全凭他自己的良心，由他的意识来发号施令，而不是由旁观者的舆论来支配。(这一事实的重要性是无须夸大的)

自愿遵守伦理道德信条有助于塑造狩猎者的自尊，而更让他们铭刻在心的是，漠视这种道德信条无异于自我沦丧。例如，所有的狩猎伦理信条都必须遵从一个原则，即不要糟蹋好肉。然而，眼下暴露在公众面前的事实却让人们看到了信条上的一个破口，凡是在威斯康星的猎鹿者们在合法猎捕了公鹿时，每猎获 2

头公鹿，必然会在林中射杀并遗弃一头雌鹿，一头幼鹿，或一只刚刚冒出鹿角的小公鹿。也就是说，几乎有一半的狩猎者在打死一头公鹿的同时，都要打死另外一头鹿，并将那些他们看不顺眼的鹿儿尸体遗弃在它们倒下的地方。这种狩猎方式非但没有社会价值，实际上还是在其他领域发生道德沦丧的催化剂。

由此看来，似乎当“拓荒者的价值”与人和土地关系的价值呈现零或者正值时，伦理价值却可能向负值倾斜了。

这算是粗线条地界定了适用于我们户外休闲活动根源的 3 种文化养分。但这并不意味着这些文化养分已经深入文化的骨髓，并滋养了文化。价值的产生过程从来都不是自行发生的。只有健康的文化才能得到滋养并成长起来，开花结果。难道说，目前我们这种户外休闲娱乐方式能滋养出什么文化吗？

有两种思想起源于拓荒时期，它们被视为拓荒者价值观体现于户外狩猎方面的精髓。这两种思想一曰“轻车从简”，一曰“弹无虚发”。拓荒者“轻车从简”显得非常实用。另外，在射击猎物时，百发百中很有必要，因为想要节省子弹，他就必须力求高度的精确。同时，他缺少必要的交通工具、手头上也缺钱，而且也缺乏可以连续射击的武器。因此，我们很容易就明白，从他们那个时候开始，这两种思想就强加在了我们身上，而他们却乐颠颠地去做他们非做不可的事。

后来，这两种思想演变成了猎狩者的一种价值信条，这就是猎狩者自觉遵守的自我遏止性限制狩猎规则。事实上，美国人独有的自信、勇敢、熟谙丛林知识及枪法超强等特点，都是在这两种思想基础之上发展起来的。虽然这些思想有些让人琢磨不透，但也并非无稽之谈。西奥多・罗斯福[①]是一名伟大的猎手，但他的伟大英明并不在于倒在他枪口下的战利品有多少，而是他用文盲都听得懂的语言深入浅出地诠释了不可捉摸的美国传统。在斯图尔特・爱德华・怀特[②]的早期著作中，我们可以看到一种更为准确而精妙的表达，所以我们可以恰如其分地说，正是这些思想被他们意识到，进而才创造了我们的文化价值，进而才有了发展的条件。

再后来，设计器械的新发明者出现了，但人们对他们的熟知程度是从他们满大街叫卖狩猎商品的商人身份开始的。他们用无数新奇的玩意儿把户外休闲运动者装备了起来，自信、勇敢、熟谙丛林知识以及枪法超强的美国人在这些花样繁多的装备下背叛了先前的传统。他们浑身上下披挂着新发明的玩意儿，从脖子到腰间，琳琅满目。泛滥成灾的发明塞满了小汽车的后厢，堆满了移动房车。名目繁多的打猎用具越来越轻巧实用，几乎隔一夜就有更好的新发明问世，淘汰率高得惊人，以磅计量的轻巧装备汇成了以吨位计量的庞然大物。新式装备的贸易额也急剧膨胀到天文数字级，而这一现象都披上了“野生动物经济价值”的外衣，以严肃的面孔公之于众。试问，我们所追求的文化价值在哪儿?

最后一个例子，这次的主角是捕鸭者。捕鸭者坐在一只钢筋制造的船上，隐身在一群人造假鸭[3]的后面。没有必要事前演练，一辆像破锣一样响着的摩托艇把他带到了狙击点。即使寒风刺骨，哪怕刀子似的风雪扑面而来，他蹲在那个人造假鸭的圈套旁边仍然温暖得很，因为旁边安置着罐装的暖气。他拿起一个喊话用的扩音器，用一种他最期望的充满诱惑力的声调，朝着天空飞过的野鸭吆三喝四。用假音说话迷惑对象他是内行，因为灌制的留声机唱片的家庭课程一直都是这么教他的。喊话器加上他的人造假鸭，他期望的事情发生了，一群群野鸭盘旋着飞过来了。他寻思着，必须在它们靠近时开枪，但他沉不住气了，没等野鸭盘旋两圈，他的手就痒得不行了。一声枪响——因为在湿地里埋伏着的捕鸭者不止他一人，大家都有不相上下的装备，半斤八两，谁也不比谁差，其他人随时可能抢在他前面开枪。于是，他开火了——要知道，当鸭群在 70 码的距离时，他把莫斯贝里泵猎枪的射程调到了无限大，广告里就是这么说的——超级 Z 子弹的射程不仅有数量大的优点，火力也足。子弹火光冲天，在空中的鸭群中像烟花一样四散迸射。一对腿上受伤的野鸭惨叫着从空中跌落，扑腾着死在了别的地方。这个事实给我们提出了一个问题：这个猎人是否汲取了文化价值的精华？也许他是为了给他饥肠辘辘的水貂作嫁衣，成它姻缘之美？下一个埋伏在75码远的家伙，这会儿也在虎视眈眈，盘算着扣动扳机的时机。这就是我们当下最流行的猎取野鸭的模式，这些模式在公用猎场，以及一些俱乐部中，司空见惯。试问，我们所崇尚的“轻车从简”和“弹无虚发”的文化精髓到哪儿去了。

我们要想找出一个我们想象的答案，并非易事。罗斯福并不鄙薄现代来复枪，而怀特也和大众一样喜欢使用铝锅、丝绸帐篷和脱水食品，用起来一样顺手。但他们有别于其他人的地方是在使用上的节制。在将这些新发明作为狩猎的辅助手段时，他们充分尊重自身的独立性，不受其左右。

我也不想在这儿不懂装懂，知道何为适可而止，哪里才是合法使用器械以及非法使用器械的界限。但有一点，事实已经表明得再清楚不过了，新发明的渊源与其产生的文化效应间有千丝万缕的关系。自制的狩猎工具和原始的户外生活，做的是加法而不是减法，即增添而不是减少人与土地间的情趣。一个用自制的飞蝇钓得一条鳟鱼的人，他的所获应该是两次，而不是一次。我本人就用过很多工厂的新发明。依我来看，这些新发明的使用和依赖必须有某种限度，一旦过了这个界，用金钱买来的辅助用品拿去打猎，等于毁坏了狩猎的文化价值。

并不是说，所有的狩猎活动都下流到像猎捕野鸭那般堕落，美国传统的卫道士们还大有人在。或许，没准儿弓箭运动和驯鹰术会卷土重来，再度盛行于世，这就是复古倾向的风向标。然而，这种原汁原味的狩猎方式只能靠边站，被挤到了狩猎的边缘地带，打上了机械化的烙印，随之而来的就是文化价值的衰落，尤其是“拓荒者的价值”和节制伦理的全面溃败。

我个人认为，美国的狩猎者已大有深入迷途而不知返的困惑，到底是哪个地方出了问题，我说不清楚。越来越精良、越来越不可一世的新发明使工业获益颇丰。现在，把这种利润流油的红利分一杯羹给户外休闲运动，何尝不可？直到今天，我们仍被蒙在鼓里，没有搞懂户外休闲运动就其本质而言，其实就是有返祖特征的原始运动。其价值本身具有对比价值，泛滥成灾的机械化把工厂推向了森林和沼泽之中，这下歇菜了，对休闲运动至关重要的对比参照被打得七零八落，无从对比了。

至于狩猎者，却没有哪个领袖人物可以站出来，指出他们究竟错在哪儿。户外杂志也卖主求荣，不再浓墨重彩地描绘户外运动的美好，而是背叛杂志的初衷，为新机械发明大张旗鼓地广而告之。野生动物的管理者们忙得不亦乐乎，成天在操心如何繁育狩猎所需的猎物，忙得团团转，哪还有心思去关注狩猎的文化价值。既然有人说——至少，色诺芬④和特迪·罗斯福⑤说过，狩猎是有价值的，所以他们就认为这种价值经久不衰，亘古长存。

纯天然的户外休闲运动可以让火药坐冷板凳，而机械化的影响则表现为多种多样的结果。现代望远镜、照相机，以及铝制的鸟儿脚环，统统不能改变鸟类学的文化价值。至于钓鱼，如果不是有艇外推进器和铝制的小船帮忙，比起狩猎来说，其机械化程度似乎小得多。另外，由于摩托化运输几乎无孔不入，已把荒野旅行搞得支离破碎，可供我们户外活动的荒野旅行已被分割得星星点点。

由猎犬作先导到偏远的森林中捕捉狐狸，这是某个局部意义上的一幕，为我们呈现的是无损害的机械化入侵的带有情趣色彩的范例。这是最不掺水分的最纯粹的狩猎之一，这种纯粹的狩猎活动弥漫着“拓荒者价值”的芳香气息，是一幕观赏最高级别的人与土地关系生动情节的一幕。猎人故意将狐狸置于射程之外，这一幕形象地体现了节制伦理。但是现在我们的狩猎者是坐在福特汽车里的，用汽车的速度与狐狸的奔跑展开追逐。猎犬巴格尔·安激动地狂躁不安，疯了一样地狂吠声与廉价小汽车的喇叭声像指挥失灵的混声合唱，乱成一团。但这些聪明人却少了一根筋，想不到发明猎狐的机械犬，也不会想到在猎犬的鼻子底下装上莫斯贝里泵猎枪，当然，更没有人想到会拿着留声机或其他无痛苦的方式来教猎犬打枪。因此我认为，新发明者在养狗这件事上已江郎才尽，无计可施了。

将狩猎活动的诸多弊端一股脑归咎到为猎取提供物质帮助的新发明者身上，也有失公允。那些广告商也难辞其咎，他们各个诡计多端，他们出的那些主意没有哪一样像自然那样真实可信。或许，应该设立一项特别奖，以资奖励一个叫作“咨询”的部门，它为那些“到哪儿去”的提问赠送了极具个人价值的财富，指明哪里是钓鱼的好地方，哪里是狩猎的好地方，就像渔竿、猎犬和猎枪一样，是一种作为出于好意可以外借或赠送的东西。可是，如果把它放在了市场的狩猎专栏[6]兜售，当成一种狩猎的配套工具来促销，在我看来，似乎变了味儿。如果把它作为一种免费的公共服务，在我看来，那又是另外一回事了。现在，就是一个环保主义志愿者都可以流利地告诉汤姆·迪克和亨利，哪里的鱼儿喜欢咬钩，哪里的野鸭会傻到为了一口食物而不惜铤而走险，冒着撞上枪口的危险从天上落到地上来。

所有这些有组织的胡作非为，都搞出了一个匪夷所思的结果，把户外休闲运动中的个性化因素，变成非个性化。我不知道户外休闲的合法和非法在实践中的界限区分，但一点我可以确信，针对“到哪儿去”的服务，不折不扣地超出了理性的范畴。

如果狩猎和钓鱼的行情走势见涨，那么，“到哪儿去”的服务势必水涨船高，足以吸引超过理想数量的户外运动爱好者络绎前往。反之，如果狩猎和钓鱼的行情跌落，广告商会改变策略，积极行动起来，采取更激进的手段促销。眼下流行的钓鱼抽奖即是一例，将写有幸运数字的号码贴在几处养殖场的鱼儿身上，如果某个钓鱼者运气来了，钓到了贴有幸运奖号码的鱼儿，他就会领到一笔意外的奖金。这种现代科学与赌场竞技的跨界组合，给那些渔业资源趋于枯竭的湖泊注入了一针强心剂，使它们重回滥捕怪圈，这也使得许多小镇的商会陶陶然乐在其中。

作为专业的野生动物管理人员，如果他们刻意躲开这类行为，那等于是露骨的占着茅坑不拉屎。要知道，产品工程师和商人都是一路人，就像俗话说的一根绳上的蚂蚱，在追求利益最大化上，都是围着一根利益轴心转动的。

野生生物管理者们正试图控制野生生物的生长环境，达到人工提高荒野野生生物的数量。这从根本上改变了一件事，即将狩猎从最初的开发利用变成了生殖培育。如果这种人为干预野生生物的转变成了事实，它会对我们的文化产生摧毁性的影响。我们必须承认，“拓荒者的价值”与自由开发之间，存在着不可分割的历史关联。丹尼尔·布恩等不到庄稼成熟就沉不住气了，更别说还要让他有足够的耐心去等待野生动物产崽了。或许，资深的狩猎者们的正统观念使他们不能接受野生动物的保育理念，这种抵触便是他们继承拓荒者价值观的一种表达。又或者，野生生物的保育理念会受到普遍抵制，因为它与正统的“拓荒者的价值”理念中的精髓——自由狩猎观念——水火不容。

机械化拿不出可以替代被它摧毁的“拓荒者的价值”的文化代用品，至少我还没有看见过。而野生生物的保育或者管理，却歪打正着提供了代用品——至少有同等价值的野外耕种。为野生动物的繁殖生育进行的土地管理经验，与其他农业形式具有同等价值，它提示了人与土地的关系。而且，其中还蕴含了伦理道德上的节制性，在没有采取以食肉性掠食者为控制措施的情况下，管理猎物在伦理节制上提出了更高的要求。所以，或许我们应该下这样的结论，猎物保育理念削弱了“拓荒者的价值”，却带出或增强了另外两种价值。

如果我们把户外休闲运动视为一个历史创举，由这个史无前例的户外休闲模式衍生出来的机械化进程，与一个完全处于静止状态的传统之间产生冲突，那么，答案显而易见，其中的文化价值前景黯淡。问题是，为什么我们的现代户外休闲运动的观念不能像那些新发明那样，摒弃拖泥带水的思维，以充满活力的气魄去成长呢？或许，拯救文化价值的关键是，只争朝夕，抓住并把握时机。依我说，我已看到这个时机，犹如田野的庄稼成熟了一样，户外休闲运动者可以为即将呈现的事物形态做出有利的选择

例如，在过去的10年里，一种全新的户外活动形式使我们眼睛一亮，它不会毁灭野生生物资源，它需要使用新发明的各种机械，但又不为其左右；它转弯抹角地解决了禁猎地区的问题；它大大地增强了人类在单一区域的旅游承载能力。这种户外休闲是自由狩猎的翻版，没有捕杀猎物数量上的限制。你有本事射杀多少就射杀多少；它也不设立任何期限的禁猎期，一年四季都可以打猎。它需要的是良师引导，而不是监督官恶狠狠地盯着；它需要的是一种新的涵盖了高度文明价值的森林知识。我在这里说的户外休闲模式有一个名副其实的称谓：野生生物研究。

野生生物研究最初是发端于神职人员的专门技艺，是一种谋略性的研究，这当中晦涩深奥的葫芦得由专业人士来解，而其他的问题，可以供认知程度参差不齐的业余爱好者探讨。在机械发明领域里，大量的业余爱好者参与研究已经有好些时日了。而在生物学领域，业余爱好者对户外休闲研究的价值，才刚刚被人们意识到。

玛格丽特·臭尔斯·尼斯是一位业余鸟类学者，她最初对北美歌雀的研究是从她家后院开始的，后来，她在世界范围内的鸟类行为学界声名鹊起，成了权威人士。她所表达的思想深度和研究内容，甚至让许多在专业机构中的鸟类研究学者无法望其项背。查尔斯. L. 布罗姆利，他是金融行业的职员，却有一个嗜好，对研究老鹰乐此不疲。对鹰十分钟爱的他发现了一个迄今为止无人知晓的事实：有些鹰在冬季里在南方筑巢，然后飞到北方的森林中度假。诺尔曼和斯图亚特·克里德尔夫妇，是曼尼托巴草原上的小麦农场主，他们对自己农场里的动植物区系有浓厚的兴

趣，悉心的观察与研究使他们成为当地植物到野生动物领域无可争议的权威人士。艾略特·L. 巴克，一位新墨西哥州山地牧羊人，著有一本关于美洲狮的专著，迄今为止，在现存的两本令人难以琢磨的猫科研究领域中占有一席之地。当然，有人会在一旁非议，说这些人是忙里偷闲，他们只是在娱乐中做成了这些工作。实际上，他们是意识到，最大的乐趣乃是观察和研究自然界的未知事物。

现在，大多数业余爱好者都已熟知鸟类学、哺乳动物学和植物学的相关知识。只是业余爱好者在这些学科领域取得成就的可能性，则屈指可数。究其原因，一方面是整个生物学教育结构（包括野生动物方面的教育）的目标，是致力于维持研究上的专业垄断。在专业垄断固若金汤的门外，抛给业余爱好者的只是虚构的探索发现，他们所要做的，专业权威300年前早知道。所以年轻人需要听到一种声音，即哪怕是一只在自己精神领域的无水船坞里制造的船，同样是一只可以在浩瀚的海洋中航行的船。

依我看来，当我们在描绘一张实现野生生物专业管理的蓝图时，应该把野生生物的研究和推广放在重中之重的位置。野生生物具有的另外一个价值，就是对全人类的进取精神具有潜在意义的价值，但现在只有少数生态学家能够意识到这一点。

现在我们已知，动物种群存在某些单一的个体行为模式，而这些动物种群通常自己意识不到自己的个体行为，而是通过个体间的相互配合来履行的。比如，一只兔子并不明白有关繁殖的循环周期性，但周期循环的概念却可以通过一个群体来完成。从个体的动物来说，我们无法在短期内观察出它的这些行为模式，即使我们通过长期的密切监控，也不可能从单个的兔子身上获得它对繁殖周期方面的任何意识行为。解开这个奥秘之结，需要数十年如一日对一个群体缜密地进行研究和观察。

这样一来，有一个令我们感到惊恐的问题产生了：人类有没有尚未意识到的行为模式？作为特殊群体的人类是不是也像兔子那样通过群体的协同来实现这些行为模式呢？暴动和战争，动乱与革命，是不是也承袭了同一模式？

许多历史学家和哲学家给我们这种行为下了定论。这些长年研究人类种群行为的学者解释说，人类的意志催生的个体行为是集体主义化的结果。外交学上普遍容易接受的事实是，政治团体是一个精英阶层，是一群具有高贵品质的个体的结合。而在有的经济学家眼中，整个社会系统不过是某些过程中的玩物，而我们对整个社会系统的认知往往是马后炮。

因此，我们有充分的理由相信，社会进程相比于兔子种群的进程，有一个更高意义上的意志内涵。同时，我们也有理由相信，人类作为一个物种，同样包含了那种未被察觉和了解的种群行为模式，因为当时身处其中。此时的环境没有唤起我们对未知行为模式的注意，我们的自作聪明导致我们误读了自己的行为模式。

对人类种群行为的好奇心，使我们产生了对其基本原理的质疑，而从另一个角度，又带动了对仅有可类比的唯一参照物——高等动物——意义深远的研究兴趣和价值。以埃林顿[7]为代表的一群人，曾经对这些动物种群的类似行为的文化价值做过精辟的分析。几个世纪以来，我们与这个内容丰富的知识宝库若即若离，始终没有实质性的接触，我们找不到那条接近它的路径。我们该往哪里走，我们该选哪条路才能找到它？现在，生态学异军突起，它创造的科学方法教会了我们如何找到可以作为参照物的动物种群，从中探索分析我们自身的问题。我们只要抓住生物种群中某一小部分运作原理的线头，顺藤摸瓜，层层递进，我们就可以推演出整个生物种群的运作原理。领会这些深刻含义，并且用批判思维去鉴定这些原理，这或许就是我们应该具备的未来的丛林知识。

总之，野生生物是哺育人类的重要角色，同时，它们也对我们的文化塑造功不可没，此外，我们愉快的闲暇时光也是托它们的福。然而，我们沉迷于现代新发明的机械工具带给我们的便利，在获取快乐的同时也摧毁了它的价值。换一个角度，倘若我们运用现代才智去得到它，那我们收获的将不仅是快乐，还有脑黄金——智慧。

【注释】

①西奥多·罗斯福：（1858—1919 年）美国军事家，政治家，思想家，美国第二十六任总统。罗斯福酷爱打猎，是对环境保护具有长远眼光的第一人，在渔民和猎人阶层有很高的威望。

②斯图亚特·爱德华·怀特：（1873—1946 年），美国著名作家，成名作是《有路标的小路》。

③人造假鸭：即诱饵。

④色诺芬：（公元前 427—公元前 355 年），古希腊历史学家、作家，苏格拉底的弟子。

⑤即西奥多·罗斯福，“特迪”是西奥多的昵称。

⑥指媒体上的广告，如报纸、杂志等。

⑦埃林顿：美国生物学家，与利奥波德共事的朋友。

荒　野

荒野是人类锤炼出来的有文明之冠的人工成品的原材料。

荒野的资源丰富、无可限量，它从来不会拿出同源同质的原材料来给我们，它取之不竭的丰富多样性使得由它而产生的人工制品也呈现出丰富的多样性。这些千差万别的产品便是被我们理解的文化。丰富多彩的世界文化，把作为各种文化起源的荒野多样性和盘托出。

现在，我们面临着两种日益逼近的改变，这在人类历史上前所未有，一是地球上适宜居住的荒野正在渐渐退到消失的边缘；一是由于现代化交通和工业化而产生的世界性文化失去了纯粹的本性而鱼龙混杂。如果我们想阻止这两种改变的发生，无异于螳臂挡车。或许，说不定这正是应该发生的改变，我们根本就不应该去阻止。但是，一个问题出现了，我们有没有远见，尝试采取某种轻微的措施来应对迫在眉睫的改变，使那些濒临丧失的有价值的事物得以保留下来。

对于那些正处于劳动中挥汗如雨的工人来说，那些黏满他们铁砧的未被加工过的生铁碎屑，正是他们要征服的对手，同样的道理，对于拓荒者来说，荒野就是他们即将要征服的对手。但是，歇在一旁的工人，正是这名正在休息的工人，则可以扮演一个临时哲学家的角色，就在他休息的那一刻工夫，他变身哲学家，暂时以哲学家的眼光来观察世界，因而，那些未被加工过的生铁碎屑在他眼里就是无价之宝，是他最喜爱和珍视的东西。那些带有感情色彩的东西赋予他生命的意义和生活内涵。在此，我有一个小小的恳求，留一席之地给这些残存的荒野，用以建立一座自然博物馆，将它们作为珍品收藏起来，这是为了它们履行启迪和教诲的使命，满足后来者的愿望，希望有一天能够通过观看、感受或者研究他们的文化之根。

荒野残痕

构成丰富多彩的美利坚的许多荒野已经瓦解冰消。因此，在我们任何一个可以实际运作的计划中，得以幸存下来的荒野在面积大小以及规模上都存在着很大差别。

活着的人再也没有一饱眼福的运气了，他们再也看不到长茎的离离原上草，那一片在拓荒者的马镫下如波浪起伏的迷人的草原野花海洋。遍寻各处，要是能够找到一片 40 英亩大小的方块地[①]，就足以使我们乐陶陶了。那块 1/4 的土地上长满奇花异草，有上百种植物，非同寻常的美丽简直要亮瞎我们的眼睛。这片土地上丰富的植物品种就连继承了这片土地的主人，也说不出它们是哪个系属哪个科。

不过，那些遍布齐踝的长着短茎草的草原，就是当年韦萨·德·巴卡[②]在野牛肚皮下看见地平线的地方。如今，这里早被绵羊、牛和旱耕的农民糟践得面目全非，只有残存的几处上万英亩大小的地方了。1849 年，大批淘金者涌入加利福尼亚，如果他们的画像值得挂在州议会大厦的墙上，那么，我们不如把他们那非同寻常的逃亡过程作为几个国家草原的兴衰史记录下来。扳起指头数一数，沿海的大草原在佛罗里达占地一块，在德克萨斯占地一块，但如今，它们与其说是被油井、洋葱地以及柑橘林地围绕，不如说是被封闭在越来越狭小的空间里，它们向外界的最后呼唤已经湮没在播种机和推土机的轰鸣声中了。

原始松林和五大湖区已经淡出了历史舞台，海岸平原上的低洼树林或者硬木林正在步其消逝的后尘，现在活着的人恐怕将再也没有运气看到它们了。我们现在只有一个小小的企望，假若有几英亩样品林就已心满意足。不过，现存的还有几个数千英亩规模的枫树和铁杉林区，它们还是人手尚未染指的处女林。此外，还有几处类似的地方，阿巴拉契亚山脉的硬木林、南方的硬木林沼泽、柏属植物沼泽，以及阿迪朗达克的云杉林。这些在横扫原始林地的风暴中幸存下来的林地危在旦夕，总有一天，它们也逃不脱被砍伐的命运，免于被旅游者践踏的林地已经寥寥无几。

位于海岸边的荒野是最先受到损害的，它们以惊人的速度萎缩，迅速地消退到面目全非的地步。开发商建造别墅以及为旅游者开辟的道路，已经将东西两侧荒无人烟的海滨霸占。苏必利尔湖也前景堪忧，眼下它正在失去五大湖区野生海岸线的最后一个湖滨遗迹。找不出哪个荒野是脱离历史而赤裸地存在的，荒野最主要的价值就是它们与历史渊源的紧密联系，现在，也没有哪一片荒野与彻底消失的边缘挨得更近。

在落基山脉以东的北美地区，作为荒野的幸存者，仅有一大片区域存留了下来，这就是奎蒂科——苏必利尔国际公园，这块地盘是介于明尼苏达州和加拿大安大略的边界水域，是一个广阔而优美的泛舟和垂钓的天堂，堪称由众多湖泊与河流交错镶嵌而成的琥珀龙珠，它的大部分区域在加拿大境内，面积雄伟开阔到足以作为加拿大的公园。但是，它的和谐安宁正岌岌可危，有两个危险因素正在向它靠近，这是两个因为发展而形成的威胁。一是装备浮舟的飞机运来了人数超多的垂钓者，使得垂钓度假胜地的规模恶性扩张；另一个危险因素是法律权限的争议，大家为这个地区的尾部争吵不休，即边界水域末端的明尼苏达的归属权，究竟应该全部归属国家森林，还是部分归属州属森林？边界水域随时面临着发电蓄水的危险，或许，这种存在于荒野中令人扼腕叹息的分裂状况，最终收场恐怕就是将权力送到某一个暴发户手中。

在落基山脉附近的诸州中，有二十几个属于国家森林地带，每处森林规模从 10 万 ~ 50 万英亩不等，国家已将这些森林地带作为荒野收回，封闭了通行的道路，酒店旅社关门，一切对森林不利用途的开发利用全部叫停。国家公园的铁腕政策已得到了公众的认同，只是在明确划分归属的问题上还存在模糊不清的界线。总的来说，这些由联邦管理的区域是荒野计划的王牌项目，只是这些记录虽然白纸黑字但并非十拿十稳。地方政府在开发旅游需求的主旋律压力下，被迫像偷儿一样这里截获一块，那里截获一段。此外，还有一个必须面临的常年存在的隐患——森林火灾，必须为防止森林火灾留出足够宽的通道，这些扩建的道路不知不觉地演化成了公众通行的高速公路。闲置的国家资源养护队的营地，也是开发商眼里的一块肥肉，成为新建一些根本用不着的道路难以抵御的诱惑。另外，战争期间由于战事需要导致的木材短缺，也使得许多道路的扩充披上了合法化的外衣。现在，许多山区的滑雪吊索和滑雪旅馆正在热火朝天地大兴土木，他们根本不理会这些地方先前是划定为荒野的范畴。

对荒野的最隐蔽最严重的蚕食方式之一，就是对肉食动物的清剿，步骤如下：从满足对大型猎物管理上的利益出发，将保护区里的狼和狮子全部除掉，于是，大型猎物种群——一般指鹿儿和驯鹿没有了天敌，出现爆发式地急剧增长，很快便使牧场难以承受。这种情况大大地鼓舞了猎人，让他们拿起猎枪前去猎获过剩的猎物。问题来了，当下的猎人懒了，他们不愿意到那些小车不能通行的偏僻地去狩猎，于是，形势需要修建一条猎获过剩猎物的道路，这种事情一而再、再而三地搞，荒野保护区便被肢解得七零八落，而且，肢解还在继续着。

落基山脉的荒野系统覆盖了一个聚宝盆式的森林类型，林木种类几乎应有尽有，从生长在西南部弯弯曲曲的刺柏，到俄勒冈似麦浪滚动的绵延不断的森林。这里一年四季绿意葱茏，唯独缺少的正是像荒漠那样的不毛之地，或许是美学上的审美意识不成熟，人们眼中的“风景”定义只局限于湖泊和松林。

寂寞空旷的加拿大。

未开垦的阿拉斯加处女地啊，
无名的人儿沿着无名的河畔，
游荡、繁衍，
在这奇异的山谷中死去。
深刻的孤独，多么神秘！

这一系列有典型意义的地区，都有足够的资历被存留于世，但很多在经济利用价值上因为微不足道而被忽略和否定。有人认为，大可不必为了这个目的兴师动众去搞一个细致周密的计划，不管怎样，终归有令我们满意的大面积地区幸存下来。果真是这样吗？且慢，等你翻阅完近代的森林历史后，你得承认，那些像麻醉剂一样安抚人心的话，完全是骗子在胡言乱语。即使最后有荒野地区逃脱了劫难，试问，森林里的动物区系情况又如何？那些以森林为家的北美驯鹿，不同品种的山地野绵羊，纯种的森林野牛、荒野灰熊，淡水河里的海豹和鲸鱼，它们甚至现在还在受着朝不保夕的威胁。没有了独特动物区系的荒野地区如同没有色彩的图画，失去了其生命力。最近，刚刚组建的北极研究所正在着手北极荒野工业化，这意味着，将在地球版图上一笔抹去荒野。这是来自遥远的北方的最后呼唤。

我想，没有哪个人可以神机妙算推演出，加拿大和阿拉斯加到底能在多大程度上瞄准机会并准确地把握住自己的机会。那些拓荒者也很滑稽，他是拓荒者，但他却看不起拓荒者希望荒野延续下去的努力。

户外休闲的荒野

在无数个世纪里，为了生计需要而进行的体力格斗被界定为一个经济问题。当这一类体力上的角力消失后，出于为了健康的本能就会带领我们以美学形式的运动和游戏保留下来。

人和野兽之间的角力是一种自然头争，也是一种经济行为。现在，人和野兽的自然斗争形式已悄然转换，变成一种以狩猎和捕鱼的形式而保留下来。

首先，户外休闲活动在公共荒野地区上演的好戏是，使彪悍原始的蛮荒之旅和生存技巧凭借休闲娱乐的通行证，畅通无阻地延续下去。

现在，某些生存技巧的日臻完善而得到了公众的认同和应用，凭借各种形式的媒介广泛传播，个中的细节不仅适宜于美国的各个景区，甚至适宜在世界范围内通行，比如，三五成群地打猎、钓鱼或徒步旅行。

但在众多技巧中，有两种技巧是美国式独有的，就像美国的山核桃树，虽然它们被挪移到了其他地方，到处都有它们在异地生长的仿效货，但它们只有在北美大陆上才会出落得那么美丽。我在这里说的美国式独有技巧，指的是两种户外休闲运动，一是划着独木筏旅行，一是像沙漠里的驼队那样跟随驮马旅行。可惜这两种形式像退潮一样迅速消退了。居住在哈德逊湾的印第安人现在都有了小汽船，而徒步登山的旅行家们都有了福特汽车。即便在不得已的情况下，我们必须依靠独木筏或驮马来完成旅行，但我们心里仍然对拥有小汽船和福特汽车渴望有加，因为前者那种体力消耗形式太累人了。可是，当我们被迫与机械化的替代物一争高下时，对我们这些一心想在荒野旅行中寻找乐子的人来说，会是一个彻头彻尾的败局。无论是划着独木筏将货物送到摩托艇上，还是在夏日旅社的草坪上遛着驮马，都很愚蠢，还不如窝在家里算了。

荒野旅行应该被视为原始艺术的户外休闲方式，尤其对于是划木筏和骑马旅行，荒野地区是首选。

我完全可以猜到，有人会站出来为保留这一类原始艺术的必要性说七道八，但我不会参与到这些辩论中。要么你从骨子里有信心说你了解这种艺术，要么便是你很老了，思想很腐朽了。

欧洲人的狩猎和钓鱼多半没有大陆的这种问题，因为只有在美国，狩猎和钓鱼必须在保留下来的荒野中才能得以实现。而欧洲人从来不在树林里野炊，露营或做其他的事情。他们的杂活儿都是委派给枪手和仆人去干，因此，他们狩猎所带来的，是一种野炊的气氛，而不是拓荒精神，而狩猎技能高低的鉴定，在很大程度上取决于最后获取的猎渔成果。

还有一些人诋毁荒野活动“不民主”，在他们看来，与高尔夫球场或者旅游营地相比，一片荒野对休闲的负荷能力实在太有限了。这种观点错就错在把集约生产的哲学运用到了试图阻止集约生产的范畴中去了。户外休闲的价值不是由简单的阿拉伯数字运算出来的，娱乐的价值是以其经验值来衡量的，也就是说，娱乐与日常生活和工作的迥异程度成正比。用这个基准来衡量，机械化旅游简直就像一杯颜色像牛奶而味道像白水的东西，味如鸡肋，食之无味。

现在，机械化旅游已如洪水猛兽，抢占了 90% 的树林和山区，出于对一部分少数人最后的尊重，我们应该把那 10% 奉献给荒野。

荒野的科研价值

一个有活力的生物体，内部的新陈代谢，吐故纳新，乃是生命机能的自我更新，这种自我更新的能力有一个很阳光的称谓：健康。

由于受到了人类的干预和控制，有两种生物体的新陈代谢过程乱套了。这就是人和土地的非正常作为，一是人类本身，受医疗和公共卫生所庇护；一是土地，受农业生产和资源保护的掌控。

说句老实话，我们在控制土地健康方面的所有努力都是做的无用功，根本没有成效，我们已经很清醒地意识到，当一块土地的肥力明显不足了，或者被冲刷的速度大于了其形成的速度，已经形成旱涝失控的局面时，这就是说，它就像一个人一样，现在是一个生病的患者了。

我们判断事物往往知其然而不知其所以然，看到事物的表面就武断地下结论。比如，我们明明看到了动植物的紊乱征兆，却只停留在现象阶段就事论事，没有打开思路把动植物生病的事实和土地联系起来加以考虑。有些动植物没有明显的征兆，就不明不白地从我们的视野中消失了，虽然我们对它们的呵护尽职尽责。还有些其他的现象，比如害虫肆虐，我们明明下了大力气，仍然控制不了它们。因此，在缺乏简单明了的解释下，我们必须考虑一种可能性，这是土地生物机体出现了疾病的征兆。但是，当动植物的病症来得太频繁时，我们反而屈从了表面现象，把这些问题作为正常的进化事件来看待了。

生病的土地一直都在向我们呼救，直到今天，土地的病症反映了一个事实，即我们对土地的呵护远远不够。土地缺肥了，我们给它洒上肥料就是了，但是，这种做法只是改变了我们放养的动物群和栽培的植物群，我们从来没有深层次地关注过野生动植物群造就土壤的问题。事实上，很多现象都可以使我们从中受到启迪，即动植物群落就是保持土地健康的安全卫士，例如，最近我们发现，烟草和豚草有着奇妙的缘分，在一块种植过豚草的土地上种植烟草，就会长出品质优良的烟草。这种出乎人类思维的相互依赖的生物链条，在大自然中可能广泛地存在着，但我们却浑然不知，而且完全没有用心去琢磨过。

一旦草原上的旱獭、地松鼠或者老鼠繁殖过度，泛滥成灾，我们往往采取的是立竿见影的短平快手法，用毒药把它们弄死，却丝毫没有去找一找深层次的原因，是什么隐藏在动物后面的刺激因素使它们急剧繁殖。我们有一个成见，凡是动物惹出来的麻烦，就认为一定是动物自身的根源。但是，最新的科学发现，有证据表明，啮齿动物的大举入侵正是由于植物群落的衰败而引起的，这才是真正的原因。可是，线索明明在那儿了，却没有人去顺藤摸瓜，循着这条线索追寻真相。

现在，很多林区的局部伴生树木就那么一两棵，而在原始时期，会有三棵或四棵，为什么？想必林业管理人员都知道，问题不在树而在土壤中的微型植物群系。重建一片土壤中的植物群系耗费的时间，比起摧毁它的时间要长得多。

很多保护主义的处理方式也是很浮夸，喜欢做表面文章，肤浅得很。控制洪水的堤坝与洪水泛滥并没有必然联系，但人们喜欢把检修重点放在拦沙坝和滑坡上，而不触及洪水泛滥的原因。保护区和孵化场是为了保证猎物和鱼儿的供应，但并不能解决市场供应紧缺的根源问题。

这些迹象都指向了一个事实，土地正如人体，病症往往表现在某一器官，而病因却蛰伏在另一器官。我们现在闹哄哄地嚷着在进行实践性的保护性措施，其实都是头痛医头，脚痛医脚，解决局部的痛点。当然这也是必要的，能缓解却不能治愈，二者还是有根本性的区别。现在，土地医疗艺术正在热火朝天地进行着，而土地健康的科学还在娘胎里没有生出来。

建立一门土地健康的科学，不是一句空话，最扎实的第一步就是需要一份常规的基础数据资料，还要有一幅可供视觉理解的图画，说明土地如何像一个生物体一样维持着自身的健康。关于这点，我们有两个可供参照的标准来支持：第一个标准，即某一个地方虽然已经被人类侵入并盘踞了数个世纪，但是这片土地的大致生理机能还是良好的，没有衰退的迹象，我手头就有一个现成的范本，这个地方在欧洲东北部，这很值得我们对它研究一番。

第二个标准，这也是最完美的范例，那便是荒野。从古生物学提供的丰富证据表明，在极其漫长的岁月里，荒野有无限的机体能力维持其自身的存在，它所拥有的物种，鲜有流失的现象，即便有意外的流失，也不会伤它的元气，它绝对不会失控。气候和水建造土壤的速度与土壤流失的速度相等，前者或许比后者更快一些。因此，荒野作为一个土地健康的研究实验室，它的重要性远远超出我们的预料。

我们不可能在南美洲的亚马孙研究美国西北部蒙大拿的土地机能，每一个生态组合区都是独一无二的，它都有一块自身的荒野来进行使用过和未使用的土地之间的比较研究。而且，我们的觉悟也晚了点，来不及抢救比一个失去平衡的荒野以外的更多东西，这些残留的区域面积也太小了点，所以根本无法期望能反映它们的常规数据。即便是国家公园，面积也不过一百万英亩大小，远远说不上广阔，不足以庇护那些我们希望挽留的大型肉食动物，使它们与那些家畜散播的动物疾病隔离开来。黄石公园中的狼和美洲狮被猎杀得一只不剩，失去天敌的驯鹿无法无天地毁灭了那里的植物区系，尤其是冬季牧场的损毁，简直惨不忍睹，这还不算，更为雪上加霜的是，由于疾病猖獗，大灰熊和加拿大盘羊数量锐减。

当巨大的荒野出现局部失调时，杰·伊·韦弗竟在几英亩的荒野地区内，发现草原植物区系坚韧的耐旱性远比农艺植物区系强得多的原因。韦弗获知这个秘密原来藏在地下，大草原的植物根系有庞大的“地下团队”，它们在地下的团队合作无往而不胜，它们的根部无所不及，延伸到任何可能到达的土壤层次，而在农业经济中轮番种植的那些植物根系则只能在一个层次上延伸，有时甚至朝着一个层次像身体透支了一样地伸展，完全忽略了另一个层次，由于成年累月的铢积寸累，亏空出现了。于是，韦弗的研究报告不是单纯的植物区系问题，而是揭示了一个很值得我们重视的农业经济学理论。

此外，我们发现在托格瑞狄克，只需要在几英亩的荒野中就能发现一个支持上述理论的事实。在熟耕的田野里落地生根的松树，远不及在未开发的荒野中生长的松树那样高大粗壮，二者相比，前者显得弱不禁风，而后者却经得起狂风摇撼。而后者的根部恰恰是依附于旧有的树根，向着土壤深处伸展，一直将根系扎进土壤的更深处。

通常来说，我们确实有点束手无策，不知道如何才能搞到一块健康的土地，除非我们手上有一块现成的荒野，正好与一块生病的土壤来一个对比。从那些深入西南部的早期旅行家口中，我们得知那时的山区河流清澈如镜，但我们怀疑他们可能在最巧的季节里碰到了意想不到的视觉盛宴，于是天时地利都齐了。因此，从事防治水土流失的工程师们一直苦于找不到可供对照的基本数据，除非他们也有好运气，能够发现奇瓦瓦的马德雷山脉那条清澈如镜的河流。

出于对印第安人的恐惧，没人敢在这里放牧，即使在最坏的情况下，这里的河水也只是呈现出淡淡的乳白色，不至于浑浊到在水里的鳟鱼觅食辨不出鱼饵，河岸的水边覆盖着莓苔。在亚利桑那和新墨西哥，类似这样的河流大多数遍布砾石碎片，别奢望看到土壤和树木，就连青苔也不见踪影。必须考虑建立一个国际性的试验基地，保留和研究马德雷山脉荒野，以此作为边界两旁生病土地的治疗，这对睦邻之间的区域是一件利好的事业。

简而言之，一切现存的荒野，无论是一大片还是鸡零狗碎的东一小块西一小块，都具有与研究土地科学相应的价值。就研究土地科学的根据，休闲娱乐谈不上是它的唯一用途，也不是它的首选用途。

野生动物的荒野

国家公园作为大型食肉动物的中介，承载能力显得力不从心。灰熊濒临灭绝的生存状况已经让我们看到了一个事实，公园系统中的狼群已经悲惨地绝迹了。无狼区使得加拿大盘羊呈爆发式增长，大量繁殖的盘羊风卷残云般地吃光了公园绿地所有的植物，但仍然无法满足它们的生存需要，由于饥饿，盘羊的数量直线跌落。

在某些情况下，其原因是很清楚的，而在另一方面却又很模糊。对于狼这种善于奔跑几个小时的狂野物种来说，一座公园显得有弹丸之地之嫌。目前我们还没有弄清楚什么原因，为什么很多动物物种都不能在一个孤立的环境中繁衍兴旺。

从目前的情况来看，扩大野生动物群的区域最切实可行的办法，是将国家公园的森林地带——也就是公园外围那些地区，那些荒凉的地方，划为野生动物的领地，作为那些濒临灭绝的野生动物最后的栖息地。即便这样，国家公园仍然没有在这片最后的安身之所里起到野生动物庇护所的作用，比如说，灰熊并没有幸存下来。

1909 年，我第一次来到西部时，发现每一处山脉中那些相对集中的地方，都有大灰熊出没，就算在这片区域内旅行几个月，逛来逛去都不会碰到一位资源保护官。而现在呢，几乎“每一簇树丛背后”都有一位资源保护官藏身其后，这说明，我们的野生动物管理机构在日益壮大，而我们的大部分哺乳动物却在朝着加拿大边境节节退却，这真是咄咄怪事。官方报道说在美国幸存下来的 6000 只大灰熊，现在有 5000 只在阿拉斯加，其余还有几百只零星地分布在美国的 5 个州，谢天谢地，还有那么 5 个州还能看到几只灰熊的踪迹。假设大灰熊能在加拉斯加和加拿大幸存下来，或许是最好的结局。但我并不对这个假设抱乐观的看法，恰恰相反，我认为这个假设的危险因素很高，因为在加拉斯加生长的大灰熊是一个独特的品种。把灰熊放逐到阿拉斯加，等于把幸福还给了天堂，那个地方你可能永远去不了。

拯救大灰熊的唯一出路是需要一大片荒无人烟和家畜的区域，或在一大片家畜遭到损失后能得到补偿的区域。其实办法就在眼前，买下那些散养家畜的牧场，这类地区就建立起来了，这是一条唯一的途径。虽然大权在握的当局有意愿购买并交换土地，但自然资源保护部门却没有一拍即合的态度。据说，国家林业局在蒙大拿建立了一个灰熊养殖场，但他们又在犹他州山区反其道而行之，大力提倡绵羊养殖业。其实，后一片区域才是大灰熊在这个州真正的避难所。

有一个概念需要弄清楚，永久的灰熊保护区和永久的荒野区，这是同一个问题的两种名称。不管你是灰熊保护区的积极拥护者还是荒野保护区域的支持者，你都要需要有保护主义的远见，以及一种对历史的展望。只有有缘看见进化奇观的人，才能估计到并尊重上演这出奇观的剧院——荒野，或者这种奇观的杰出成就——大灰熊。或者，如果我们的教育真正实现了教育的目的，必然会有更多的人觉悟，老西部那荒凉的土地上的残骸给新西部带来的意义和价值。那些现在还没生出来的年轻一代会跟刘易斯③、克拉克④同乘一只独木筏，在密西西比河上畅游，或者和詹姆斯·卡彭·亚当斯一道攀登塞拉山，但不管哪一代人，都会问一个绕不过去的问题："大灰熊哪儿去了？"如果我们的回答是在那些资源保护主义者掉以轻心的时候，它们死绝了，这叫人多么扫兴和悲哀。

谁是荒野的保卫者

作为一种资源，荒野资源一旦减少就不可能再生。入侵可以在某种情况下以某种方式加以遏止或减弱，给荒野一个喘息的机会，使其能够修复到可以为休闲、为科学、为野生动植物所用的能力。然而，我们不得不承认一个事实，从总体意义上来说，创建一个新的荒野的所有努力只能等于零。

由此可见，我们的任何一个针对荒野的计划都是马后炮，尽管它们节节退却，眼看已无路可退了。1953 年，觉醒的我们成立了荒野协会，意在拯救美国尚存的荒野残迹。

但这一个团体的力量未免太势单力薄了，一个协会远远不能肩负起这副重任，除非所有的保护机构都发力，每个机构都有一些具有荒野头脑的有识之士，要不然，入侵行动已大举完成了，协会还一头雾水不知道发生了什么事。此外，还需要有民间力量参与进来，那些有保护荒野意识的激进市民，也应该高度关注全国的动向，以便在紧急关头振臂一呼。

在欧洲，荒野已经溃退到喀尔巴阡山和西伯利亚，一切有思想的自然资源保护论者，都应该为荒野的节节败退捶胸顿足。在英国，土地是上了档次的奢侈品，因此比起任何一个文明国家都要少，但如果为了拯救哪怕是几个半荒野状态的运动，哪怕是运动来得蜗行牛步，那里也会是一片生机。

说穿了，我们对荒野文化价值的审视，归根结底是一个悟性上有没有谦卑态度的问题。一些肤浅之辈，一些丧失了在这片土地上的根基的人，却以为他们有了前所未有的重大发现——他们狂热而不分昼夜地谈论着政治、经济，谈论着这个在他们幻想中构筑起来的海市蜃楼般的政商权力会像帝国的权力一样会载入史册。而只有对全部历史有真正了解的人才知道，历史是由单独的一个起点出发，始于这个起点，又重归这个起点，唯有真正的学者才能理解，在它周而复始的短途旅行中不断累积，以便开启下一次具有永恒价值观的探索旅程。唯有理解了未开垦的荒野才是赋予人类事业进步以内涵和意义的人，才是货真价实的学者。

【注释】

①40 英亩方块地：美国宅地法中规定的基本单位，作为划分土地使用，一个方块 160 英亩，40 英亩即为 1/4。

②韦萨·德·巴卡：（1500—1564 年），文艺复兴时期著名的西班牙探险家，1536 年，巴卡来到美国德克萨斯州的“着魔岩”探险，是第一个爬上“着魔岩”的欧洲人。

③刘易斯：（1774—1809 年），美国探险家。

④克拉克：（1770—1838 年），苏格兰裔美国探险家，美国革命形象乔治·罗杰斯·克拉克的弟弟。1804 年 3 月，刘易斯和克拉克受杰斐逊总统之命，率队勘探前往太平洋的路线，是美国首次横穿大陆抵太平洋沿岸的往返考察活动，他们的探险起点是密苏里州，于 1806 年 9 月返回。

土地伦理

特洛伊战争造就了英雄奥德修斯[①]，这个尊贵的伊塔卡岛之王从特洛伊战争[②]凯旋后，处决了家中的12个婢女。这些婢女的罪名是：行为不端。其实奥德修斯并没有确凿的证据，他只是怀疑她们在他离家期间红杏出墙。

这种处置到底量刑是否适当，并没有人来评论，因为那些婢女只是奥德修斯的财产而已，个人手头上的东西，爱怎么处置就怎么处置，只要财产主人舍得丢弃，管他是对是错。

在奥德修斯生活的古希腊时代，关于对错的概念还是有的，而且不少：当奥德修斯那标志性的黑色船头的船队劈开像葡萄酒一样的红色海浪朝着家园急驶的时候，他的美貌如花的妻子经受住了漫长岁月的煎熬，始终如一地保持了忠贞，这便是一个明证。但那个时代的伦理结构只在夫妻之间生效，并没有人性化地延伸到奴婢身上。自那以后的3000多年里，道德标准迂回前行已经延伸到了很多行为领域，但削减和保留的衡量标准以利害关系而定，还是那句话，管他是对还是错。

伦理的演化历程

这种迄今为止还只是在哲学家们参与研究的伦理学扩展过程，实际上是一个生态演变过程。伦理化的演变顺序有两种表达方式，既可以用生态学的术语来描述，也可以用哲学语言来描述。生态学观点认为伦理的内涵就是限制或规范为生存而斗争的行为自由，而从哲学观点来看，伦理是对社会行为和反社会行为之间差别的一把量尺。这是同一事物的两种定义方式。各种相互依存的个人和群体，倾向于在相互合作的演化中共同受益，这一点是有渊源可追溯的，生态学家将这个现象称为“共生”。而政治学和经济学则将这种共生现象提高了一个层次，它之所以上了一个层次，是因为它的兼收并蓄，带有伦理含义的合作运行方式取代了暗含在政治学和经济学中最早的那部分自由竞争机制。

随着人口密度的增长，以及工具效率的提高，这种运行方式日趋复杂。例如，在古乳齿象时期[3]，要将石头和棍棒定义为反社会行为，要比在发动机时代给子弹和广告定义的准则简单得多。

最初的伦理观念是用于处理人与人之间关系的，这在“摩西十诫[4]”中表达得很充分。在后来的伦理观念中，逐渐增添了处理个人与社会之间关系的内容。这些规矩无非想达成一个结果，力图使个人融入社会，而民主政治则力图使社会融入个人。

迄今为止，我们还没有看到一部关于处理人与土地关系、人与动植物之间关系的伦理观，因此，土地就跟奥德修斯的婢女一样，只是一种财产。人与土地的关系就是彻头彻尾的经济利益关系，人掌握着控制财产的所有特权，而无须尽任何义务。

如果我对这种关系的理解是正确的，那么，伦理作为进军人类环境中的第三要素的延伸，势在必行，而且必须成为一种进化中的可能性和生态必然性，在伦理排行中，这是第三步骤，前两个步骤已经实现。自以西结[5]和但以理[6]时代以来，一些思想家就预言说，掠夺土地的行为非但不明智，而且是错误的。但是当时的社会还未建立起这样的信仰，我且把今天的资源保护主义视为确定这种信仰的萌芽。

作为一种认识各种生态情势需求的指导模式，伦理当之无愧，它是那样新奇而丰富，甚而扑朔迷离，明显的延迟效应使我们不得不咀嚼一番后才能理解，一般的个人很难分辨寻求社会性对策路径。动物的本能是个体认知新奇复杂状况的指导模式，而伦理发挥的则是一种提纲挈领的作用，体现的是在发展中的群体本能。

何谓群体的概念

迄今为止，各种伦理的发展都不能逾越一个前提，个人是各个组成部分相互依赖的共同体成员。他的本能使他“宁可我负天下人，不可天下人负我”，为了生存的需求，他的本能促使他在群体中为了获取自己期望的地位去争斗，而他的伦理观念则使他运用理智的作用，促使他跟群体中的其他成员共同合作，或者，这种群体的合作是为了营造一个求得自身利益更大化的竞争环境。

土地伦理把这个群体概念的外延扩展到了土壤、水、植物、动物，凡自然界的所有生物，无所不入其囊。或许，我们可以把这些要素简约化，统称为：土地。

这听起来似乎简单得很，我们早就在热情讴歌对自由土地和美丽家园的赞美，大声表达我们勇敢的爱和责任。不错，这确实也是事实，问题出在爱的对象和目的是什么？爱的何物何人？我们爱的当然不是土壤；我们爱的当然不是水，水这玩意，除了对转动涡轮有用，可以托起驳船和排除污水以外，还能做什么？我们爱的当然也不是植物，我们对它们提不起精神，就算它们在我们眼皮子底下消失殆尽，也不算个啥；我们爱的当然也不是动物，我们早已用诡计将那些最大的、最美丽的物种杀绝了。当我们改造资源、宰割、管理和使用时，土地伦理根本阻止不了我们。土地伦理虽然管不了我们，却无法抹杀它客观上的存在，而且还要继续存在下去，至少在某些方面，它在自然状态下继续存在下去的权利不容置疑。

简单来说，土地伦理的使命就是要将人类在“土地—群体”中的征服者角色转换成平等者，转变成“土地—群体”中的普通一员，这意味着尊重的普世性，尊重这个群体中的每一位公民，也体现着对这个群体本身的尊重。

翻开人类历史，我们清楚地知道（我希望我们已经知道），征服者没有哪一个有好下场，最终都是自掘坟墓。为什么会是这样的呢？道理很简单，征服者的角色中有一层藏头露尾的含义，即权威，也就是说，在一个群体中，只有他才知晓群体如何运转，群体中哪些人或哪些东西是有价值的，哪些人或哪些东西一钱不值。但事实证明，他其实就是个睁眼瞎，啥也不知道，结果呢？当然输给了他自己，他的征服最终败在了自己的征服。

并不是只有人类才有这些事情，类似的情况在生物群落中普遍存在。亚伯拉罕[⑦]对土地的含义再清楚不过了，流着奶与蜜的土地是上帝应许的产业。可是今天，我们粗暴地对待土地的态度和观点，比起我们所受的教育程度相去甚远。

眼下，普通民众坚信不疑地认为，科学家们一定知道是什么在使群体运转，但科学家们实实在在地说，他们根本不知道。科学家们比那些普通民众更懂生物系统为何物，但它是那样深奥而复杂，不可捉摸，他们根本不可能而且永远也弄不清楚它是如何运转的。

历史通过生态学的阐释，给我们说得再清楚不过了，事实上，人类就是生物群落中的一员。迄今为止，人类奋斗的进取精神写就了许多历史事件，再往深里说，历史事件其实就是人与土地相互作用发生的主要原因。土地的特性是一个至关重要的因素，它可以决定事件的发生，它的特性对居住其上的人的特性也有举足轻重的作用。

为了验证这个结论，我们不妨看看生活在密西西比河流域的居民，在独立战争后的那些年代，3 个群体在密西西比河流域争霸，这三霸是印第安土著、法国和英国的贸易商以及美国的拓荒者。历史学家很想知道，在当时三足鼎立的局面下，假如当初在底特律的英国人对天平一端的印第安人稍稍给一点力，将会发现什么样的结果？要知道，正是这种三足鼎立的背景决定了殖民地居民进入了肯塔基的野藤地。现在，我们可以平心静气地考虑一个事实：在那片野藤地上，拓荒者的牛、犁、篝火和斧子尽显霸气，不可一世地代表了各种征服力量。于是，野藤地变成了蓝草地。如果在这片黑暗和遍布血污的土地上，在拓荒者的影响下那些原生植物演替，带给我们失望的盛宴，满地是无用的野藤、矮树丛或者杂草，那该是个什么情景？布恩和肯顿还守得住这一方土地吗？一波又一波的移民会蜂拥到俄亥俄、印第安纳、伊利诺伊和密苏里吗？还会发生美国掏腰包买下路易斯安那[8]的交易吗？还会有横贯新大陆路的联盟吗？美国内战还打得起来吗？

在美国这段戏剧化的历史上，肯塔基只是戏剧中的一句台词，所占篇幅极少。我们会被告知，人类演员在这出戏剧中试图干什么，但我们却无法知晓结果。他们最终的成败取决于各自占有的土地，以及他们的生产方式使土地奉献给他们的回馈。在肯塔基的案例中，我们真还搞不清楚那些蓝草是从哪儿来的，它们究竟是本地物种。或者是来自欧洲的越境者？

后来，我们终于知道了真相，西南部地区与野藤地区有着天壤之别。西南部的拓荒者勇敢而充满智慧，意志坚忍，但移民的这些优秀品质并没有带来蓝草，也没有带来经得起摔打的其他植物。过度的放牧使这里有了越来越多的入侵者，毫无价值的野草和矮树丛占据了这里，使这儿转回到一种不稳定的均势。每一次植物种类的衰亡都会惹一场土壤流失的祸，而每一次入侵，又会引起植物进一步的衰亡。就是我们看到的今天这个结果：别说单是植物和土壤，就连生存其上的动物群落也开始步其后尘，逐步开始退化了。这个问题实在出乎早期拓荒者的预料：在新墨西哥，有人大挖沟壕来加速这种局势的恶化。环境局势的恶化来得悄无声息，整个过程微妙而复杂，细微得没有人意识到灾难正在靠近。旅行者们，更是视而不见，他们完全沉醉于眼前美丽的景色之中了，这些被毁坏的景色依然色彩绚丽，充满迷人的魅力。

而事实上，比起 1848 年[9]的当地景色，逊色多了。

相同的景观曾一度被“开发”过，但由此带来的却是迥然各异的结果。普布洛印第安人在哥伦布发现新大陆前就是西南部的土著，他们并不是从事草原放牧的部族，他们的文明死了，但并非是土地恶化之过。

在印度，人们在那些还没有形成草甸的不毛之地定居下来，显然，他们不存在破坏土地一说，他们用简单易行的办法给牛带来了青草，没有采取不道德的手段跟自然对着干。这抛给了我一个疑问，他们的做法是老谋深算，还是运气使然？

总而言之，植物的演替把握着历史的进程，拓荒者不过证明了一点，不管这种演进是好心还是恶意，植物就是在土地之上进行着它永不谢幕的演替。历史学是不是正在讲授的这种精神？我想，只有当“土地—群体”作为一个概念深刻地融入人类的理智中时，它才会以这种精神被传播着。

生态良知

自然资源保护的精髓是人与土地之间的和谐发展。在一个世纪的孕育中，关于资源保护的宣传不可能毫无交待，只是成就不尽如人意，进展如蜗牛般缓慢。我们看似取得了进步，实则只是一种停留于纸面上的虔诚和大会上慷慨的演讲。在过去的 40 年里，我们在每前进一步的同时就会向后退两步。

如何才能打破这种尴尬的局面，走出困境？我们应采取的好办法就是：大力开展更多的资源保护教育。不错，没有人怀疑这个办法是错的。可是，难道我们仅仅需要的就是加大教育的分量吗？这个内容似乎缺少了一些什么。

如果要高度凝练地对教育来一个准确的概括，绝非易事。但根据我个人的理解，应该是这样的：遵纪守法；行使选举权；参加某些专业化的团体，并在你的土地上实践有益于资源保护的善事，以兹证明资源保护是一项有利可图的事业。其余的事，则交由政府去做好了。

我的这个经验模式是不是太简单了点，以至于无法判断是否有任何价值目标？它完全没有明细条规，诸如分清错误与正确的界线，也没有提出任何义务，也不要求做出任何牺牲，这等于说在流行的价值论上没有发生任何改变。就土地的利用而言，它所倡导的只是以冠冕堂皇的理由为外衣的利己主义。这样的教育会把我们引到哪条路上去？或许，下面的例子可以做出部分回答。

1930 年，除了那些对生态学抱以顽固的无知态度的人以外，几乎所有的人都清醒地看到了一个事实：威斯康星西南部的地表土壤正在向海洋流失。1933 年，农场主被告之，如果他们能够连续 5 年毫不懈怠地进行补救措施，政府会派出国家资源保护队前来助阵，并且为他们免费提供必要的机器和材料。这项提议当时被广泛接受，可是，5 年合同期满之后，情况大变，合同早已被遗忘。对农场主们来说，只有那些能够看到立竿见影的经济效益的措施才值得他们热烈的拥护和实施。

这些举措的失败却孵化出了一个想法，把制定规则的自由交给农场主们去做，这样，他们会更容易懂。于是，1937 年，威斯康星的立法机构通过了土壤保护区法令，实际上是对农场主们摊牌：

“您有权对土地利用制定使用规则，政府将为您免费提供技术服务，以及您所需要的专门机械和材料贷款。每个郡县都可自行制定相应的规则，这些规则一概具有法律效力。”

这样的告示反响巨大，几乎所有的郡县都做出了响应，接受了政府的提议和给予的资助，可是，这个有利可图的推行只有短短的 10 年。在这 10 年当中，没有一个郡县制定属于自己的规则。当然，在这个推行过程中也有积极的一面，比如条播、牧场更新、土壤灰化等，但是纰漏也有，没有在林地边插设栅栏禁止放牧，也没有将耕牛和犁头赶出陡坡。说到底，农场主挑肥拣瘦，只选择那些对自己有利可图的补救措施，那些对群体有利而对他们没有利的措施，一律装聋作哑，根本不予考虑。

如果有人质疑，为什么不制定出规则来，他们会对答如流：公众还没有考虑好支持这些规则的准备，在制定规则之前，应该教育先行。实际上，在进行教育的过程中，只有那些心口相传的利己成分深入了人心，而对土地的义务却没有人提及。这些投机分子的行为导致了一个后果，我们的教育越普及，我们的土壤和健康的树林就越少，这也给了洪水一个放肆的机会，洪灾频频造访，就像1937年那样[10]。

这种形势下令人困惑的地方是：剔除那些出于私利以外所存在的义务，就是捐助改善道路、学校、教堂，还有棒球队的这一类事情。问题是，改善水土环境和保护美丽的农场景观和生物多样性方面，相关的义务却磕磕碰碰，没有哪个把这事放在心上，也从不曾认真严肃地讨论过。使用土地的伦理观念大张旗鼓地受制于经济上的利己主义，这就是一个世纪以前的伦理观念的翻版。

总而言之，我们希望农场主们以保全其土壤而尽力所能及之责，而他们所做的事情也就那么一点，并且仅仅是那一点。某位农民大刀阔斧地砍伐了山坡上75%的林地，把他的牛群放养到林间空地上，任由雨水将石块和土壤冲刷进从山间流下的清澈小溪里。这位农场主（如果他没有其他污点）本来是社会上受人尊重的人。如果他向田里撒石灰，并采用等高线种植庄稼，他就会按照法定条款享受土壤保护法的所有特权和补贴。这个法令是体面的社会机器中的组成部分，却因为自身的两个汽缸而患上了哮喘病，整日被呛得气喘吁吁。我们胆小如鼠，又急功近利，从来都是半遮半掩地告诉农民们要尽义务，却没有把义务的真正意义给他们说清楚。他们对义务一知半解，缺乏觉悟，在没有良知的情况下，号召他们尽义务只是一句空话。现在我们需要考虑的当务之急，是要把社会良知从人的觉悟延伸到土地。

当我们对土地的忠诚度、感情以及信念上都还流于形式，缺乏真正的内在改变，那么，在伦理学上就不会发生重大变化。事实证明，自然资源保护对这些最基本的品行还没有触及，这个证据就是：它们在哲学和宗教上还没有一席之地，我们试图用简单的方式来诠释自然资源保护，结果却将它降格到一文不名的边缘。

土地伦理的托词

当历史的逻辑对面包望眼欲穿时，我们却给它一块石头，并花言巧语地告诉它，这块石头和面包有多么相似。现在，我就来描述一下那些代替了土地伦理偷换了概念的石头。

当一个资源保护体系被完全建立在以经济动机为出发点的基础上时，它的弱点便暴露无遗，即土地共同体中的大部分成员都不具有经济价值。野花和鸣禽可以说明这个问题，在威斯康星，当地的 2.2 万种高等动植物中，能不能数得出 5% 的动植物可以用于出售、食用，或用作其他经济用途，很值得怀疑。然而，在这个生物共同体中，倘或这一生物群落的稳定性必须依赖于它的整体性，那么，这些生物就有资格活下去。

当没有经济价值的某些种类遭到灭绝的威胁时，而我们又恰恰喜欢它，我们就会为它的存在编织一些华丽的托词，给它戴上一顶具有重要经济价值的高帽。

20 世纪初，人们预料到黄莺可能会灭绝，于是，鸟类学家大声疾呼，提出了保护鸟类的营救措施，他们炮制出使人震惊的某些证据，说明一旦它们消失，没有了天敌的昆虫就会无法无天，到头来，我们都会沦为昆虫的腹中餐。他们站出来说话是为了使拯救鸟儿的措施产生效应，因而不得不造假，将鸟儿的存在与经济利益挂上钩。

今天，当我们读到这些塞了造假数据的托词时，不禁痛苦万分，我们还没有发展出成熟的土地伦理观，但至少我们在朝着这个方向迈进，我们必须承认一个观点：不管鸟儿有没有经济价值，它是有权利继续存在下去的。

类似的情况在食肉的哺乳动物中也存在，比如猛禽类和食鱼鸟类。曾几何时，生物学家极力热捧这样的证据：这些生物为了保持种群的健康，不惜杀死弱小的动物；或者，它们控制了啮齿动物对庄稼的祸害，帮了农民；再或者，它们吃掉的都是那些一钱不值的物种。这再次表明，证据必须跟经济价值挂钩，否则就是白活忙。只是在最近几年里，我们终于听到了比较坦率的观点，肉食动物同样也是群落里的一员，任何人都没有权利为了自身的某种利益而将它们杀绝，不管你消灭它的理由是杜撰出来的，还是真实存在的。不幸得很，这种诚实而有见地的观念现在还停留在纸上谈兵的阶段。而在野外，如何灭绝肉食动物的方案正在热火朝天地讨论着：在国会法令，自然资源保护局，以及很多州立法机关的默许下，野外的灰狼就在我们的眼皮子底下被赶尽杀绝了。

某些树种，由于它们生长缓慢，比起其他木料的收益，由于物价部门的沽价低廉，它们被有经济头脑的林业人员从森林国籍册上一笔勾销。被开除森林国籍的有：白杉木、北美落叶松、柏树、山毛榉以及铁杉。欧洲的林业观念比起我们是超前的，他们是站在生态学的角度看待被我们赶出森林的树种，因为那些非商业化的树种其实也是当地森林群落中的组成部分，因此它们受到了合理化的保护。此外，人们还有一个发现，某些树种——比如山毛榉，在增强土壤肥力方面有非同一般的作用。在欧洲人的观念里，森林与各种不同的树种之间，构成了它们相互依存的内在联系；地表植物与动物之间也存在相互依存的内在联系。

有些物种缺乏经济价值的特点值得思考，这种特点不仅反映在生物物种或者动物群落当中，有时候还是整个生物群落的特点，比如沼泽地、泥淖、沙丘以及沙漠。处理这种问题时，根据以往经验，凡是呈现这种特点的群落都会被我们划入政府的保护范围内，政府接管过去以后把它们作为名胜或园林遗迹保护起来。但当我们将这些经验付诸实施时，却遇到了不小的阻力，这些生物群落往往不是孤立地待在一个地方，在它们生长的领地上东一小块西一小块地混杂着一些私人土地，如果我们要对这些群落采取相应的保护措施，事情就很难办了，因为在私人领地上种植着经济价值较高的植物，政府无权征收或控制。因此，我们只能绝望地看着这些群落大面积地消失。如果那些私人领地的所有者具有足够的生态意识的话，他们会很体面地成为这类区域的合理化监管人，这类区域会给他的农场或社区添上不可复制的美丽景色。

在对待这类土地上，有些奇谈怪论说这些荒僻地带都是“无用之地”，认为它们无利可图，其实这种看法是错误的。但这种错误观念往往左右着人们的行动，等到我们毁掉了大部分土地之后，这才恍然大悟自己做错了。一个最合适的例子便是，人们现在争先恐后地朝麝鼠沼泽地放水。

自然资源保护中一个非常明显的倾向就是，要让政府来包打包唱到底，那些私人土地所有者没有做到而又必须做到的事情，一股脑全部推给政府。这些推到政府身上的活，比如支配、经营权、补助金或监督管理，现在已经广泛运用于林业、牧场管理、土壤和流域管理、公园和荒野保护、渔业以及候鸟管理，这种趋势还在发展，将扩大到更多领域。这种政府性的自然资源保护大部分都很适当，合乎逻辑，虽然也有瑕疵，但不可避免。我并不是说，我对这个持反对意见，我是说，我大半生的时间都在为它工作，虽说如此，还是有质疑声出现，这种事业的最终目的是什么？征收税款得来的那点钱是否能承载各个部门的正常运转？我们应该怎样评估政府的自然资源保护工作，它会不会像乳齿象一样，由于本身体积庞大而臃肿得走不动路？如果有什么答案的话，答案应该是借助土地伦理或者其他力量，分派给那些私人土地拥有者更多的义务。

工业社会的土地拥有者和使用者，特别是伐木业主和畜牧业主，普遍对政府扩大土地所有权和管理权法怀有强烈的不满，同时，也隐约可见他们的微妙倾向，他们很愿意在他们的土地上，采取一些自发性的保护措施。

当私有土地拥有者被要求奉献一己之力去做一些公益性事业时，这些事情只对社会有利而他本人却无利可图时，他们会耸耸肩或摊摊手，表示拒绝，大不了拍拍巴掌给一个象征性的赞同罢了。当然，如果做这些事要他掏腰包，他为了护住自己的钞票而表示抵触，倒也情有可原，但如果做这些事并不需要他掏一毛钱，只需要开明的远见和富余的时间，他们再顾左右而言他，将义务拒之千里，这个态度就很值得争议了。最近几年，投入到土地利用的补贴一再翻番，大幅度增长，很大程度上应该归咎于政府为自然保护资源设立的那些繁杂的机构，国土局，农学院，以及技术推广服务机构。根据我的观察判断，这些名义上的教育机构从未对土地伦理的义务说过一句话。

总而言之，一个孤立的以经济和利己主义为基础的资源保护体系是没啥盼头的，它的片面性决定了它的平衡会出现问题，它会趋向于忽视并最终连根拔起土地群落中那些缺乏商业价值的根，而被他们根除的这些要素正是我们所知道的使土地健康运转的基础成分。假如我们来一个设想，生物链中那些具有经济价值的部件，可以在缺失了没有经济价值的部件的情况下，照常运转，我认为这是不可能的。这个体系倾向于由政府来包干，结果政府在实施的时候由于功能过于庞大，过于复杂和琐碎，甚至过于分散而力不从心。

在这种情况下，只有一个办法可以让这个问题迎刃而解，那就是让土地私有者负起一部分土地伦理责任。

土地金字塔

当我们实施补救和指导土地经济关系的伦理观的时候，需要我们运用智力上的想象力，把土地实践想象为一种生物结构。也就是说，只有当我们对某种事物的理解有了形象的感受，能够看到它、感觉到它的存在，了解并热爱它，或者对它赋予信任，这时我们才有底气说，我们是有道德观的。

一般情况下，自然资源保护教育所使用的观念是“自然生态平衡”。由于各种一言难尽的原因，这种比喻手法很难精确地说清楚我们对土地结构现状在了解上的贫乏。生态学上存在的最接近事实的真实观念就是它的土地象征形式，名曰“生物金字塔”。现在，我们的第一堂课就是讲解这种被视为土地象征的金字塔，然后再论述它在土地使用角度方面给我们的启示。

植物从阳光中吸收能量，这些能量在一个被称为生物区系的环形通道中有序地往复循环，我们姑且用一个由多层次组成的金字塔来表示。金字塔的最底层是土壤，其上是植物层，植物生长在土壤层上，昆虫寄居在植物之上，鸣禽和啮齿动物又栖息在昆虫之上，依此类推，我们看到了金字塔的雏形，不同动物群体通过不同的方式层层叠叠排列，直至金字塔的最高层，而处于顶层的动物群体是由肉食动物组成的。

同一层次上的物种具有共同之处，当然，这种共同之处并非指它们的来源，栖息在何处，也不是它们的外貌多么相似，而在于它们共同的食物源是什么。一个很有规律的现象就是，鳞次栉比的生物链都是以下一层为食，它们依赖下一层提供食物和其他服务；反之，每一层次又为它上面的层次服务，提供食物和其他服务。就这样层层叠加向上推进，随着层次的升高，物种的数量都会大幅下降。因此，每一只肉食动物的生命都是建立在成百上千的捕食对象之上的，而下一层的捕食者则需要数以万计的动物为捕食对象，再下一层的猎物所捕食的对象，则需要以几百万计的昆虫，而昆虫又猎食不计其数的植物。这就是金字塔生态体系，一目了然地反映了这个系统中从最顶端到最底层的数量上的增长。而中间层则是人类与熊、浣熊、松鼠共享的层次，它们既吃肉，也吃植物。

这是一条提供食物或服务的线路，我们称这种彼此相互依赖的关系为食物链。因此，最初的“土壤—橡树—鹿—印第安人”组成的食物链，现在转化成了另一条食物链，这就是“土壤—玉米—牛—农民”。客观地说，每一个物种，包括我们自身在内，都是这个庞大的食物链中的一环。鹿儿吃掉了橡树和上百种植物，乳牛吃掉了上百种玉米以外的植物。因此，二者又与其他上百个链条有纠葛。所以，这个金字塔其实就是一团乱麻似的纠缠在一起的链条，它复杂得让人摸不着头绪，然而，这个体系又以它的稳定性向我们证明，它是一个复杂有序而且高度组织化的结构，而它的功能运转就是依赖那些在复杂的组织结构中的不同部分的相互配合和竞争。

起初，生命的金字塔又低又矮，在这个层次上的各种食物链也短而且简单。进化使各种物种的金字塔层层加高，食物链也一环接着一环地延长。人类也是这个生命的金字塔的高度和复杂的成千上万的延伸物种的一员。科学把很多疑问留给了我们，所幸它同时给了我们一件确信无疑的东西，即进化的趋势担负着一项使命，这项使命就使生物区系越延伸越复杂精致和多样化。

因此，从某种意义上说，土壤并不简单就是土壤，它是非凡的能量源泉，给土壤、植物，以及动物所组成的循环线路输送能量。而食物链则是一条鲜活的通道，引导着能量的运送，而生物在死亡或腐烂之后重归土地。出于尘土，又归于尘土。能量循环的通道是开放的，有些能量在衰亡中消散，有些能量却从空气中得到补养，有的则贮存在了土壤、泥炭和生命周期久远的森林中。这条连绵不断、永不消失的环路是迁延不变的，就像一笔生命储备基金慢慢地旋转着增长。有些能量在从山坡上冲刷下来的过程中损耗掉了，但大可不必惊慌，因为这种损耗会在日后得到弥补。比如，由于岩石受到侵蚀以后，这些被冲刷走的能量流进了海里，在海洋中沉积起来，在若干个地质时期的进程中，它们会上升形成新的大陆和新的金字塔。

能量向上流动的速度和特征，完全取决于植物和动物群落的复杂结构，打个形象的比方，就像树液沿着树干向上流动必须依赖于复杂的细胞组织一样。如果缺少了这种复杂的结构，正常的能量循环便无从谈起。所谓结构，特指物种组成要素的特征数字、特征种类以及彼此作用。土地的复杂结构和它作为一种能量单位畅通无阻地发挥功能之间，存在的依赖关系就是它的属性之一。

当线路的某一环节出现卡壳发生变化时，其他部分必须迅速做出调整以适应这种变化，保证出现的变化不至于中断或转移能量流动。进化是一个漫长而充满奥秘的过程，其中的感应变化带有很大成分的自我诱导，最后的结果是，一连串无从解释的、精心设计的能量流动延长了它的线路。然而，进化意义上的变化出人意料的缓慢而且是局部的，相比之下，人类兴起的发明工具却身手敏捷，能在各种激烈的竞争中，迅速占尽时间上的优势，掀起空前而广泛的变革。

有一个发生在动植物群落结构中的很诡异的变化，这个变化怪就怪在庞大的食肉动物从金字塔顶尖被砍掉了，这个前所未有的变化导致食物链变短了，与通常情况下食物链延长相左。现在，来自其他土地上的驯养物种鸠占鹊巢，将野生物种挤出了原属于它们的地盘，后者节节败退到其他栖息地。在世界范围内的动植物区系的联合行动中，某些物种在病虫害的围剿中成功逃脱，有些物种却在围剿中死绝了。这是一个超越了人类想象力的结果，我们对它们那种难以捉摸的惊人的整合能力简直难以预见。很大程度上来讲，正是这种现象，这种新出现的物种（害虫）和制服它的新技术之间的角力，推动了农业科学的发展。

另一种变化触及到的是动植物间的能量流动，以及能量重归土壤的方式。肥力作为土壤接受、储存和释放能量的能力，并不是无限量的。现代农业对土地肥力的使用方式是毫无理智地索取、过度透支肥力或以一种培植物种取代本地物种的方式，把原本有序的能量流动通道打乱了，或者耗尽了储存的能量。当土壤被吃空老本，耗尽了它们的储存和固定的有机物质时，水土流失便趁势而来。水土流失的速度远远大于它形成的速度，这就是使我们谈之色变的土壤流失。

和土壤一样，水，也是能量环线路中的一环，现代工业污染了水或者筑起大坝将水截留其中，这就将必须用以保持能量循环的动植物一脚踢出去了。

交通运输带来的另一个根本变化是，在某一地区生长的动植物，被带到了另一个地区，在那里生长并消耗掉，回归到了并非它原生地的土壤中。交通运输汲取了某一地区的岩石、空气中的能量，并将它储存起来，带到另外一些地方去使用它。我们给花园或苗圃施肥用的是氮肥，肥料正是来自鸟儿的粪便，而鸟儿的食物又是靠近赤道另一端的大海中的鱼儿。因此，以前那种只在局部地区往来循环的线路，破除了相对独立的地域限制，成为世界范围的联合阵营模式了。

由于人类的侵占而鱼死网破漏掉的能量，使金字塔的循环过程发生了变化。在拓荒时代，这些从储存中突围出来的能量，改变了动植物的生命，它们呈现在人们眼前的是一片欣欣向荣的假象，不管是野生的，还是家养的，都生机勃勃。这种储存已久的生物能量的释放，像一颗持久的烟幕弹，掩盖或推迟了由于人类的过激行为而招致的惩罚。

如果土地是能量循环线路的能量源泉，那它无非是服务于这3个基本观点：

1. 土地不只是单纯的土壤；

2. 当地的动植物对保持能量线路的正常运转方面不在话下，但对迁入的动植物来说，也许做得到，也许做不到；

3. 人类带来的改变不同于生态学意义上的改变，其产生的影响远比我们想象或预见的更为复杂而深远。

这 3 个观点综合起来，就产生了 2 个基本的问题：土地的自我调节能力是否能使它适应这种新的序列？只用一点小小的过激行为是否能达到理想中的改变。

当改变发生时，要求生物体承受剧烈转化的过激行为，它们在能力上的表达也是参差不齐的。比如，在西欧，我们现在看到的金字塔远远不同于恺撒[11]时代的样子。一些大型动物已消失了踪迹，曾经湿润的森林沼泽变成了草坝或耕地，很多新的动植物越境来到这里，有些后来成了为害一方的害虫，由于外来物种大举侵入，存留下来的当地动植物在数量和分布上发生了巨大变化。但土壤却没有挪步，仍然停留在那里，由于营养素的助力，仍然肥沃；河水照常昼夜川流不息，新的结构不显山不露水地有序运行，从循环线路上看，并没有运行中的故障或紊乱。

因此可以这样说，西欧存在着一个具有强大抵抗力的生物区系，它的内在作用具有强韧而有弹性的应变能力，它有非凡的抵抗力。不管当初的变化来得多么气势汹汹，它都能兵来将挡，水来土掩。至今，我们看到了它的金字塔发展出的某种新的应对方式，正是这种神机妙算的对策庇护着人类和大多数本土生物，安然无恙地在此居住。

目前，日本也经历了剧烈的改变，但却没有出现混乱状态的另一地区。

大多数文明区域，以及一些到目前为止还处于蒙昧状态未被开发的区域，从最初的征兆到更深的损耗程度，呈现出的都是各种各样的混乱状态。从小亚细亚和北非地区，这种混乱状态甚至影响到了我们对气候变化的判断，很可能，这种气候变化是受其进一步损耗的原因，要么可能是结果。在美国，混乱的程度在不同地区的表现也不一样，西南部的混乱最为严重，其次是奥沙克及其南部，新英格兰和西北地区的情形略为好一些。而在文明并不发达的地区，由于土地的使用方式合理，有效地阻止了这种混乱。在墨西哥的部分地区，南美、南非以及澳大利亚，一场激烈的与日俱增的损耗正处于风雨欲来风满楼的前奏阶段，至于后果，我不敢想，也不敢说。

这幅图景清晰地显示出了全球范围内的土地利用的混乱局面，这就好比一只动物不幸染了病，只是这种混乱还没有完全达到彻底的无药可医的地步。即便土地大难不死得以恢复，但在某种程度上来说，蕴含其中的复杂性也会降低很多，它对人类、动物、植物的承载能力也会因为大伤元气而降低很多。现在，许多被我们认为是“幸运的土地”的生物群，实际上已只能依靠饮鸩止渴的农业开发生存了。这句话的意思是，它对超过它承载能力的可持续性已经力不从心了，从这个角度来看，在南美的大部分地区，人口太稠密了一点。

在干旱地区，我们企图用垦荒这种再利用的方式来弥补对土地的损耗，但很遗憾，一个明确的证据是，我们期望的垦荒工程都身体孱弱而短命，就我们西南部的情况而言，就是最好的垦荒工程也支撑不过 1 个世纪。

历史学和生态学的证据都有力地支持了这个一般性的结论：动作越大的人工干预模式来得越少，金字塔在重建适应过程中的成功概率就越大。反之，人工干预的激烈程度与人类人口密度关系密切，人口越密集的地区越是有激烈的干预的要求。我想，如果北美洲在人口密度的控制上有科学的方法，那么金字塔在北美洲的持久程度要比欧洲更有优势，但前提是必须控制好人口的密度。

这个推论与我们时下流行的哲学反其道而行之。后者假设，既然小密度的人口增长可以使人类生活质量更丰富，那么，保持一个无限的小幅增长，人类生活便会趋于无限丰富之中了。但生态学却不支持这个观点，因为生态学知道，大自然中不存在能够适应人口无限增长的环境，任何从人口密度上得到的好处，都会在报酬递减这条铁律下，受到制约。

不管人与土地的关系如何界定，迄今为止，要把其中的全部关系厘清是不大可能的。最近，矿物质和营养学研究为我们奉献了新的发现，向上循环的恒定依赖关系究竟妙在何处，这个谜底乃是因为物质的不可思议的微量成分左右着土壤对植物的价值，从而又决定着植物对动物的价值。那么，向下的循环过程又是个什么关系呢？向下的运行过程意味着正在消失的物种，即现在已经登上人类的美学殿堂，成为我们眼中美学上的奢侈品物种。它们曾经是建设土壤的积极贡献者，因为它们不可思议的方式，成了土壤中不可或缺的营养宝库。因此，韦弗教授倡议，人类应该对那些零星散落在草原上各个角落的野花刮目相看，用心呵护它们，使它们生机勃勃地占领那些因为遭遇风沙侵蚀而荒芜的土地。没准哪一天，我们为了什么目的，将会大大利用鹤、秃鹫、水獭和大灰熊。

土地健康和 A—B 分歧

土地伦理反映着生态良知的存在，反之，作为一把道德量尺，生态良知也反映出人类对土地负有的责任。健康标志着土地自我更新的能力，资源保护则是我们了解和保护这种能力所做的努力。

自然资源保护者们因为彼此意见相左的激烈争论而斯文扫地，单从表面看，这种混乱的争议局面似乎叫人有点摸不着头脑了。然而，经过一番审慎观察后，我们发现了一条规律。这条规律提示出了普遍存在于专业领域中的某种独特的分歧。我们把双方假定为 A 组和 B 组，A 组认为，土地就是土壤，它的功能就是生产农产品；而 B 组则认为，土地是作为生物区系而存在的，它的功能远不止生产农产品这么单一，而是更广泛一些，但究竟广泛到什么程度目前还说不出确切的内容。

就我本人所在的领域——林业而言，A组认同的观点是，种树跟树卷心菜一样，都是以带有植物纤维素为基本产品。他们认为不大可能抑制某些过激行为，因此，他们的意识形态还在农业性质上打转。而B组的观点则不然，他们认为林业和农业经济是两个不同的概念，前者在利用自然物种的同时，也对自然环境进行管理，而不是追求营造一个人工的环境。如此看来，B组的倾向很明显，他们更崇尚于赞同天然的自然生产，他们从生物区系和经济的角度深深地忧虑着一件事，即栗树物种的消失以及岌岌可危的白洋松。不光如此，他们还为整个系列的次生森林的功能而坐立不安：野生动植物、户外休闲娱乐、水域、荒野地区。依我看，B组表现出的是一种理智的回归，体现了一种令人振奋的生态学意识。

由此及彼，在野生动物领域中，类似的分歧同样存在。那么，对A组来说，它们生活的全部基本产品就是运动和肉类，如果说要衡量高低的话，那就是用所捕获的松鸡和鳟鱼数字来说话。人工繁殖的可取之处是能够作为一种永久的依赖，也可以作为一种权宜之计的求援方式，如果它的单位成本可以接受的话。另一方面，B组最担忧的是整个生物群系中可能出现的连带问题：为了生产一种猎物会让肉食动物付出什么样的代价？我们是不是可以考虑一个求助于引进外来品种的方法？用什么样的管理方式才能恢复衰减的物种，比如，眼下草原雪鸡已经锐减到难以捕杀的地步了，如何才能拯救这些濒临灭绝的稀有物种？用什么样的办法才能恢复疣鼻天鹅和美洲鹤？这些管理原则有没有可能复制到野花领域？我再一次清楚地看到了A—B争议中的分歧，与林业领域存在的分歧如出一辙。

就更广阔的农业专业领域而言，说句老实话，我没有发言权，但在这个广阔的领域中同样存在类似的分歧。早在生态学诞生之前，科学农业正紧锣密鼓地朝着这个方向赶，因此，我们预期，生态学概念必然要经历一个缓慢的渗透过程。此外，农民们对改造自然所掌握的精巧技艺使他们对改造自然有迫切愿望，比起护林员和野生动物管理员来说，他们对彻底改造自然的要求更为迫切而且强烈。只是在标榜“生态耕种”理念中，现代农业也存在着诸多不尽如人意的细节。

或许，这些有欠缺的细节中最致命的问题是，有新证据表明，对现在农产品的价值并不是以吨数或磅数作为一种衡量标准，肥沃的土壤产出的农产品在质量上最有资格称道。我们可以把大量的化肥倾倒在贫瘠的土地上，靠进口化肥的猛劲可以提高农产品的产量，却不能提高农产品的质量，撑不起食品的价值。这个观点最终有可能也会惹出一场巨大的分歧，所以我们不得不暂且搁下它，把它留给那些更有解释能力的人来阐释。

那些带着狂热的崇拜自我标榜“有机农业经营”的人，虽然对标有某种派别、记号有抵触，但打心眼儿里还是主张生物区系，特别是在强调绿肥和家肥的重要性上可以看出他们明显的倾向。

农业生态学的基本原理也适用于土地利用和其他领域，这一点却很少为公众知晓。那些受过教育的人几乎没有意识到，最近几十年间，技术上的辉煌成就只是在水泵改造上标新立异，却没有在水井改造上下任何功夫。大家都在玩着一个简单的重复游戏，用土地换取土地，这只是补救了肥力水平下降的问题，而挡不住土壤肥力下降的趋势。

所有分歧都指向了一个反复出现的基本矛盾，我们目睹了它的全部过程：人类作为征服者与其作为子民的生物群落之间的抗衡；作为文明工具的科学与作为宇宙探照灯之间的抗衡；作为奴隶和仆人的土地与作为集合有机体的土地之间的抗衡。此刻，罗宾孙[12]对崔斯特瑞姆提出的忠告，或许可以恰当地运用于作为地质时代的物种之一的“人”身上：

由不得你愿意还是不愿意，
你都是一个国王，崔斯特瑞姆，因为你是
那些别离了世界的，经受住了考验的少数者之一，
当他们逝去以后，这里便迥然有别了，
只是在你离开的地方打上标记。

结　论

当人们对土地变得漠然，对它毫无热爱、尊重之情，也吝于赞美它，对它的价值毫不在乎，这种情况下的土地伦理关系是无法想象的。我口中所说的价值，并非单指经济价值，而是远比经济价值更深层次的内涵，这种价值就是哲学意义上的价值。

有一个严重的障碍挡在土地伦理观的发展中，这个障碍就是：我们的教育体制和经济体制一直处于严重背离的状态，对土地持有不同的观点。很多媒介和数不胜数的物质新发明，介入到现代化的人类生活当中，割开了人与土地的关系。因此，人类与土地之间没有形成覆巢之下无完卵的利害格局。对于人类来说，那些比黄金更值钱的土地不过是长着庄稼的空间。如果有一天，你想放松一下身心，于是来到一个既不是高尔夫球场，也不是“风景优美”的地方走一遭。此次旅行非但不能让你放松心情，还会害得你无聊得发疯。再说了，假如能在溶液中培养出应有尽有的农产品，谁还想费力气去种庄稼？谁都会选前者而不是后者。因为大多数人认定那些人工合成的替代品，比起木材、皮革、羊毛和其他天然土地产品要高级得多，那一类原始的东西的文明含量太低了。简而言之，土地对很多人来说已是过时的旧玩意儿。

土地伦理还有一个敌人，就是农场主们仍然将土地看作一个对手而不是平等的关系，或者看作一个奴役他的监工。理论上

讲，农业机械化解放了生产力，束缚农民的枷锁解除了，可是事实上，这到底是对还是错，争论还没有结束。

对土地生态学的理解必须具备的条件之一，便是通晓生态学。当然这并不意味着生态学必须与“教育”并驾齐驱。实际上，有些高等教育还在微妙地刻意回避生态学观念。对生态学知识的汲取，并非来源于带有生态学标签的课程。由地理学、农学、植物学、历史学以及经济学的渠道获得的知识，完全可以殊途同归地获得生态学知识。事情本应该这样，但就目前而论，无论哪种带有标签性质的生态学的教育似乎都贫乏得很。

如果不是对“现代”潮流抱以抵触态度的少数派站出来发声，土地伦理的主张根本没有立足之地。

这件事情做起来其实很简单。使土地伦理的发展过程得以舒展需要一根“杠杆”。简言之，就是不要再将合理的土地使用问题局限于一个经济问题。当我们站在经济角度审视每一个问题时，同时也应该从伦理和美学的角度去审视它。判定事物是对是错有一个界定标准，非黑即白：当一件事物完整地体现了保护生物群落的和谐、稳定和美感时，它就是正确的，反之，就是错误的。

当然，也有一个障碍我们难以逾越。我们能为土地做什么或不能做什么，这就是我们受到的经济上可行性的牵掣。这个遗憾的制约机制现在如此，将来也如此。经济决定论的谬误已经套在了我们的脖子上。我们现在要挣脱它的羁绊，批判经济决定全部土地行为的错误观点，因为这种观点站不住脚。在组成的土地关系中，大多数使用土地的行为和态度，都是由土地使用者的口味或偏好决定的，而不是取决于他们荷包里的钞票。绝大多数的土地关系靠的是投资时间，深谋远虑，掌握的技巧以及个人信仰的支持，而不是靠现钱。作为一个睿智的土地使用者，他应该这样思考，也应该这样行动。

将土地伦理描述为一种社会演进产物，是我刻意而为之，因为没有什么事情比一种大写的道德更为重要，而且不可“记录”。只有历史系最肤浅的学生才会认为是摩西写下了“十诫”[13]。这些伦理的精粹被引入社会思想之中，而摩西作为一个“研讨班”的书记官，写下了一个暂时可用的十诫提要。我在这里用了“暂时”这个词，意在表明演变从未停息过。

土地伦理的进化过程，充满了感性和知性的思维历程。出于良好的意愿而塑造的自然资源保护主义被社会弃之门外，不愿意按受这种带有危险因素的东西，因为它对经济性的土地使用缺乏批判性理解。我认为，当伦理的边界突破个人而扩展到社会时，它所囊括的意识上的内容也就大大地丰富了。

任何伦理的运行机制都是相同的，万变不离其宗：对正确行为的社会认同，对错误行为的社会否定。

总而言之，我们当前面临的问题，说到底就是一个态度和工具的问题。我们正在试图重建阿尔罕布拉[14]，这个重建工具就是蒸汽铲和给我们带来荣誉的创造力。我们难以割舍这把铲子，毕竟它有许多值得称道的地方，只是我们的态度应该更温和，标准应该更客观，这有助于我们对它的功用做出不偏不倚的评价。

【注释】

①奥德修斯：古希腊《荷马史诗》中的英雄，是希腊西部伊塔卡岛之王。

②特洛伊战争：这场战争是以阿伽门农、阿喀琉斯为首的希腊军队与以赫克托尔、帕里斯为首的特洛伊军队之间的耗时 10 年的攻城战。后者败北。

③古乳齿象时期：大约为晚始新世至早渐新世。

④摩西十诫：摩西，旧约时期以色列先知和祭司，出身以色列 12 支派的利未支派，是耶和华最器重的人，称其“他是在我全家（以色列民）尽忠的。”摩西死后由耶和华亲自安葬，至今无人知晓他的坟墓在哪儿。西方文学中“在那天地之间的”一

语，意即指摩西的坟墓。《圣经·旧约·出埃及记》记载，摩西奉耶和华的差遣，带领以色列人出埃及后，在西奈山上领受了耶和华颁布的“十诫”，这是耶和华亲自用指头写在石板上告诫以色列人的诫命，由摩西带下山向以色列民颁布。

⑤以西结：旧约时期以色列先知，被称为“祭司的先知”。主前597年，以西结在迦巴鲁河畔见到异象，蒙召向自己的同胞传达安慰的信息和宣告神对罪的刑罚，先后长达25年之久。

⑥但以理：旧约时期以色列先知，但以理是一位能解释异象和梦兆的先知，于主前6世纪著有《但以理书》，是《圣经》中一本启示文学文体的预言书。

⑦亚伯拉罕：以色列始祖，原名亚伯兰，蒙耶和华呼召从家乡吾珥出来，向北越过2500公里的弯月形肥沃地带，经米所波大米、哈兰，到达迦南地，一个流着奶与蜜的地方。亚伯兰99岁的时候，耶和华给他更名为亚伯拉罕，意为“多民之父”。亚伯拉罕生儿子以撒，以撒生雅各，雅各的12个儿子后来成为以色列的12支派。

⑧1803年，美国总统杰斐逊派公使赴法国，以1500万美元从拿破仑手中购买了面积达200多万平方公里的路易斯安那，美国领土的版图扩大到了墨西哥湾。

⑨1848年2月2日，墨西哥在美墨战争中失败，被迫和美国签订了《瓜达卢佩—伊达尔戈条约》，割让了包括加利福尼亚和新墨西哥在内的52万平方英里的土地。自那以后，美国移民开始大量涌入这一带地区。

⑩1937年1月27日，密西西比河和俄亥俄河发生了历史上最严重的水灾。此次水灾造成数百人死亡，近100万人无家可归。

⑪恺撒（公元前102—公元前44年）罗马帝国的奠基者，历史学家眼中的罗马帝国无冕之王。他在他的著作《高卢战记》（约公元前51年）中，生动地描述了当时西欧的风情地貌。

⑫罗宾孙：埃德温·阿林顿·罗宾孙（1869—1935年），美

国诗人，三度普利策文学奖获得者。这几句诗出自罗宾逊根据雅典神话创作的长篇叙事诗《喧嚣》。崔斯特瑞姆，中古时期的传说人物，这位亚瑟王的圆桌骑士爱恋马克王的妻子媗瑟，这段风流韵事成为很多爱情故事的题材。

⑬此处隐喻对历史知识一知半解。

⑭阿尔罕布拉：“阿尔罕布拉”意为“红色的城堡”，13世纪时，摩尔国王建立在西班牙南部格林纳达的宫殿。

附录:专有名词对照表

动 物

Skunk	臭鼬
Chickadee	无冠山雀
Muskrat	麝鼠
Meadow mouse	田鼠
Rough – legged hawk	毛脚鵟
Kingfisher	翠鸟
Rabbit	兔子
Buck	雄鹿
Marten	美洲貂
Pheasant	雉尾鸡
Sawfly	锯蝇
Cougar	美洲狮
Lynx	山猫
Goshawk	鹰
Grouse	松鸡
Passenger pigeon	旅鸽
Smelt	胡瓜鱼
Bluebirds	蓝色知更鸟
Chinch bugs	麦虱
Grubs	蛴螬

Carp	鲤鱼
Blue – winged teal	蓝翅水鸭
Atlantic salmon	大西洋鲑鱼
Wisconsin turkey	威斯康星火鸡
Wisconsin elk	威斯康星大角鹿
Wild goose	大雁
Linnet	红雀
Chipmunk	花栗鼠
Cottontail	棉尾兔
Coot	白冠鸡
Redwing	红翼鸟
Rail	秧鸡
Ruffed grouse	松鸡
June beetles	六月鳃角金龟
Woodcock	丘鹬
Nighthawk	夜鹰
Mesdowlark	草地鹨
Upland plover	高原鹬
Snipe	沙锥鸟
Trout	鳟鱼
Chub	白鲑
Whitethroat	白喉莺
Field sparrow	原野春雀
Robin	知更鸟
Oriole	黄鹂
Indigo bunting	靛蓝彩鹀
Bluebird	蓝鸲
Wren	鹪鹩
Coon	浣熊

Mink	水貂
Heron	苍鹭
Wood duck	林鸳鸯
Junco	灯芯草雀
Great horned owl	大雕鸮
Mallard	绿头鸭
Widgeon	赤颈凫
Blue-billed Duck	蓝嘴鸭
Jacksnipe	姬鹬
Marsh hawk	白尾鹞
Gull	海鸥
Woodpecker	冠红啄木鸟
Prothonotary warbler	蓝翅黄森莺
Weevil	大松象虫
Kinglet	戴菊莺
Sparrow hawk	食雀鹰
Sscreech owl	鸣角鸮
Shrike	百舌鸟
Northern Saw – whet Owel	棕榈鬼鸮
Nuthatch	五子雀
Tree sparrow	树雀
Gyrfalcon	矛隼
Mare	牝马
Mammoth	猛犸象
Muskellunge	大梭鱼
Perch	鲈鱼
Sturgeon	鲟鱼
Merganser	秋沙鸭
Nutcracker	星鸦

Tassel – eared squirrel	缨松鼠
Coyote	郊狼
Blue jay	冠蓝鸦
Canada – jack	灰噪鸦
Thick – billed parrot	厚嘴鹦鹉
Gambel quail	黑腹翎鹑
Cormorant	鸬鹚
Mullet	胭脂鱼
Avocet	红脯反嘴鹬
Willet	北美鹬
Yellowlegs	黄足鹬
Mallard	绿头鸭
Widgeon	赤颈鸭
Teal sprang	短颈野鸭
Beetle	水甲虫
El tigre	美洲豹
Buzzard	美洲鹫
Sandhill	沙丘鹤
Starling	鸥椋鸟
Pelican	鹈鹕
Duckhawk	游隼
Godwit	塍鹬
Westem grebe	北美䴙䴘
Wren	鹪鹩
Minnow	米诺鱼
Warblers	鸣鸟
Tern	燕鸥
Song sparrow	北美歌雀
Caribou	北美驯鹿

Prairie dog	土拨鼠
Ground squirrel	地松鼠
Whooping crane	高鸣鹤

植 物

Oak seedlings	橡树苗
Driftwood	浮木
Cone – flowers	雏菊
Prairie clovers	草原苜蓿
Eim	榆树
Pasque	白头翁
Draba	葶苈
Bur Oak	大果橡
Hickory	山核桃树
Alder	桤木
Fem	羊齿叶
Jewel – weed	凤仙花
Nettles	荨麻
Jack pine	北美短叶松
Milkweed	马利筋
Spiderwort	鸭跖草
Wood duck	梭鱼草
Alfalfa blooms	紫花苜蓿
Veronica	婆婆纳草
Wild lettuce	野莴苣
Spruce	云杉
Geranium	天竺葵
Compass plant	磁石草

Shooting – star	折瓣花
Aster	紫苑
Mimulu	沟酸浆
Dragon – head	龙头草
Sagittaria	慈姑花
Cardinal flower	红花半边莲
Tamarack	美洲落叶松
Dogwood	山茱萸
Bramble	树莓
Blackbarry	覆盆子
Sedge	莎草
White ping	白洋松
Red birch	红桦
Arbutus	野草莓树
Indian pipe	印第安纳水晶兰
Pyrola	鹿蹄草
Ttwin flower	北极花
Orchid	兰花
Lady sslippe	仙女鞋
Cottonwood	三叶杨
Wahoo	卫矛
Dogwood	红山茱萸
Prickl ash	美洲花椒
Hazel	榛树
Bittersweet	白英
Hawthorn	山楂树
Basswood	椴树
Ragweed	打猪草
Maple	枫树

Oak gall	橡树瘿
Bud scales	芽鳞
Nightshade	龙葵
Fig	无花果
Goldenrod	黄花
Flowering spurge	花大戟
Sweet fem	香橛木
Sphagnum moss	泥炭藓
Leatherleaf	羽叶
Bluejoint	拂子茅草
Cranberry	蔓越橘
Buckwheat	荞麦
Lupine	羽扇豆
Sandwort	鹅不食
Begonia	秋海棠
Linaria	柳穿鱼草
Bluestem	须芒草
Spiderwort	紫露草
Sporobolus	鼠尾栗草
Bush clover	胡枝子
Peonies	牡丹花
Sugar maple	糖枫树
Hemlock	铁杉木
Cottonwood	三角叶杨
Dogfennel	毛叶泽兰
Sowthistl	苦苣菜
Cedar	雪松
Bluebell	蓝铃花
Frijole	菜豆

Juniper	刺柏
Mesquite	牧豆树
Tornilo	山芝麻
Crabgrass	马唐草
Sagebrush	山艾树
Bitterbrush	蔷薇草
Beech	欧洲山毛榉
Yew	紫杉木
Ground hemlock	红豆杉
Mountain mahogany	山桃花心木
Cliff rose	海石竹

地 名

Wisconsin	威斯康星
Waukesha County	瓦克夏郡
Great Lakes	北美五大湖
Wisconsin Eiver	威斯康星河
York Prairie	约克草原
Devil s Lake	戴威尔湖
Siberian Steppe	西伯利亚大草原
Euphrates	幼发拉底河
Volga	伏尔加河
Nile	尼罗河
Murmansk	摩尔曼斯克
Lincolnshire	林肯郡
Spitsbergen	斯匹次卑尔根
Currituck	卡瑞托克
Labrador	拉布拉多

Matamuskeet	曼塔木斯基
Ungava	莱昂加瓦
Horseshoe Lake	马蹄湖
Hudson s Bay	哈得孙湾
Avery Island	艾弗里岛
Bbffin Land	巴芬岛
Mackenzie	麦肯齐河
Sacramento	萨克拉门托
Yukon	育空河
Lake Superior	苏必利尔湖
Blue Mounds	布卢・芒德斯
Marquette County	马凯特县
Pampas	潘帕斯草原
Minnesota	明尼苏达
Escudilla	埃斯库迪拉山
Blue River	蓝河峡谷
Whisky – jack	马德雷山脉
Amritsar	阿姆利则
San Pedro M á rtir	圣佩德罗・马迪尔山脉
Sierra	雪乐山
Idaho	爱达荷
Califomia	加利福尼亚
Manitoba	马尼托巴湖
Clandeboye	克兰德博郡
Laje Agassiz	阿加西斯湖
Pennsylvania	宾夕法尼亚
Maplehemloek	阿巴拉契亚山脉
Adirondack	阿迪朗达克
Montana	蒙大拿

Chihuahua	奇瓦瓦
Carpathians	喀尔巴阡山
Louisiana	路易斯安娜
Asia Minor	小亚细亚
Ozarks	奥沙克
New England	新英格兰
Alhambra	阿尔罕布拉
Wyalusing	怀厄卢辛

其　他

Pleistocene	更新世
the ice age	冰河纪
Eocene	第三纪始新世
CCC	（美国）民间护林保土队
Cro – Magnon	克鲁马努人
Babbittian time	巴比特时代
Green River Soil Conservation Distric	格林河土壤保护区